U0088895

古典文學研究輯刊

十八編

曾永義 主編

第2冊

蘇門詞人「主體意識」與詞作「文人化」現象研究

林玉玫 著

國家圖書館出版品預行編目資料

蘇門詞人「主體意識」與詞作「文人化」現象研究／林玉玫 著
— 初版 — 新北市：花木蘭文化事業有限公司，2018〔民 107〕
目 4+218 面；19×26 公分
（古典文學研究輯刊 十八編；第 2 冊）
ISBN 978-986-485-503-2（精裝）
1. 宋詞 2. 詞論
820.8　　107011617

ISBN- 978-986-485-503-2
9 789864 855032

古典文學研究輯刊
十八編　第 二 冊　　ISBN：978-986-485-503-2

蘇門詞人「主體意識」與詞作「文人化」現象研究

作　　者　林玉玫
主　　編　曾永義
總 編 輯　杜潔祥
副總編輯　楊嘉樂
編　　輯　許郁翎、王筑　美術編輯　陳逸婷
出　　版　花木蘭文化事業有限公司
發 行 人　高小娟
聯絡地址　235 新北市中和區中安街七二號十三樓
　　　　　電話：02-2923-1455／傳眞：02-2923-1452
網　　址　http://www.huamulan.tw 信箱 hml 810518@gmail.com
印　　刷　普羅文化出版廣告事業
初　　版　2018 年 9 月
全書字數　187903 字
定　　價　十八編 15 冊（精裝）新台幣 29,000 元

蘇門詞人「主體意識」與詞作「文人化」現象研究

林玉玫 著

作者簡介

林玉玫，淡江大學中國文學系博士，現任淡江大學中國文學系兼任助理教授、大華科技大學通識中心兼任助理教授。主要研究中國古典詩詞。碩士論文為《宋代戰爭詞研究》，博士論文為《蘇門詞人「主體意識」與詞作「文人化」現象研究》，並有〈宋代使金詞研究〉與〈蘇門唱和詞初探〉等文章發表。另 2015 年曾出版大眾讀物《宋詞背後的秘密》一書。

提　　要

詞本是一種民間文學，後來開始有許多文人創作，並產生了漸進式的變化。像這樣一種文體進入到文人手中，而產生變化的過程，我們往往稱之為「文人化」。然在過去相關詞體的研究中，「文人化」之意義往往不甚明確。本文欲先闡明「文人化」之範疇與定義，並回到文人本身的「創作主體」，以及共時性的「文人群體」，探究他們的階層意識對於創作，有何深刻影響。

本文以顏崑陽教授所提出的「創作主體復位」與「文學家的三重情境」理論作為基礎，以及在詞史中，詞作不斷變化的關鍵之處等，定義詞體之文人化。這是一種漸進的過程，首先詞初步之文人化，作者不僅要是文人，還必須能以詞抒情言志，自敘經驗，但此時之經驗多為常民意識的發用。而後發展到第二個層次，是不僅書寫常民意識，也有文人階層意識的題材與經驗。最後，第三個層次是形成有關詞體的文體理論，呈現出文人審美觀。而蘇軾與黃庭堅、晁補之、秦觀、李之儀、張耒等蘇門詞人，正是將詞發展到第二階段與促成最終階段的關鍵。

此一關鍵主要表現在三個部分：一是蘇軾與蘇門詞人創作的題材或主題，從過往代言或自敘性質的豔情類型化題材，轉向自敘身為文人階層才有的經驗，包含「貶謫不遇」、「隱逸」、茶禪等「生活美學」部分；二是較為明顯的改變詞體之用途，使詞一開始多為「娛賓遣興」之用，擴大為應酬交流、抒情言志等功用；三是注意到詞體之應然與本質的定位，於是產生了相關的詞評或詞論，對詞體採「尊體」的態度，也讓詞體成為文人正式肯定的文學。

目次

第一章　緒　論

第一節　問題的導出

詞，本來是一種民間文學，從二十世紀初在敦煌出土的敦煌曲子詞，可知詞本流行於民間，後來才逐漸被文人創作，但一開始，如中唐時劉禹錫所作之〈竹枝詞〉，很多都還在模仿民間寫作的階段，故作者雖為文人，其實詞作風格還是較爲接近民間。到了唐末五代，從《花間集》可知，這時候詞開始擺脫民間自然平易的風格，文人從語言修辭方面去提升了詞句與內容，如溫庭筠講究文字與意象的運用。另一方面，詞之興起有一大部分原因，是由於隋唐時新興的燕樂，燕樂與大量傳入中國的胡樂有關，據《新唐書・禮樂志》列舉當時的「十部伎」，當中大部分都是胡樂，「讌樂」與「清商」兩部才是中國清樂，這十部總和起來就是所謂的燕樂。由於大量傳入的樂曲，需要配合歌詞來唱，這就註定了後來詞與音樂有著密不可分的關係，成爲一種音樂文學，且多爲聲色娛樂之用。五代、南唐文人寫詞者越來越多，也是如此，卻因爲詞往往是這些文人歌舞宴席間娛賓遣興之用，演唱者又是歌妓，因此題材反而變得狹隘，多言風花雪月、男女豔情等事，屬於「代言」又「泛題」的創作模式。雖其中有李煜「變伶工之詞爲士大夫之詞」，〔註1〕仍未改變這時期詞作的風氣。

但是，詞的創作從韋莊、馮延巳、晏殊、歐陽修一路下來，雖然仍遵循

〔註1〕（清）王國維撰，徐調孚、周振甫注，王幼安校訂：《人間詞話》（北京：人民文學出版社），頁197。

著基本的「詞為豔科」、「婉約」、「女性化」、「代言」、「泛題」等風格或內容寫作，卻也因各個文人本身不同的性格、情性而使他們的詞作，呈現出不同的特色。及至蘇軾「以詩為詞」，在詞的創作有了重大突破，一般皆認為蘇軾（1036～1011）開拓了詞的題材與境界，實際上，他也讓詞中能夠顯露出的主體情性更加豐富、多元，我們所能見到的，不再只是文人偶然流露出的情感或涵養、人生觀照等，而是與文人意識、思想、生活更貼近的內容。在敦煌曲子詞中，可以看見各種與民間相關的詞作，如王重民所說：「有邊客遊子之呻吟，忠臣義士之壯語，隱君子之怡情悅志，少年學子之熱望與失望，以及佛子之讚頌，醫生之歌訣，莫不入調。其言閨情與花柳者，尚不及半。」〔註2〕可見詞本來不只能寫豔情。但是五代以後的文人在創作時，卻大多以豔情作為主題或題材，其他主題或題材變少。如以《花間集》為例，其中主題和題材為豔情者占大宗，南唐二主中的豔情詞比例也不少，顯示出詞的內容變得狹隘化。蘇軾將之重新開展，但由於他是文人，因此內容題材上也更貼近文人這一階層的特色。

在蘇軾「以詩為詞」後，詞體逐漸的「詩化」、「雅化」，產生一連串不斷變動的發展，因此在詞史上，具有重大意義。這三種創作的現象，都與詞體由文人所創作後，因為其主體情性的呈現所導致。顏崑陽教授在論「以詩為詞」時，認為這是寫詞過程中，作者的主體情性呈現出來的改變，並稱之為「創作主體復位」。並透過溫庭筠與蘇軾詞作的比較，認為「以詞為詞」和「以詩為詞」的最大不同，在於語言修辭由白描轉為使用「典實」，表現方式由「假擬」易為「直抒」，題材、主題等由「泛題」、「泛意」變為「殊題」、「殊意」，功能也由「娛樂」轉為「自抒」。像溫庭筠這樣的文人一開始作詞時，多只是擬代歌妓、女子之口吻或立場，作男女豔情題材這種「泛題」、「代言」的作品，以期在歡宴場合中達到「娛賓」之效，這類作品多看不出創作主體的情性，也鮮少著墨於他們切身的經驗，因此是「創作主體失位」。但蘇軾一改過去的寫詞方式，呈現出「自敘」、「殊題」、「殊意」、「創作主體復位」正是一關鍵，此一主體的構成要素主要有三：情性、道德、學識，而東坡正是將這種主體情性、道德、學識等，充分呈現在詞

〔註2〕見王重民：《敦煌曲子詞集．敘錄》（上海：商務印書館，1956年12月），頁16。

中之第一人。〔註3〕故「主體復位」以後，我們可見各家詞作多少都受到了這樣的影響。是以，假如能夠更進一步探討宋代作詞的文人，其背後的情性、道德、學識等，是如何影響了詞的創作，或許能夠給予在詞史中，詞作不斷流變、創新這一現象的另一種詮釋。

至於創作主體的研究，自然也非單純的從單一作家的身份背景，去討論對作品的影響。在一個時期中，創作主體的作品，自然有其特殊之處；但是也必然因爲共存的階層、背景，而使某些共同的意識存在於心中，進而發揮進作品，甚至形成審美論或創作論。這種情形，在有自覺意識的文人階層中，更爲明顯。而觀「以詩爲詞」、「詩化」或「雅化」的作品，可知它們都有共同的一點，亦即都是受到一直以來存在於文人階層的「詩教」、「雅正」等觀念影響，雖然層面不盡相同，但都與創作主體身爲文人的意識有關。此外，從蘇軾「以詩爲詞」後，詩詞是否應有別，以及詞的本質爲何？這類的問題也開始出現許多探討，並且由這一核心的辨體意識，又開展出詞體「應然」的審美論。這類審美論之形成，也與文人階層特定的審美觀、偏好有關。因此在探討作品本身的藝術價值或思想內容時，其實也不該忽略了文人這一創作主體，特別是像詞在整個宋代產生了許多變化，而這些變化的背後，多半是受到不同的文人意識、文體觀等影響，有時難以單從作品表面看得出來，但實際上卻可能是使詞體不斷變動的內在因素。

既然研究詞「創作主體」可從個別轉向群體，而且是文人這一群體，或許可以釐析出詞是如何「文人化」，再進一步探究詞「文人化」後有何轉變？有何特質？這有必要將「文人」階層先進行研究，然「文人」這一詞彙的概念，以及這一階層在每個朝代不同的情況，都是較爲龐大、複雜的，故本論文於第二章專章論述，此處先約略提及。首先，「文人」這一概念，大概自漢而降即有，最明顯的例子，便是劉劭《人物志》：「蓋人類之業，十有二焉：有清節家，有法家，有術家，有國體，有器能，有臧否，有伎倆，有智意，有文章，有儒學，有口辨，有雄傑。」〔註4〕又云：「能屬文著述，是謂文章，司馬遷、班固是也。」〔註5〕這裡將「文章」的「屬文著述」作爲一種事業，

〔註3〕 見顏崑陽教授：〈宋代「以詩爲詞」現象及其在中國文學史論上的意義〉，收入《詮釋的多向視域：中國古典美學與文學批評系論》（臺北：臺灣學生書局，2016年3月），頁316～318。

〔註4〕 （三國）劉邵：《人物志》（上海：上海古籍出版社，1990年10月）。頁9。

〔註5〕 （三國）劉邵：《人物志》，頁10。

能夠「屬文著述」之人，也就是以文爲能事的文人。然隨著不同的朝代，也會有不同的組成，以及不同的文人階層意識，這與當時的政治制度、社會風氣都有關係。宋代是一個文藝輝煌的年代，正由於文人在學術、文學、思想方面，都有著高度的要求與發展，其文人階層之意識也有獨特之處。在北宋初期時，文人們的自覺意識就很高，一方面有著儒家傳統士大夫精神的「以天下國家爲己任」，一方面也不斷的在人生道路上，尋求安身立命的方法，充實著內在心靈，這些都是他們身爲北宋文人的階層意識使然。北宋文人還有一個特點，他們既爲知識份子，不斷充實與文藝相關的才能，以之作爲仕進的條件，所以他們往往身處政治之中，但又身兼文學家、藝術家、學術家等。這種情形在前代自然也有，但北宋文人更多這種現象。有這麼豐沛的主體情性、道德、學識，創作時便不可能隱而不發。因此終於有了能不拘小節，任由情性、道德、學識抒發的蘇軾，開始明顯的進行「創作主體復位」之創作。在他之後，門生也受到不少影響，例如黃庭堅（1045～1105）、晁補之（1053～1110），也如蘇軾一樣，不僅「創作主體復位」，藝術風格也有類似之處。故王灼《碧雞漫志》說：「晁無咎、黃魯直皆學東坡，韻製得七八。」〔註 6〕至於秦觀（1049～1100）、李之儀（1038～1117）等人，詞作雖偏向傳統，以婉約爲主，但是在「創作主體復位」這點也是一致的。可見東坡這種創作方式，也直接的影響了他的門生。

此外，宋代文人對於自己的文藝也有相當的充實，還常不滿於現況，提出各種審美論、創作論，這也是宋代文人階層意識使然，而這意識也一樣影響了詞體的創作論，蘇軾的「以詩爲詞」突破了傳統，而且模糊了詩詞的分界，正反討論及評價自然隨之而來。鄧子勉編《全宋金元詞話》時，注意到了在蘇軾和他的門生以前，北宋的詞話多爲本事之記載，及至蘇門，詞話數量既多，也開始圍繞於詞體本身的評論，包含了詞體的本質究竟應該如何；〔註 7〕黃雅莉〈李之儀詞學觀在宋代詞論中的位置〉也注意到此一情形，認爲蘇門這些文人，對詞學的熱烈討論始終圍繞著「詞學應循著怎樣的角度前進」、詞之本質應當如何等主題，特別是李之儀，他可說是北宋最早寫出較有系統的詞論。〔註 8〕從

〔註 6〕（宋）王灼：《碧雞漫志》（知不足齋叢書本），卷二。

〔註 7〕見鄧子勉編：《宋金元詞話全編》（南京：鳳凰出版社，2008 年 12 月），頁 3～4。

〔註 8〕見黃雅莉：〈李之儀詞學觀在宋代詞論中的位置〉（《東華人文學報》第 9 期，2006 年 7 月），頁 135。

以上大概能夠看得出來，由於東坡的新變，也掀起了一股討論，這種討論也是從蘇門開始，他們論詞，亦即對詞的本質、典範、功用等，進行反思，而且蘇門對於「以詩爲詞」的接受方式是不同的，故也延伸出不同的詞學觀。既然在蘇門之前，很少人會去對詞體的規範、創作準則等進行論述，所以，這不僅是一個值得注意的現象，也可以推測，這個現象背後的原因，可能和他們身爲文人有關，而且還有深究的空間。

現在，可以知道詞史上的兩大轉變，一是「創作主體復位」，一是「形成詞體的理論」，都發生在蘇軾與蘇門身上。然「創作主體復位」或許可用蘇軾本身才氣縱橫、無法束縛去理解，但蘇門間開始形成類似的創作情形，以及逐漸形成詞體理論的過程，卻很難僅以作家個人之成長背景、環境去解釋，而應是與這個群體背後所共有的「文人身份」、「文人意識」更有關係。回顧過去，雖有對「蘇門四學士」或「六君子」的詞學、詞作進行研究者，卻忽略了一個問題，就是所謂「四學士」、「六君子」並非是因寫詞形成的團體，且像張耒（1054～1114）、李廌（1059～1119）之詞作，留下的數量很少。〔註 9〕如果沒有找出他們更深層的共相，則容易流於表面式的作品研究。此外，李之儀雖然不是「四學士」或「六君子」，但他的詞作與詞論卻不可忽略，應要納入一併討論；再者，蘇門中各有其詞學觀，這樣的差異以及開啓了後世不少論詞的話題，其實也都還有再論述的空間，尤其他們可說是詩詞辨體論的先驅。且相較於之前的詞人，他們的詞作無論在題材、內容上，都更趨近於文人之精神，也擴充了詞的功用，在詞學史上的定位，是有其意義的。

故本文欲以詞進入到文人手中，並展現出作者情性、道德、學識等爲發端，一直到發展出屬於詞體的文體理論，且這些「創作主體復位」以及「文體理論」仍持續不斷流變的過程，作爲詞之「文人化」過程，再從蘇軾與蘇門爲中心切入研究，探究他們在詞「文人化」中的關鍵地位，以期對詞在不同時期，往往有不同的創作方式、創作理論之現象，提出不同面向的解釋。

〔註 9〕檢視《全宋詞》，張耒之詞作共十首，其中三首殘缺；李廌有四首詞。見唐圭璋編：《全宋詞》（北京：中華書局。2011 年 3 月）。

第二節　前人研究成果回顧

一、「文人化」與「主體意識」基本觀念來源

本論文題目爲「蘇門詞人『主體意識』與詞作『文人化』現象研究」，故須先就「文人化」與「主體意識」兩個範圍的相關資料，進行回顧與探討。首先，「文人化」必與「文人」這一群體的發展、演變、特性等有關。由於「文人」一詞由來已久，故處理這一個詞的義涵，是較爲龐大複雜的，但近人有許多相關的著作，例如余英時《中國知識階層史論》〔註 10〕、《中國思想傳統的現代詮釋》〔註 11〕、《士與中國文化》〔註 12〕、《朱熹的歷史世界——宋代士大夫政治文化的研究》〔註 13〕等，徐復觀《兩漢思想史》〔註 14〕、龔鵬程《文化符號學》〔註 15〕、《中國文人階層史論》〔註 16〕等書，對於文人階層的形成、各階段流變、特質、精神，以及與「士」之關係，都做了相當詳細的詮釋論述，故皆爲本論文第二章處理「文人」這一概念義涵時，主要的依據，並作爲「文人化」義涵之基礎，說明詞被文人創作後，受到這個階層的特質、精神，會怎樣內化他們的創作。當然，這種文人精神或意識，必須顯著的發用在作品中，從而看出創作主體在文人意識的驅使下，所呈現出的情性、道德、學識等，這是受到顏崑陽教授「創作主體復位」論點的啓發。在顏崑陽教授〈論宋代「以詩爲詞」現象及其在中國文學史論上的意義〉一文中，認爲「以詩爲詞」是一種普遍存在宋代的創作現象，但每個時期各有不同的面向，受到詩影響的層面也不同。並將「以詩爲詞」的相關論述分成指述義、評價義、規範義三個層次，清楚地整理出一個脈絡，最後提出這些現象的背後，有一個重要的原因，即文人的「創作主體復位」，與文人多受到「詩文化母體意識」的影響，才會出現「以詩爲詞」的現象，這種「詩文化母體意識」即是文體學中「分流子體向母體歸源」的原因。〔註 17〕採用宏觀的方式處理

〔註 10〕余英時：《中國知識階層史論》（臺北：聯經出版公司，1984 年 2 月）。

〔註 11〕余英時：《中國思想傳統的現代詮釋》（臺北：聯經出版公司，1987 年 3 月）。

〔註 12〕余英時：《士與中國文化》（上海：上海人民出版社，1987 年）。

〔註 13〕余英時《朱熹的歷史世界——宋代士大夫政治文化的研究》（臺北：允晨文化，2003 年 6 月）。

〔註 14〕徐復觀：《兩漢思想史》（臺北：臺灣學生書局，1984 年 3 月）。

〔註 15〕龔鵬程：《文化符號學》（臺北：臺灣學生書局。2001 年 2 月）。

〔註 16〕龔鵬程：《中國文人階層史論》（佛光人文社會學院，2002 年 5 月）。

〔註 17〕見顏崑陽教授：〈宋代「以詩爲詞」現象及其在中國文學史論上的意義〉，收

了「以詩爲詞」的現象與相關論述，最後聚焦回來，提出這些現象背後深層的原因，對於研究詞「文人化」背後的原因，文人化的現象與「以詩爲詞」有何關係時，實有許多助益。

另外，顏崑陽教授在〈宋代「詩詞辨體」之論述衝突所顯示詞體構成的社會文化性流變現象〉中曾指出，文學家有「三重性」的存在情境：

> 文學家實有「三重性」的歷史存在與社會存在。從廣泛幅度的存在情境而言，他與所有不分階層的一般人，共享著整體性的歷史文化與社會情境；這是文學家第一重的存在。接著，從限定性幅度的存在情境而言，文學家在當代的社會結構中，卻又無可規避的必然歸屬於某一由生產關係所分化的社會階層，因而在階層限定的視域中，理解、選擇、承受了某些由「文化傳統」及「社會階層」共成的價值觀，並履歷了階層性的社會互動經驗過程，而塑造某種「意識形態」；這是第二重的存在。最後，從選擇性幅度而言，文學家又由於其文學觀念及活動所自主選擇、承受的「文學傳統」與「社會交往」，而互應相求地歸屬於所認同的文學社群；這是第三重的存在情境。前二重限定下的存在情境，我們稱之爲「社會文化存在情境」；後一重限定下的存在情境，我們稱之爲「文學存在情境」。〔註 18〕

顏崑陽教授也指出，在蘇門以前的詞人，如馮、晏、歐、柳等人，以及蘇軾、黃庭堅、晁補之等人，其詞作中多有作者「常民意識」的發用。也就是他們身爲一般人，也一樣會有常民之情緒與情感。〔註 19〕而在蘇軾以及他的門生如黃庭堅、晁補之、秦觀、李之儀等人，其詞作中除了常有以「常民意識」之愛情、親情、友情爲主題之作品外，也逐漸有與文人意識、文人生活相關的「階層意識」作品出現。因此本文也欲藉由顏崑陽教授「創作主體復位」理論，以及文人在創作時，所顯現出的第二重「階層意識」這一論點，開展出蘇軾與蘇門詞人如何將「文人階層意識」顯現在詞之創作、功用、審美論

入《詮釋的多向視域：中國古典美學與文學批評系論》（臺北：臺灣學生書局，2016 年 3 月）頁 285～326。

〔註 18〕見顏崑陽教授：〈宋代「詩詞辨體」之論述衝突所顯示詞體構成的社會文化性流變現象〉，收入《詮釋的多向視域：中國古典美學與文學批評系論》（臺北：臺灣學生書局，2016 年 3 月），頁 334。

〔註 19〕見顏崑陽教授：〈宋代「詩詞辨體」之論述衝突所顯示詞體構成的社會文化性流變現象〉，頁 335～336。

等面向，使詞體有更爲明顯的轉變，以呈現出詞體「文人化」的具體義涵。又由於蘇門詞人在創作時是「創作主體復位」並發用了「階層意識」，是以本文以「主體意識」一詞，來統括蘇門詞人創作時的這兩大特點。

二、與「文人化」相關之文獻回顧

詞之「文人化」與「以詩爲詞」、「詩化」、「雅化」有諸多異同，甚至還有所謂「士大夫化」，過去也有許多相關的研究，可作爲文人化之參考。此一部分可分爲直接史料與間接史料，但歷來相關的直接史料，常散見於各詞話、詞評中，且數量眾多，故此不一一贅述，而以間接史料，並與詞之「文人化」有關爲主。而這些相關研究，又可分爲以現象探討爲主，和以創作主體爲主，或兩者兼具。以下分論之。

（一）以作品現象為主之研究

以「詩化」來說，其概念往往是指東坡「以詩爲詞」後所引發的效應，亦即詞與詩之分界趨向模糊之過程，這一過程，可能是詩詞在內容、風格、功能等方面的趨同。但並非像詩之詞都是「詩化」，沈家莊《宋詞的文化定位》中曾指出，「以詩爲詞」或「詩化」已被濫用，例如有論者認爲中唐白居易、張志和之詞，已有「詩化」傾向，但早期之詞有詩的特徵，與詞作爲一種成熟文體後逐漸詩化，其實是兩回事。〔註 20〕許芳紅《南宋前期詩詞之文體互滲研究》一書，雖主要是談詩詞的互相影響，然他也在緒論中延續沈家莊的說法，認爲詞之詩化必須在詞成爲一完全獨立之文體，才能存在。〔註 21〕此二說之原則亦可爲本文借鑑，例如詞之「文人化」並非文人創作即可，應當還有其他限制條件，才不至於濫用，或常與「詩化」、「雅化」等分不清楚。

另外，劉華民之專著《宋詞詩化現象探討》，從詞中出現的議論、敘事、小序、次韻、聯章等現象進行研究，探討詞在內容、功用上與詩的靠攏。〔註 22〕但正如書名，多是第一序的現象分析和敘述。

鄭慧敏《北宋雅詞之美學面向研究——以清、淡、閒爲核心的探索》爲博士學位論文，分析兩宋文人所寫的雅詞，有「閒雅」、「清雅」、「淡雅」三

〔註 20〕沈家莊：《宋詞的文化定位》（湖南：湖南人民出版社，2005 年 1 月），頁 321。

〔註 21〕許芳紅：《南宋前期詩詞之文體互滲研究》（北京：中國社會科學出版社，2012 年 10 月），頁 9。

〔註 22〕劉華民：《宋詞詩化現象探討》（南京：江蘇教育出版社，2014 年 11 月）。

個面向，以「閒雅」爲北宋太平時期詞作的特色，與庶民文化相浸染；「清雅」與「淡雅」則表現出文人理性兼融感性的美學品味。〔註 23〕但其內容偏重於詞作風格、意象的歸納，再將這些現象予以一一分析，也比較偏向第一序之研究。

（二）以創作主體為主之研究

這部分往往涉及到「以詩爲詞」、「詩化」、「士大夫化」，且多集中在蘇軾身上，主要是因爲這些現象，多是從東坡開始最爲凸出的顯現出來。言「以詩爲詞」者，如劉少雄的專著《會通與適變——東坡以詩爲詞論題新詮》，分從不同角度去討論東坡在詞史上的定位，首先論述東坡早期作詞到「以詩爲詞」的過程，再分析「以詩爲詞」後開展出新的「清雅」詞境，並如何影響了姜夔、張炎等，然後論及因爲「以詩爲詞」所引起的歷代爭論，也處理了蘇辛詞的豪放問題，全面的研究了「以詩爲詞」的各種議題。其中「東坡詞情的論證與體悟」一章，是比較詳細的從創作主體出發，談東坡之情性對作品的影響，以及這一特色在後代如何受到肯定，對於後來詞之文人化，產生何種效應等。〔註 24〕此章的「情」尚能啓發其他研究空間，例如從東坡的情性向「文人意識」的那一面做更深入的研究，或許能凸出東坡對詞文人化的關鍵影響。

王秀珊《東坡「以詩爲詞」之論述研究》，則爲博士學位論文，認爲從宋代到現代，關於東坡「以詩爲詞」的論述中，由於缺乏直接史料與詮釋，很多相關的詮釋、理論都是後設的建構，故欲建立一套「符合東坡其人其詞以及其詞評之主要發展脈絡的有效標準和詮釋範疇」，再用以釐析諸多關於東坡「以詩爲詞」論述的爭議。由於「以詩爲詞」與「詩化」、「雅化」常有諸多關係，故文中先就「詩化」、「雅化」給予廣狹之定義，然後比較與「以詩爲詞」的異同。再論及蘇軾詞中的人物形象，對其詞評的影響，以及其創作個性與「以詩爲詞」之關係，最後整理了宋代到清代，有關東坡的詞評。其中也涉及「以詩爲詞」、「詩化」、「雅化」三者之梳理，以及其定義之廣狹，嘗試釐清了過去在使用這些詞語時容易混淆的部分，與試圖從東坡的主體形

〔註 23〕鄭慧敏：《北宋雅詞之美學面向研究——以清、淡、閒爲核心的探索》（臺北：臺灣師範大學國文學系博士學位論文，2011 年 6 月）。

〔註 24〕劉少雄：《東坡以詩爲詞論題新詮》（臺北：里仁書局。2006 年 3 月）。

象、情性去建立「以詩爲詞」的價值與意義，有其成果。〔註 25〕但其中仍有一些問題尚待釐清，例如認爲「詩化」與「雅化」皆爲「以詩爲詞」後開展出來的過程，並僅就「詩」與「雅」的本身性質進行論述，卻未釐清這兩者在詩詞辨體論中的不同，故較難凸顯此二者根源上的差異，又將「雅化」與「文人化」混同使用，造成疑惑。故從這之中可延伸出一些問題，例如「文人化」是否等同於「雅化」，東坡「以詩爲詞」與其「文人意識」是否還有更深層的關聯等等。

言「詩化」者，如葉嘉瑩的詞學體系中，也對詞之「詩化」建構了一套理論。以過程來說，詩化是從李煜開始，經過蘇軾有意爲之，到達了高峰。並認爲詩化之詞有兩種類型，一種是直接抒情寫志之作，故不要眇宜修；一種是能兼有詩、詞之美感的作品，例如蘇軾《八聲甘州・寄參廖子》，具有婉轉之情，但「有情風萬里捲潮來」又有開闊的氣勢。另外葉氏也提出，詞「詩化」以後，發展到最後卻變成粗獷豪囂，所以能否留有詞之雙重意蘊，是評「詩化」之詞優劣的重要條件。例如蘇、辛本身具有儒家用世的志意和道家超曠的襟懷，故是創作主體本身就具有雙重性格，因而能保有詞雙重意蘊之美；再者是「詩化」以後雖寫男性意識，但仍能表現出曲折變化的女性語言之特質，尤以辛詞最爲明顯。另外他也解釋了「詩化」之詞所引發的爭議，認爲作者寫出來之作品，本有優劣之分，所以讀者讀了也毀譽參半，原因是因爲作者、讀者都沒有對詞之美感特質作出深刻之反思與辨析。〔註 26〕此理論分從外在表現與作者內在人格之呈現，但主要聚焦於創作主體的情性志意來論述「詩化」之詞的特色，亦是著眼於創作主體的研究方式。

言「士大夫化」者，有如劉揚忠《唐宋詞流派史》中第四章「東坡體——完整意義上的士大夫之詞和詩人之詞」，基本上認爲東坡詞中充滿他士大夫的形象、精神，以及這一點在詞史上的意義。〔註 27〕但他沒有明確規範何謂「士大夫之詞」，所論述的東坡士大夫形象，也未像後來楊海明《唐宋詞史》有明

〔註 25〕王秀珊：《東坡「以詩爲詞」之論述研究》（花蓮：東華大學中國語文學系博士學位論文，2009 年 7 月）。

〔註 26〕有關葉嘉瑩「詩化」理論，可見於《唐宋詞名家論稿》（北京：北京大學出版社，2008 年）、《南宋名家詞選講》（北京：北京大學出版社，2007 年）、《詞學新詮》（臺北：桂冠出版社，2002 年）等專著。

〔註 27〕劉揚忠：《唐宋詞流派史》（福州：福建人民出版社，1999 年 3 月）頁 232～268。

確的歸納。《唐宋詞史》中第七章「『新天下耳目』的蘇軾詞——詞的充分『士大夫』化」中，提出「士大夫化」一詞，認爲傳統詞之詞，雖然能反映作者的生活面貌，卻僅是其多重生活中的一小部分，但蘇軾之詞，可以從內容中看出更爲鮮明的蘇軾形象，還包含了他身爲士大夫的一面，故楊海明歸納出蘇軾在詞中所呈現的形象，包含「憂國憂民、深有抱負的士大夫文人」、「熱愛生活、感情豐富的士大夫文人」、「飽經憂患、覃思深慮的士大夫文人」三個面向。〔註 28〕其分析大致能點出蘇軾身爲宋代文人，如何將其學識、涵養、階層意識與遭遇等，反映在詞作中。用「士大夫化」一詞，自然能彰顯以創作主體爲重的論題，但較爲可惜的是，楊氏也沒有對「士大夫化」做一比較明確的定義，與「詩化」之差異也未清楚說明。

以上之研究路徑與「文人化」這種以創作主體爲主的方式類似，但都僅以東坡爲主要對象。故像楊海明提出的分類是以蘇軾一人之詞做歸納，雖有突破以往僅研究詞作的方式，但若要進行「文人群體」之研究，仍須如顏崑陽教授〈宋代「詩詞辨體」之論述衝突所顯示詞體構成的社會文化性流變現象〉一文，做更爲宏觀的歸納。

（三）兩者兼具之研究

趙曉蘭專著《宋人雅詞原論》，所論及之「雅化」，包含了柳永、張先、蘇軾、賀鑄等人的影響，也注意到蘇門之間對東坡「以詩爲詞」的不同看法，以及接下來衍生出的詞論。但他將整個宋詞詞史中，只要是將詞的內涵、修辭、風格或理論，有趨雅避俗的現象，都納入「雅化」的範疇。〔註 29〕雖然並無錯誤，但範疇過大，許多部分容易流於一般性的詞史介紹，或作品與作家分析。

黃雅莉《宋詞雅化的發展與嬗變——以柳、周、姜、吳爲探究中心》爲博士論文，後出版成書。〔註 30〕以「雅化」爲主軸研究，文中所認爲的「雅化」，是詞被文人作家群體以後，由「俗」到「雅」，受到「詩化」影響卻不失詞體本色的過程，並注意到了文學與創作主體是密不可分的，認爲「文學

〔註 28〕楊海明：《唐宋詞史》，收入《楊海明詞學文集》（杭州：江蘇大學出版社，2010 年 10 月），頁 211～239。

〔註 29〕趙曉蘭：《宋人雅詞原論》（成都：巴蜀書社，1999 年 9 月）。

〔註 30〕黃雅莉：《宋詞雅化的發展與嬗變——以柳、周、姜、吳爲中心》（臺北：文津出版社，2002 年 6 月）。

歷史活動的中心既然是創作主體，那麼釐清文學發展的過程，就應該考慮以創作主體爲軸心」，〔註31〕因此他以柳永、周邦彥、姜夔、吳文英四人，作爲詞史「雅化」中的四個重要轉折關鍵，分從「情感內涵」、「詞法」、「思維模式」、「結構」等探討這四人所帶來的轉變，和彼此間的承繼、新變關係，也能細部探究創作主體的特性。這一角度切入所形成的研究，是聚焦於詞史上個別的、歷時性的作家，所帶來的線性影響。

陳慷玲《宋詞雅化研究》爲博士論文，對於「雅化」採用較爲狹隘的定義，認爲「雅」應包含詩歌中的「雅正」意涵，音樂也須雅正，而且需有一群人對「雅」有共同追求，才能稱爲「雅化」，故以姜夔、張炎等人爲主要對象，並認爲「雅化」的原因爲作者與讀者皆有比較高的藝術涵養，同樣喜好隱晦、餘韻之美。文中也討論了文人作詞由俗到雅的消長關係，也多有作品、詞樂現象的討論。〔註32〕

由以上相關性研究看來，「創作主體」之於詞之流變現象的影響，過去已有許多學者注意到，但是研究之重點多爲個別作家，特別是論及「以詩爲詞」或「詩化」、「士大夫化」時，大多以蘇軾爲主要對象。而有關「詩化」、「雅化」、「士大夫化」之定義，各家之寬嚴不同，或有未說明清楚者，這與「文人化」也可能產生混淆，有釐清之必要，此部分將於第二章再詳細說明，試圖將「以詩爲詞」、「詩化」、「雅化」之義涵辨明，並與「文人化」做比較，透過分析其異同，進一步凸顯「文人化」之明確定義。此外，無論是「以詩爲詞」、「詩化」、「雅化」等諸多研究，也往往都會涉及作品與作者，只是以何者爲主要切入的研究角度，自然會影響研究結果。而過去研究成果談及創作主體時，多以個別作家爲主，或者點出在詞體變化過程中關鍵性的作家們，但這些作家是「歷時性」而非「共時性」的，是以當還有可以發揮的空間，例如「共時性」的作家們彼此間的交流和共同的階層意識，對於詞史所帶來的影響。當然，有關「共時性」的蘇門詞人，前人亦已有所研究，以下試釐析之，並說明將從這些研究再延伸出的面向。

〔註31〕見黃雅莉：《宋詞雅化的發展與嬗變——以柳、周、姜、吳爲中心》，第一章，頁17。

〔註32〕陳慷玲：《宋詞「雅化」研究》（臺北：東吳大學中國文學研究所博士學位論文，2003年6月）。

三、與蘇門相關之文獻回顧

關於蘇門的相關研究，亦可分爲直接史料與間接史料。直接史料部分，包含蘇軾、蘇門之詞、詞評或詞論，以及與他們相關的古代詞論等。至於間接史料，一種是著眼於這一群體的交遊、形成、文學、學術、政治、影響等綜合性的論述；一種是與本論文較爲相關的「蘇門詞人」研究。以下分論之。

（一）蘇門群體的綜合性研究

有關蘇門群體之研究，目前還是以綜合性的論述較多，專著部分，有馬東瑤《蘇門六君子研究》，以「君子」作爲此一團體的特色，探討此六人之所以號稱爲「君子」的關係，認爲「四學士」與「六君子」最大之不同，在於「六君子」還有人格典範上的意義，故從蘇軾與六學士的人格和文才去規範出他們的「君子」形象，也提出「六君子」在南宋崇尚蘇學，士風日下的背景下，成爲一種典範。〔註 33〕此書本來具有問題意識，但是所舉之證據或史料，有時未能作爲直接的證明，或過於武斷，以致說服力不足。

楊勝寬《蘇軾與蘇門文人集團研究》則是以多篇短論，研究蘇門的各種主題，包含了政治、文藝理論等，以及較爲冷門的門生如李昭玘、畢仲游、趙令畤等人的交遊。〔註 34〕可惜所論議題皆較爲表面，也缺乏系統性。

博士論文蓋琦紓《蘇門與元祐文化》一文，將蘇門視爲一個文人群體研究，包含蘇軾、蘇轍與四學士，重點在於文人本身，注意到了蘇門身爲宋代文人，往往身兼文學、政治、學術三位一體的情形，因此試圖釐析蘇門間共同的文藝、政治、學術方面之思想，並以心理學中的「團體人格」概念作爲依據，研究蘇門這個群體受到的影響。然後分別從他們的形成與特質、政治理念、宗教思想、文化人格進行研究，其中也處理了共同的文藝理念、唱和行爲等，可說是以文人主體爲核心的研究，包含的層面較爲多元，對創作主體的論析也比較深刻。〔註 35〕

碩士論文蕭綺慧《蘇門四學士與蘇軾交遊研究》一文，主題爲蘇門間的交遊，也涉及了交遊時所產生的文學作品。〔註 36〕但對「四學士」名稱由來

〔註 33〕馬東瑤：《蘇門六君子研究》（北京：北京大學出版社，2005 年 3 月）。

〔註 34〕楊勝寬：《蘇軾與蘇門文人集團研究》（成都：四川人民出版社，2010 年 1 月）。

〔註 35〕蓋琦紓：《蘇門與元祐文化》（臺北：國立臺灣大學中國文學系博士學位論文，2002 年）。

〔註 36〕蕭綺慧：《蘇門四學士與蘇軾交遊研究》（臺灣：屏東教育大學中國文學研究

與性質，論述約略不足。

單篇論文部分，則有王水照〈「蘇門」的性質和特徵〉，認爲蘇門是「以交往爲聯結紐帶的鬆散的文人群體」，這些門人多是與蘇軾或四學士、六君子有個別交游再集結起來的，逐漸成爲政治、學術、文學方面各有特色的集合體。還提出「蘇門」是元祐更化時確立的，與當時的新舊、蜀洛黨爭關係很大，故形成蘇門的性質與特徵，和政治有很大的關係；另外也注意到了蘇軾、蘇門之於詞的創作理念。〔註 37〕但是他認爲蘇軾開創豪放派是有意革新詞體，還要求門下之士比較他與柳永、秦觀的詞作，反映出他認爲柳、秦是他的競爭對手，卻有將史料過度詮釋之嫌。

從以上研究看來，可知對於蘇門群體之研究，多半從他們的交遊、時代背景、政治環境或文藝理論之共相來研究，也比較偏向現象性或第一序的研究。僅《蘇門與元祐文化》是用心理學理論，及以主體爲重的方式，較爲不同。

（二）蘇門詞人研究

有關這方面的研究，多以第一序爲主，較早的如王水照〈論「蘇門」的詞評和詞作〉〔註 38〕、〈「蘇門」諸公貶謫心態的縮影——論秦觀〈千秋歲〉及蘇軾等和韻詞〉〔註 39〕兩篇論文。前者探討以蘇軾、蘇門六君子爲主的詞論和詞作，並注意到晁補之、張耒對蘇軾「以詩爲詞」產生了爭論，以及蘇門間彼此的詞評不一，這些現象的背後都是圍繞著詞之「本色」、「非本色」、「正變」等文體的問題展開的。然後再一一評析蘇門之詞作，另外他也注意到蘇門作唱和詞的「情性」問題。但此文僅就蘇門這些人的詞作做現象的描述，未能聚焦出一個比較有效的論題。而後者則以蘇門間和秦觀〈千秋歲〉之詞爲文本，分析他們在唱和時呈現出的貶謫心情，雖有一個較爲主要的「貶謫心態」論題出現，但還是以文本解析、現象描述爲主。這兩篇論文主的研究對象，主軸在於「蘇門」這一群體之詞作、詞論方面，但比較沒有進一步的聚焦或歸納，所以是表象性的研究。

所碩士學位論文，2011 年 7 月）。

〔註 37〕王水照：〈「蘇門」的性質和特徵〉收入《蘇軾研究》（石家莊：河北教育出版社，1999 年 5 月），頁 40～68。

〔註 38〕王水照：〈論「蘇門」的詞評和詞作〉，收入《蘇軾研究》，頁 226～241。

〔註 39〕王水照：〈「蘇門」諸公貶謫心態的縮影——論秦觀〈千秋歲〉及蘇軾等和韻詞〉，收入《蘇軾研究》，頁 112～128。

在阮忠《宋代四大詞人群落及其詞風演化》中，有「蘇門詞人群落及其詞風」一章，也研究了「蘇門詞人」。阮氏指出，「群落」是比「群體」更鬆散、不自覺的構成形態。在他所劃分的蘇門詞人中，也是以六君子爲主，但這就與他所定義之「群落」有些衝突。〔註 40〕此外，與王水照一樣，是站在「六君子之詞」的角度去研究其詞作、詞論，沒有聚焦的議題，因此也多爲表象性的研究。

陳中林、徐勝利《蘇門詞人群體研究》則是專著，其所列出的「蘇門詞人」有五十人左右，採用比較寬泛的定義，即蘇門中的作詞者，單從這個方式說，可能比上述王水照、阮忠等，以非因作詞組成的六君子團體做研究對象，要來得有意義。研究內容則包含了此一群體的時代背景、形成因緣、詞體觀念與理論、手法的創新、主題的開拓、群體特色與詞史影響等，算是做了較爲通盤性的研究。〔註 41〕然而其雖說「蘇門詞人群」有五十人，但研究仍多集中在蘇軾與四學士，旁及李之儀、賀鑄等人，故時常言「蘇門詞人」在某方面的特色，但舉例應證時，往往只集中在這些人身上，且也多爲第一序的現象研究。然其所研究的範圍較爲廣泛，因此仍可當作研究「蘇門詞人」之參考，只是其對「蘇門詞人」之劃分，由於過於龐大，是否全體都有手法創新、主題開拓、詞評詞論等方面的共相，都還有待商榷。

由以上研究看來，「蘇門詞人」的定義或劃分範圍之於對詞的影響，還存在著一些問題，且相關的研究，也以第一序爲主，其在詞史上的地位或意義，也多半從詞之風格內容、詞論較多等現象去論定。此外，若論及蘇門詞人的文人意識，也是較爲表層或零散。因此「蘇門詞人」的定義問題，也是本論文須釐清的地方，並加強研究其文人意識。

最後，再與前述「詩化」、「雅化」等諸多相關「文人化」的研究總結來看，則可發現大多都未以「共時性」的「創作主體」爲主，研究其共同的階層意識，是否對詞體演變過程產生影響。因此，本論文將嘗試聚焦於「蘇門詞人」這群「創作主體」爲主，給予他們更有意義的劃分或定義，再旁及他們的文人意識對詞之內容、風格、功能性、文體觀念等有何影響，以期補充過去相關研究的空白。

〔註 40〕阮忠：《宋代四大詞人群落及其詞風演化》（南京：鳳凰出版社，2015 年 7 月）。
〔註 41〕陳中林、徐勝利：《蘇門詞人群體概論》（武漢：湖北人民出版社，2014 年 5 月）。

第三節　研究範圍

一、過往蘇門範疇的組成與差異

在中國古代文學史或學術史中，經常可見每個朝代都有文人所形成的團體，這些團體又各自有不同的組成方式，或可能是文人自覺地因爲文學創作理念、學術見解相同，自組一個組織；也可能是因爲從師、交游、地緣、政治等關係，形成一個團體，再彼此進行文學或學術、政見的交流；也有時候，可能只是因爲創作出的作品風格類似，或學術上有相同見解，而被後人歸類爲一個團體。

在宋代，是文人對自身的階層使命和主體精神內涵自覺的時期，人數也相當眾多，加上多數文人皆兼有官職，因而文人間所形成的團體，可說具備了上述各種類型。如果從當代比較自覺形成的團體來看，多數爲因從師、交流等原因所組成的，且往往與政治相關，形成多元複合的團體。如「歐門」、「蘇門」、「蜀黨」、「洛黨」等，其組成因素常牽涉到文學、學術、政治。而後人所歸類的團體，如唐宋八大家、江西詩派等，因爲主要是從其文學理念去歸類，他們所組成的因素較爲單純，但多爲後設性。

「蘇門」即是一個牽涉到從師、交流、學術、學問、政治等多方面的團體。在蘇軾之前，已有以歐陽修爲主，所形成的「歐門」，門生當中也包含了蘇軾，就已經具有類似性質。這樣的團體，一開始多是從文人間彼此交游開始的，這些交游不單只有情誼，也包括政治、文學、學術的層面。蘇門的形成，一開始也是從交游開始的，最早與蘇軾交游者爲黃庭堅，而後晁補之、秦觀、張耒等人與蘇軾也漸有交情。這些交游一開始都以文爲主，例如蘇軾對黃、晁、秦、張、陳師道、李廌等人才學的認同，隨著感情與關係日深，他們在政治上也有了交集，從而在仕途上成爲生命共同體。除了黃、晁等六人之外，其他門生，也有很多是與蘇軾有個別往來，或與此六人有交游，才得以聚合的，他們往往也在學術、文學等方面，顯性或隱性地有一些共同之處。

「蘇門」之意雖爲「蘇軾之門生」，但從過去的史料看來，這一概念其實又有從師遠近之差別，或分類基準不同，而產生定義的不同。本節因試圖釐清過去關於「蘇門」成員定義的問題，以及此一團體的特色，還有重新定義關於本論文的「蘇門詞人」，故先做幾個關於蘇門成員的概念分析、說明，也補充一下前人關於蘇門有些未詳細說明的地方，例如「四學士」、「六君子」等稱號，前人沿用甚為習慣，但對其由來與組成特色、演變之說明，往往較為簡單或片面。

先以最常見的「蘇門四學士」和「蘇門六君子」來看，「四學士」的概念，來自於蘇軾自己，他在〈答李昭玘書〉中說：「獨於文人勝士，多獲所欲，如黃庭堅魯直、晁補之無咎、秦觀太虛、張耒文潛之流，皆世未之知，而軾獨先知。」〔註42〕蘇軾在這裡親自肯定了黃、晁、張、秦四人，《宋史．文苑．黃庭堅傳》也有記載：「與張耒、晁補之、秦觀俱游蘇軾門，天下稱為四學士。」〔註43〕吳曾《能改齋漫錄》也記載：「子瞻、子由門下客最知名者，黃魯直、張文潛、晁無咎、秦少遊，世謂之四學士。」〔註44〕可見當時蘇門四學士相當聞名。

至於「蘇門六君子」，是四學士再加上陳師道、李廌。一般認為這個稱號是從陳亮編《蘇門六君子文粹》一書而來，但原先將此六人並稱的概念，還是來自蘇軾，他在〈答李方叔十七首之十六〉中說：

> 比年於稠人中，驟得張、秦、黃、晁及方叔、履常輩，意謂天不愛寶，其獲蓋未艾也。比來經涉世故，間關四方，更欲求其似，邈不可得。以此知人決不徒出，不有益於今，必有覺於後，決不碌碌與草木同腐也。〔註45〕

這段話更顯現出六人在蘇軾心中的地位，是他走遍四方也難得的人才。再據《宋史．文苑．李廌傳》云：

> 廌六歲而孤，能自奮立，少長，以學問稱鄉里。謁蘇軾於黃州，贄文求知。軾謂其筆墨瀾翻，有飛沙走石之勢，拊其背曰：「子之才，萬人敵也，抗之以高節，莫之能禦矣。」……益閉門讀書，又數年，再見軾，軾閱其所著，歎曰：「張耒、秦觀之流也。」〔註46〕

蘇軾〈答張文潛書〉：

〔註42〕見（宋）蘇軾：《蘇軾全集．文集》（上海：上海古籍出版社，2000年5月），下冊，頁1666。

〔註43〕見（元）脫脫：《宋史》，收入《百衲本二十四史》（臺北：臺灣商務印書館，精裝縮印本），卷444，頁24296。

〔註44〕（宋）吳曾：《能改齋漫錄》（北京：中華書局，1985年），卷11，「四客各有所長」條。

〔註45〕見（宋）蘇軾：《蘇軾全集．文集》，下冊，頁1769～1770。

〔註46〕見（元）脫脫：《宋史》，收入《百衲本二十四史》，卷444，頁24299。

> 僕老矣，使後生由得見古人之大全者，正賴黃魯直、秦少游、晁無咎、陳履常與君等數人耳。〔註47〕

從這些記載亦可知，蘇軾多次將黃、晁、秦、張四人，或黃、晁、秦、張、陳、李等六人並稱，除了以此六人爲最得意之門生外，也有傳授重責大任給他們的期許。且這些並稱似乎都有著預示的性質，故在蘇軾當世，四學士之名稱開始廣爲流傳，而六君子之名稱，也在這之後逐漸形成，如《能改齋漫錄》曾記載：

> 黃魯直、張文潛、晁無咎、秦少遊，世謂之四學士。至若陳無己，文行雖高，以晚出東坡門，故不若四人之著。故陳無己作〈佛指記〉云：「餘以辭義，名次四君，而貧於一代」，是也。〔註48〕

吳曾爲北、南宋之交時人，此處將陳師道與四學士並提，故大約在此時，四學士到六君子中有了變化。陳師道（1053～1102）與晁補之同年出生，所謂「晚出東坡門」，是指陳師道本來是以曾鞏爲師，並非東坡門生。根據《宋史・文苑・陳師道傳》記載：

> （陳師道）少而好學苦志，年十六，早以文謁曾鞏，鞏一見奇之，許其以文著，時人未之知也，留受業。熙寧中，王氏經學盛行，師道心非其說，遂絕意進取。……官潁時，蘇軾知州事，待之絕席，欲參諸門弟子間，而師道賦詩有「嚮來一瓣香，敬爲曾南豐」之語，其自守如是。〔註49〕

陳師道雖以曾鞏爲師，但仍仰慕東坡之文名，東坡對他也頗爲禮遇，想要收爲弟子，陳師道卻以曾爲曾鞏學生爲由，拒絕了東坡。但是陳師道與東坡、四學士之來往仍是密切的，彼此也肯定對方的才學，如《能改齋漫錄》說：

> 晁無咎詩云：「黃子似淵明，城市亦複眞。陳君有道舉，化行閭井淳。張侯公瑾流，英思春泉新。高才更難及，淮海一髯秦。」……魯直〈與秦少章書〉曰：「庭堅心醉於《詩》與《楚辭》，似若有得。至於議論文字，今日乃當付之少遊及晁、張、無己，足下可從此四君子一一問之。」〔註50〕

〔註47〕見（宋）蘇軾：《蘇軾全集・文集》，下冊，頁1。

〔註48〕見（宋）吳曾：《能改齋漫錄》，卷11，「四客各有所長」條。

〔註49〕見（元）脱脱：《宋史》，收入《百衲本二十四史》，卷444，頁24298～24299。

〔註50〕見（宋）吳曾：《能改齋漫錄》，卷11，「四客各有所長」條。

從晁無咎之詩與黃庭堅〈與秦少章書〉的內容來看，都是肯定陳師道的，也將他與其他三人並稱，可見雖然在表面上，陳師道未從師東坡，但以他與東坡和四學士的交情，以及能夠比美的才學，使他實際上仍是東坡門下的核心份子。

由於蘇門間有這樣並提、並稱的狀況，隨著時間或人才的新變，便又延伸出新的核心成員，故從四學士到六君子，此一概念也是逐漸演變出來的。只是，在蘇軾當世，主要還是「四學士」的名稱最被公認、最爲著名，至於「六君子」之稱，則是後來逐漸形成，而在南宋流行。但是，何以「學士」變爲「君子」？首先是關於「學士」這一稱呼，一般來說，學士可以解釋爲有學識的讀書人、文人，這是一種通稱。但「學士」也可做官名解釋，例如唐朝開始設置的「翰林學士」，便是以處理各種文書，作文學侍從爲主的職務，宋代沿襲此一制度，如《宋史．職官志》:「掌制、誥、詔、令撰述之事。」〔註51〕此外還有所謂「館閣學士」與「殿學士」，「館閣學士」包含了三館：昭文館、史館、集賢院，合稱崇文院，其後又在館中建立秘閣，通稱「三館秘閣」，凡在此任職者通稱「館職」；元豐以後，史館併入秘書省，秘書監到秘書正字也包括進「館職」。而集賢殿、龍圖閣、直秘閣等當中的職務，則通稱「閣職」；館閣之職下都有學士、直學士等的職稱，然其實各個層級的館閣之職都可以美稱「學士」。「殿學士」的職務類似皇帝的顧問，包含觀文殿、資政殿、端明殿等，其下也有大學士、學士等職稱，不過據《宋史．職官志》敘述殿學士時說：「學士之職，資望極峻，無吏守，無職掌，惟出入侍從備顧問而已。」〔註 52〕基本上是身份貴重者才能擔任。整體來說，宋代的館閣之職對文人來說影響較大，如果想要升遷，這裡是必經且快速之路。

據洪邁《容齋隨筆》說：

> 國朝館閣之選，皆天下英俊，然必試而後命，一經此職，遂爲名流，其高者曰集賢殿修撰，史館修撰，直龍圖閣，直昭文館、史館、集賢院秘閣；次曰集賢秘閣校理。官卑者曰館閣校勘、史館檢討，均謂之館職。記註官缺，必於此取之，非經修註，未有直除知制誥者，官至員外郎則任之，中外皆稱爲學士。及元豐官制行，凡帶職者，皆遷一官而罷之，而置秘書省官，大抵與職事官等。〔註53〕

〔註51〕見（元）脫脫：《宋史》，收入《百衲本二十四史》，卷162，頁20789。
〔註52〕見（元）脫脫：《宋史》，收入《百衲本二十四史》，卷162，頁20791。
〔註53〕（宋）洪邁：《容齋隨筆》（上海：上海古籍出版社，2015年3月）卷16，頁111，「館職名存」條。

元祐年間，蘇軾爲翰林學士，曾主持學士院考試，推薦了黃庭堅、晁補之、張耒等人進入秘書省；後來秦觀也被薦入館職。而觀黃、晁、秦、張四人之生平，黃庭堅曾任集賢院校理；晁補之、秦觀、張耒皆曾任秘書省正字，張耒還擔任過史館檢討，最高到直龍圖閣。如《容齋隨筆》所言，應當可以推測，宋代能任館閣之職者，基本上都是文人中的一時之選，故雖職務上可能沒有「學士」之稱，但仍能擔當學士的美稱，擅長文章、文學也不在話下，如惠洪〈跋三學士帖〉中說：「秦少游、張文潛、晁無咎，元祐間俱在館中，與黃魯直居四學士。而東坡方爲翰林，一時文物之盛，自漢唐以來未有也。」〔註 54〕而四人不僅親自受到蘇軾肯定，更都擔任過館閣之職，「蘇門四學士」的稱號就是這樣成立的，也是一種美稱。再者，東坡也曾戲稱「山抹微雲秦學士，露花倒影柳屯田」，〔註 55〕可見「學士」一詞應可作爲當時的通稱。

「四學士」雖然都擔任過館閣之職，而有此名，但實際上的特質如何？我們看到前引蘇軾肯定四學士的記載時，多是就文才而言，再看《能改齋漫錄》說：

> 四客各有所長，魯直長於詩辭，秦、晁長於議論。……其後張文潛〈贈李德載〉詩亦云：「長公波濤萬頃海，少公峭拔千尋麓。黃郎蕭蕭日下鶴，陳子峭峭霜中竹；秦文倩麗若桃李，晁論崢嶸走珠玉。」乃知人才各有所長，雖蘇門不能兼全也。〔註 56〕

從這段話可以也可看出「四學士」的組成特質，主要是以才學爲主，而且特別講究文學方面，雖然四學士所擅之文體各有不同，但在當時的文壇中都有一席之地。到南宋初期，建炎四年（1130）時，高宗追封四人爲「龍圖閣直學士」，對四學士青睞有加，也主要是仰慕其文學成就。但蘇軾或其他人討論到陳師道、李廌時，仍是以文學爲主，何以後來「六君子」的名稱確定下來了，卻不是沿用「學士」的稱呼？根據《宋史》記載，陳師道曾擔任秘書省正字，是曾入館閣之職的，但李廌卻未入館閣，《宋史》說：

> 鄉舉試禮部，軾典貢舉，遺之，賦詩以自責。呂大防歎曰：「有司試藝，乃失此奇才耶！」軾與范祖禹謀曰：「廌雖在山林，其文有錦衣

〔註 54〕見（宋）釋惠洪：《石門文字禪》（四部叢刊本），卷 27，頁 27。
〔註 55〕見（宋）葉夢得：《避暑錄話》（北京：中華書局，1985 年）卷下，頁 50。
〔註 56〕（宋）吳曾：《能改齋漫錄》，卷 11，「四客各有所長」條。

> 玉食氣，棄奇寶於路隅，昔人所歎，我曹得無意哉！」將同薦諸朝，未幾，相繼去國，不果。〔註57〕

李廌年輕之時頗有急進之心，結交權貴，但蘇軾並不欣賞這一點。可是李廌之仕途也不順利，特別在蘇軾被貶之後，更無希望。《宋史》說他「中年絕進取意」，大抵也是看淡了功名。雖然他文才極佳，但未曾任館閣之職，名義上仍稱不上「學士」，故若改稱「蘇門六學士」，恐怕不甚妥貼。

至於「六君子」稱號如何形成？最早可見生於政和二年（1112）的王十朋之詩：「斯文韓歐蘇，千載三大老。蘇門六君子，如籍湜郊島」〔註58〕，但從胡仔《苕溪漁隱叢話》之記載來看，北宋、南宋之交，未必已有正式或盛傳的「六君子」稱號，連李廌也尚未與四學士並稱，大概是從王十朋開始，有此一稱呼。但從陳亮編《蘇門六君子文粹》可推測，最晚在南宋中期，「六君子」一詞已成定案。而如前所述，由於李廌的關係，稱爲「六學士」並不恰當，因而需另換稱號，然爲何用「君子」呢？先來看王十朋之原詩〈喻叔奇采，坡詩一聯云：「今誰主文字，公合把旌旄」爲韻，作十詩見寄，某懼不敢和，酬以四十韻〉：

> 斯文韓歐蘇，千載三大老。蘇門六君子，如籍湜郊島。大匠具明眼，一一經選攷。豈曰文乎哉，蓋深於斯道。諸公既九原，氣象日衰槁。山不見泰華，水但識行潦。詞人巧駢儷，義理失探討。書生蔽時文，習義未易澡。著述豈無人，紛紛譾華藻。有如分裂時，僭僞各城堡。
>
> 〔註59〕

王十朋此詩大約是針對北宋末年文氣浮濫，失於道義的風氣而發的，故他崇尚當年的韓、歐、蘇三公，與蘇門六君子，認爲這些人過世以後，文壇之氣象就逐漸衰落。再從「深於斯道」、「義理失探討」等詞來看，可知王十朋認爲的文人典範，不僅在於文學方面出眾，於道德方面也應有所注重，所謂「著述」不能僅有「巧駢儷」、「蔽時文」而失了道統、內涵。再看「君子」一詞，本是儒家中具有典範的人格特質，余英時說：

〔註57〕見（元）脫脫：《宋史》，卷444，頁24299。

〔註58〕（宋）王十朋：〈喻叔奇采，坡詩一聯云：「今誰主文字，公合把旌旄」爲韵，作十詩見寄，某懼不敢和，酬以四十韻〉，見《梅溪後集》（摛藻堂四庫全書薈要）卷19，頁9。

〔註59〕同前註。

> 依照傳統的說法，儒學具有修己和治人的兩個方面，而這兩個方面又是無法截然分開的。但無論是修己還是治人，儒學都以「君子的理想」爲其樞紐的觀念：修己即所以成爲「君子」；治人則必須先成爲「君子」。從這一角度說，儒學事實上便是君子之學。這一傳統的「君子理想」在今天看來似乎帶有濃厚的「精選份子」的意味。〔註60〕

「君子」一詞的內涵，自然也會隨著時代不同而有所變動，不過余英時這段話很能概述「君子」這一內涵的不變核心，顯然「君子」一詞，往往內含儒家所謂「仁德」、「道德」，並且是一種人格典範。王十朋詩中所言，認爲文章應有道和義理的內涵，也是與儒家之道德有關，故很自然的將蘇門六人視爲君子，亦即視爲文人典範之意。因此，「學士」轉變爲「君子」，不僅是身份上有所不同而變，一方面是在此六人的文才之外，也有身爲文人應具有的「君子」典範性。雖然目前已難考證王十朋之詩是沿用當時已流行的稱號，還是自己所創，但大概在此之後，「六君子」的稱號逐漸傳開，陳亮編《蘇門六君子文粹》，大概最具有代表性，表示此一名稱在南宋已經固定且流傳。

由以上可知，在北宋比較流行的是「蘇門四學士」這一稱號，著稱的是他們的才學，南宋時則出現「蘇門六君子」，在才學之外，又旁及了文人人格典範的部分。他們或因文學、學術方面的出類拔萃，而被視爲一個蘇門底下的核心分子（或借用余英時的話來說，也可稱爲「精選份子」），而宋代文人多半從政，六人或多或少也都如此，因此在仕途上的升貶，也與蘇軾有密切關係，特別是四學士，從前述他們因爲蘇軾的關係，都擔任過館職這點來看，可知這一群體也是政治上的生命共同體。這促成了他們的人生際遇也往往與東坡相關，有相同的體會，體現在文學中，他們有許多唱和詩、唱和詞，除了寫平日之交情以外，也包含了仕途失意、人生感慨等諸多主題。故我們從蘇門四學士這個群體來看，他們在文學、學術、情誼、政治等層面，都互有密切關係，這基本上是宋代文人崇尚通才，又往往身兼官員之影響。然更重要的是，「四學士」應當是蘇軾門生中，最有自覺是一個團體者，他們不僅在當時就被譽爲是一個極具才學的文人群體，內在也有各種羈絆與關係，陳師道、李廌雖然也是核心分子，但多少是爲後人所歸類，自覺性可能較「四學士」稍微低一些。

〔註60〕見余英時：〈儒家「君子」的理想〉，收入《中國思想傳統的現代詮釋》（臺北：聯經出版公司，1987年3月）頁160。

除了四學士、六君子之外，東坡門生眾多，各有所長，故「蘇門」一詞，有時所指涉的對象還有其他人，如明代胡應麟《詩藪》：

> 宋世人才之盛，亡出慶曆、熙寧間，大都盡入歐蘇王三氏門下。……黃魯直、秦少游、陳無已、晁無咎、張文潛、唐子西、李方叔、趙德麟、秦少章、毛澤民、蘇養直、刑惇夫、晁以道、晁之道、李文叔、晁伯宇、馬子才、廖明略、王定國、王子立、潘大觀、潘邠老、姜君弼，皆從東坡游者。〔註61〕

此處列出二十三位「從東坡游者」，另外還有十八位「與子瞻善者」，多爲同僚或親友，故不詳列。而全祖望補本《宋元學案》之「蘇氏蜀學略」下列黃庭堅、晁補之、秦觀、張耒、李廌、王鞏、李之儀、孫勰、孫勴、蔡肇、李格非等十一人。〔註62〕許總《宋詩史》中有一章「蘇轍及蘇門詩人」，下列晁補之、秦觀、文同、唐庚、孔文仲、孔武仲、張舜民等一共十四人〔註63〕。以上所言之「蘇門」組成各有不同，主要是從學術與詩歌成就或表現之不同來歸類。故「蘇門」一詞，其定義有時也會隨著分類之不同，有所變化。

從以上各種不同的「蘇門」群體，可以釐清一個現象，如將「蘇門」比喻成一個大圓，在這個大圓底下，又包含了許多小圓，可能是各自以文學著稱的「四學士」，也可能是文才與文德具有典範性的「六君子」，又或者像《詩藪》所指涉的二十三人、《宋元學案》所指涉的十一人、《宋詩史》所言之十四人等。由於分類或定義的不同，形成了蘇門這一主群體底下，又可能產生不同的「次群體」，「四學士」、「六君子」，或所謂「蘇門詩人」等，都是這類的「次群體」，「次群體」隨著「蘇軾的門生」或「受蘇軾影響」，加上其他的限定條件之不同，自然有著大小相異的組成。不過，這些「次群體」的成員，還是常有重複的現象，故這些「次群體」也就像互相有交集的小圓一樣，其中最常重複的成員，是「四學士」或「六君子」，因爲這六人雖然各自擅長的文體不同，但是其他文體的寫作，也都有一定水準，故很容易又被劃分到不同群體當中。

〔註61〕（明）胡應麟：《詩藪》（上海：上海古籍出版社，1958年10月）雜編，卷5，頁311。

〔註62〕（清）黃宗羲撰，（清）全祖望補修：《宋元學案》（臺北：臺灣中華書局，1965年），卷99，頁3301。

〔註63〕許總：《宋詩史》（重慶：重慶出版社，1992年3月），頁364。

二、蘇門詞人之範疇

在北宋，其實鮮少有因爲有共同創作理念，或自覺集結而成的詞派或詞社，「蘇門詞人」也不例外，因爲東坡門下作詞的人，不曾出現過此一情形。但是文人既然自成一個群體，便表示他們在某種程度上，皆認同某個領導者，或者是在學術、文學、思想等方面，有共同之處。蘇門中作詞的詞人，也可能在某種程度上，於創作的方式或理念，有類似之處。將「蘇門」與詞連結並進行研究，首先見於王水照〈論蘇門的詞評和詞作〉，以蘇門六君子爲主；其後又有陳中林、徐勝利《蘇門詞人群體概論》，以蘇門中有作詞者，作爲「蘇門詞人」之組成：

> 所謂蘇門詞人群體，是指北宋後期形成的，以蘇軾爲核心，以黃庭堅、秦觀、晁補之、張耒、陳師道、李廌等「蘇門四學士」或「蘇門六君子」爲主體，包括蘇轍、李之儀、孔平仲、廖正一、趙令畤、賀鑄、毛滂、唐庚，以及李格非、李禧、董榮、張舜民、孔文仲、孔武仲等人在內的創作群體，其中，李格非、李禧、董榮、張舜民、孔文仲、孔武仲等人沒有留下詞作。他們不僅在仕宦生活中受到蘇軾的關照和提攜，而且在文學創作上也受到蘇軾重要的影響。〔註 64〕

除了上述所列，又舉出李昭玘、畢仲游、道潛、王鞏、米芾、晁補之弟晁咏之、秦觀弟秦覯、蔡肇、姜唐佐、邵民瞻、蘇軾子蘇過、蘇邁、蘇迨、王庠、王序、王蝺等人，認爲組成蘇門詞人群體的共有五十人左右。〔註 65〕然而，雖然這些人皆爲蘇軾之門生或受蘇軾影響，也有創作詞，但只以這兩點，或者如王水照以歷史上既定的四學士、六君子等概念，作爲研究蘇門之詞，或蘇門詞人群體的依據，在詞史上的意義可能無法彰顯，或可能有所遺漏。畢竟所謂的四學士、六君子，一開始並非因爲作詞而形成的；而從蘇軾門下又作詞者，當中也未必全部都有共同的創作趨向或理念。然如前所述，蘇門在「文人化」中扮演關鍵角色，那麼或許可以從這點切入，將蘇門中的作詞者，選出創作、詞論等在「文人化」具有意義的人，重新組成一個「次團體」，這樣的研究方式，或許能夠折衷，既不被「四學士」、「六君子」之既有框架限制，也不會因爲詞人眾多，當中的創作差異又太

〔註 64〕見陳中林、徐勝利：《蘇門詞人群體概論》（武漢：湖北人民出版社，2014 年 5 月），頁 39。

〔註 65〕見陳中林、徐勝利：《蘇門詞人群體概論》，頁 52～56。

大，而失去了焦點。

再者，蘇門這一群體，特別是核心的分子，不僅是當代文人的典範，也都有強烈的情誼，在政途上更往往同進退，這些影響在他們的創作中，大概形成兩個要點，一個是形成共同與文人相關的主題，一個是更多的以詞唱和，拓展了詞體在應酬交流方面的功能。因此，本文考察蘇門詞人時，第一階段主要從其作品與詞論入手，凡作品中能見「創作主體復位」，或曾發表與詞體相關之詞評、詞論者，都先納入。第二階段，再視其作品中是否呈現出共同的主題，特別是貼近文人生活、文人意識者；以及是否曾較爲大量的創作唱和詞，與其他成員以詞交流者。以這些條件來檢視的話，會發現蘇門中作詞者較具代表性者，實與最常重複的「次群體」蘇門四學士也有重疊，黃、晁、秦等人之詞，在創作量與藝術手法、主題、情感等處，都有所發揮，不僅具有「創作主體復位」之特色，作品主題也能貼近文人生活、意識，特別是黃、晁與蘇軾，大量以詞唱和，故四學士當中，黃、晁、秦是主要的研究對象；張耒僅少數詞作流傳下來，多爲傳統「泛題」、「代言」之作，並只有一篇詞評在詞史上有些意義，故僅放入第五章與其他人一併探討。李廌僅留下四首詞作，內容爲傳統詞風，也無特出之處；陳師道詞作約五十多首，但少有傑出之處，其創作也偏向傳統之「泛題」、「代言」，鮮能見「創作主體復位」，和其他人在詞作上也未有呼應，而他對蘇軾「以詩爲詞」、「要非本色」的評論，是認爲詞應維持其傳統，對「本色」的意涵也未進一步說明，影響詞「文人化」的意義比較小，故李、陳也不納入。再放諸其他蘇門之人，李之儀的詞作不少，也有「創作主體復位」和與其他人唱和，還有一篇在詞史上極具意義的詞論，故納入。而其他詞人，例如陳中林、徐勝利所提及的其他人，有的詞作甚少，甚至沒有留下，或是所作比較平凡，又多是「泛題」、「代言」，在詞之文人化上較不具影響力。至於賀鑄，他的作品很少與蘇、黃、晁等人在文人化主題或唱和有所呼應，故也不納入。準此，本論文研究之「蘇門詞人」這一「次團體」，所指涉之對象爲四學士加上李之儀五人，再加上蘇軾，這六人將爲本文研究範圍的重點。

最後，再將王水照、陳中林等人有關「蘇門詞人」之分類，做成一表格，用以和本文「蘇門詞人」比較和對照，期能更清楚凸顯出歷來對於「蘇門詞人」定義和分類之異同：

研究名稱	定義或分類基準	「蘇門詞人」之成員
王水照〈論蘇門的詞評和詞作〉	以「蘇門六君子」爲主	黃庭堅、晁補之、秦觀、張耒、陳師道、李廌，共六人
陳中林、徐勝利《蘇門詞人群體概論》	以「蘇門四學士」或「蘇門六君子」爲主體，還包括其它蘇門中有作詞者，定義範圍較大	黃庭堅、晁補之、秦觀、張耒、陳師道、李廌、蘇轍、李之儀、孔平仲、廖正一、趙令畤、賀鑄、毛滂、唐庚、李格非、李禧、董榮、張舜民、孔文仲、孔武仲、李昭玘、畢仲游、道潛、王鞏、米芾、晁咏之、秦覯、蔡肇、姜唐佐、邵民瞻、蘇軾子蘇過、蘇邁、蘇迨、王庠、王序、王蝺等人，總共應有五十人左右（原書並未將五十人名字皆列出）
本文	須爲蘇門中有創作詞者，且其詞作具有「文人化」現象，亦即作品中有「創作主體復位」並因「文人階層意識」發用而寫出文人之思想、生活等主題或題材，或闡述詞體之審美論，或拓展詞體功用	黃庭堅、晁補之、秦觀、張耒、李之儀，共五人

第四節　研究方法與步驟

如前面所說，本論文在資料整理方面，首先以歷史考察法，考察蘇軾與蘇門詞作、詞評、詞論及相關交游等直接資料。詞作部分，主要參考唐圭璋編《全宋詞》〔註 66〕、鄒同慶、王宗堂校註《蘇軾詞編年校註》〔註 67〕、馬興榮、祝振玉校注《山谷詞校注》〔註 68〕、喬力校注《晁補之詞編年箋注》〔註 69〕、徐培均箋注《淮海居士長短句箋注》〔註 70〕；李之儀未有專門箋注之詞

〔註 66〕 唐圭璋編：《全宋詞》（北京：中華書局。2011 年 3 月）。

〔註 67〕 （宋）蘇軾撰，鄒同慶、王宗堂校註：《蘇軾詞編年校註》（北京：中華書局，2012 年 6 月）。

〔註 68〕 （宋）黃庭堅撰，馬興榮、祝振玉校注：《山谷詞校注》（上海：上海古籍出版社，2013 年 6 月）。

〔註 69〕 （宋）晁補之撰，喬力校注：《晁補之詞編年箋注》（濟南：齊魯書社，1992 年 3 月）。

〔註 70〕 （宋）秦觀撰，徐培均箋注：《淮海居士長短句箋注》（上海：上海古籍出版社，2008 年 8 月）。

集，故參照《全宋詞》與《姑溪居士全集》〔註 71〕之詞集。詞評與詞論部分，則參照上海古籍出版社《蘇軾全集》〔註 72〕、鄭永曉整理《黃庭堅全集》〔註 73〕、胡仔《苕溪漁隱叢話》中引《復齋漫錄》之晁補之〈評本朝樂章〉〔註 74〕、李逸安等點校《張耒集》〔註 75〕、唐圭璋編《詞話叢編》〔註 76〕、金啓華等編《唐宋詞集序跋匯編》〔註 77〕、鄧子勉編《宋金元詞話全編》〔註 78〕、孫克強編《唐宋人詞話》〔註 79〕等資料。

詞人年表與交游紀錄，則主要參考孔凡禮《蘇軾年譜》〔註 80〕、鄭永曉《黃庭堅年譜新編》〔註 81〕、喬力〈晁補之年譜簡編〉〔註 82〕、劉少雄〈晁補之年譜〉〔註 83〕、徐培均《秦少游年譜長編》〔註 84〕、邵祖壽《張文潛先生年譜》〔註 85〕、曾棗莊《李之儀年譜》〔註 86〕等資料。

接著，再歸納整理「文人」這一階層概念從古代到宋代的形成、流變。研究過程先界定「社會階層」、「意識型態」、「階層意識」幾個基本概念，〔註 87〕建立社會學的理論基礎。

〔註 71〕（宋）李之儀：《姑溪居士全集》（浙江大學圖書館藏《欽定四庫全書》）。

〔註 72〕（宋）蘇軾：《蘇軾全集》（上海：上海古籍出版社，2000 年 5 月）

〔註 73〕（宋）黃庭堅撰，鄭永曉整理：《黃庭堅全集》（南昌：江西人民出版社，2008 年 9 月）

〔註 74〕（宋）胡仔：《苕溪漁隱叢話》引《復齋漫錄》文，收入《中國古典文學理論批評專著選輯》，後集，卷 33，頁 253。

〔註 75〕（宋）張耒撰，李逸安等點校：《張耒集》，收入《中國古典文學基本叢書》（北京：中華書局，1990 年）

〔註 76〕唐圭璋編：《詞話叢編》（北京：中華書局，1988 年 11 月）

〔註 77〕金啓華、張惠民、王恒展、張宇聲、王增學等編：《唐宋詞集序跋匯編》（臺北：臺灣商務印書館，1993 年 2 月）

〔註 78〕鄧子勉編：《宋金元詞話全編》（南京：鳳凰出版社，2008 年 12 月）

〔註 79〕孫克強編：《唐宋人詞話》（天津：南開大學出版社，2012 年 8 月）

〔註 80〕孔凡禮：《蘇軾年譜》（臺北：臺灣中華書局，1998 年 2 月）。

〔註 81〕鄭永曉：《黃庭堅年譜新編》（北京：社會科學文獻，1997 年）。

〔註 82〕見喬力校注：《晁補之詞編年箋注》，頁 223～267。

〔註 83〕劉少雄：〈黃庭堅年譜〉（《中國文哲研究通訊》，1996 年第 6 卷第 2 期）頁 55。

〔註 84〕徐培均：《秦少游年譜長編》（北京：中華書局，2002 年 1 月）

〔註 85〕（清）邵祖壽：《張文潛先生年譜》（北京：北京圖書館出版社，1929 年）。

〔註 86〕曾棗莊：《李之儀年譜》（成都：四川大學出版社，2003 年）

〔註 87〕參見（英）戴維・賈里（David Jary）、朱莉婭・賈里（Julia Jary）著，周業謙、周光淦譯：《社會學辭典》（Sociology）（臺北：貓頭鷹出版社，2005 年）。黃瑞琪：《意識形態的探索者：曼海姆》（臺北：允晨文化，1982 年）、《意識形態與烏托邦》（臺北：桂冠圖書公司，2006 年）。

本論文一共分爲六章，以上有關蘇軾與蘇門詞人，和「文人階層意識」的部分，作爲第一序研究的基礎。除去本章，第二章以探討中國文人階層爲主，說明文人在發展的過程中，積澱了哪些共同的文化、階層意識，這些意識到了宋代，又有何承繼與轉變；接著更進一步探討什麼是詞的「文人化」，並運用比較法，將「文人化」與「以詩爲詞」、「詩化」、「雅化」比較異同，以使「文人化」之義涵更加明確。

再用以上這些基礎，更深入的探究幾個問題。首先透過文本分析法，探究蘇軾與蘇門詞人之詞，在哪些地方表現出了「文人化」？這是第三章主要的論題。揀擇「文人化」詞作時，以顏崑陽教授「創作主體復位」作爲第二個理論基礎，首先挑出能夠清楚看出創作主體之情性、道德、學問等內容的作品，再分辨其中與其文人階層意識有關，或顯現出文人生活者，再以歸納法歸納出幾個最顯著的主題，如抒發與國家社會相關的抱負、貶謫不遇的身世之感、宋代文人的生活美學等。歸納出屬於「文人化」的特殊主題後，再研究這是如何受到宋代文人階層意識的影響，並探討這些文人詞的特殊風格、手法等。

第四章則就文體功用來談，詞一開始多爲娛賓遣興之用，故文人所作也多爲「泛題」與「代言」之內容。但是蘇軾與蘇門詞人，拓展了詞的功用，因爲「創作主體復位」的關係，詞可抒一己之情，甚至言一己之志，還可以作爲文人間的酬贈唱和之用，成爲文人間專屬的交際方式，也使詞作的內容更加「殊題」化。因此本章將運用比較法，比較蘇軾之前的詞作，與蘇軾和蘇門詞人之詞作，研究他們如何促使詞體功能擴充，並且是朝著「文人化」的功用取向演變。

第五章就文體觀念來談，蘇軾之「以詩爲詞」，讓蘇門詞人對於詞體之「應然」也有所省思，但各人所持的文體觀念不同，故在詩詞辨體方面的觀念也不同。透過比較法，可看出蘇軾、黃庭堅、張耒等人的詞作與詞評，傾向以抒發創作主體之情性、學問爲主，故「以詩爲詞」，使詩詞分界不明顯；而晁補之、李之儀則是以較爲詳細的論述，堅持詞體自有本色。這一種對詞體有截然不同文體觀的現象，呈現出蘇門正式將詞視爲文體，故產生了相關的文體理論，這也是文人化的一個重要特徵，因爲他們所討論的問題，是詞應怎樣符合文人的審美理念。因此本章將分析蘇門詞論之異同，以及對文人化的意義。

第六章爲結論，運用綜合法，從各個部分、環節，找出彼此可以連結爲整體的「關係」因素，綜合爲系統性的知識，總結本文的研究成果，說明蘇門之於詞「文人化」的影響與意義。

第二章　「文人化」之義涵

過去在論及文體轉變過程時，時常可見「文人化」一詞，例如詞、戲曲、小說的文人化。這一名詞，經常用以形容民間文學被文人進行創作後，產生改變的過程。如程國賦認爲：「所謂文人化，主要是文人執筆創作、以文人爲主要表現對象、反映文人的審美趣味和審美理想、自覺或不自覺地體現一定的社會教化目的。」〔註 1〕這裡簡單扼要地說明了文人化的過程。不過，每一種文體有自己的特性，每個朝代的文人也都有不同的變化、定義。因此，若要探討某一文體的文人化，還必須更進一步的了解該文體的特性，以及該文體的文人化發生於何時，進行創作的文人群又有何特色等等，才能詳細而具體的說明什麼是文人化。

此外，論及詞的文人化時，其意涵往往會與「詩化」、「雅化」、「以詩爲詞」等混同使用，但其實文人化應是從「文人」這一階層、群體去看其對詞體變化的影響，「詩化」、「雅化」、「以詩爲詞」等，則多半是從作品的內容改變而論，加上使用的語境會有差異，因而也有辨析其異同之必要。因此，以下將探討「文人」這一群體的起源與各個朝代之演變，以釐清「文人化」的具體意涵，並且探討文人化與「詩化」、「雅化」、「以詩爲詞」等現象的異同。

〔註 1〕程國賦：〈論三言二拍嬗變過程中所體現的文人化創作傾向〉（成都：《社會科學研究》，2004 年 02 期），頁 149。

第一節　「文人化」的定義

一、何謂「文人」

「文人」在中國歷史上是一個階層、一種群體，但是具有非常複雜的意涵。一般來說，「文」與「武」是相對的，凡是讀過書、具有知識者，可以認爲是廣義的文人。但是，由於過去各個朝代，都習慣以文人作爲官吏的基本人選，所以「文人」又往往是「以文爲能事者」，這類人，又被稱爲「文士」，如果出而仕宦，則稱爲「士大夫」。因此像「文人」、「文士」、「士人」、「士大夫」這幾個詞，經常被等同來用。之所以如此，其實是因爲「文人」與「士」這個階層有很密切的關係。「士」的概念比「文人」出現得早，故以下將從「士」階層開始談起。

（一）士階層的起源與成型

「士」本來是指一種社會階層，關於「士」的起源，有學者是從文字學角度去考證。如楊樹達《積微居小學述林全編・釋士》曾引用吳承仕的說法：

> 其說曰：《說文》：「士，事也。」士，古以稱男子，事謂耕作也。知事爲耕作者，《釋名・釋言語》云：「事，傳也；傳，立也，青、徐人言立曰傳。」……《漢書・蒯通傳》曰：「不敢事刃於公之腹者。」李奇注曰：「東方人以物插地中爲事。」事字又作菑。……蓋耕作始於立苗，所謂插物地中也。士事菑古音並同，男字從力田，依形得義，士則以聲得義也。事今爲職事事夜之義者，人生莫大於食，事莫重於耕，故臿物地中之事引申爲一切之事也。〔註2〕

楊樹達又補充說：「士字……一象地，丨象苗插入地中之形。」〔註3〕也是贊同士的起源與農耕有關。徐復觀則根據吳、楊二者的說法，進一步提出：

> 現在我提出一種假設，即是，士本是「國人」中的農民。在未使用鐵以前，以器插土，必須農民中之精壯者，故士原係農民中之特爲精壯者之稱。當時常選擇此種精壯之農民爲甲士，故亦稱甲士爲士。但其平時職業依然是以農耕爲主。再由甲士中被選擇而爲貴族的下級臣屬，即所謂上士、中士、下士，始漸與農耕脫離，但依然爲軍

〔註2〕楊樹達：〈釋士〉，見《積微居小學述林全編》（上海：上海古籍出版社，2007年8月）卷三，頁112。

〔註3〕同前註。

> 隊組成的基層骨幹；且服務於貴族中而脱離農耕者仍爲士的一小部分。士的大部分及其家屬，仍與農耕連結在一起。不過因爲甲士而稱士，因下級臣僚而稱士，於是士之一名，漸掩其本係精壯農夫之稱的本義。到了春秋末期，始出現專門追求各種治術，作爲政治的預備軍，與農耕游離，但與戰鬬尚未完全游離的士。〔註4〕

但余英時認爲這恐怕是存在於很久遠的古代；商、周以後的士，就並非只是指農夫，可能已是指「知書達禮」的貴族階級。〔註5〕不過由於徐復觀引了《荀子・議兵篇》：「魏氏之武卒，以度取之，衣三屬之甲，操十二石之弩……中試則復其戶，利其田宅。」〔註6〕大致可證約在春秋戰國時期，「士」還多少保有農耕的習慣。

另一方面，顧頡剛認爲，古代之士，都是武士。士爲低級之貴族，住在國中（即鄴城中），有統御平民之權利，也有執干戈以衛社稷之義務，故謂之「國士」以示其地位之高。在當時，文武的人才並未截然劃分。孔子過世以後，孔門弟子逐漸注重內心的修養，但專注於內心修養是無法謀生的，所以他們又趨向知識的獲取。於是武士逐漸蛻化爲文士。〔註7〕余英時則進一步指出，古代的「士」應是文武雙全的，周代的貴族子弟教育即是文武兼備，如孔子曾說：「周監於二代，郁郁乎文哉」，還有晉文公徵求元帥，趙衰推薦「說禮樂而敦詩書」的郤縠擔任，這些都能說明古代貴族的教育都是文武合一，而後才分歧爲文士與武士。〔註8〕因此古代之士，本應是太平時耕種、讀書，戰爭時出征，其教育則文、武皆有。隨著社會的事務越趨複雜，士也逐漸產生了分工。但其原則上都是由受過教育的知識份子組成，並且本來都是「有職之人」，余英時認爲：

> 無論我們說「士」起源於執干戈以衛社稷的軍官、教師、禮生、邑宰、家臣、或府史，都會流於偏頗的。古人以「事」訓「士」正是不得已而出此。士只是有職事之人，但無法質言究是哪一種或數種職事，因

〔註4〕徐復觀：《兩漢思想史》（臺北：臺灣書局，1984年3月），卷1，頁87。

〔註5〕余英時：《中國知識階層史論》（臺北：聯經出版公司，1984年2月），頁6～7。

〔註6〕見徐復觀：《兩漢思想史》。卷1，頁87。

〔註7〕顧頡剛：〈武士與文士之蛻化〉，收入《史林雜識初編》（臺北：臺灣中華書局，1963年2月）頁85～88。

〔註8〕見余英時：《中國知識階層史論》。頁26～27。

> 爲隨著文化程度的提高，職事一直在不斷地由簡趨繁。〔註9〕

這裡更點出了士之發展過程，是隨著社會發展而繁複，其內涵自然也隨著時代的不同而有所變化。

士階層在春秋戰國時，內部產生了變化，這種變化的原因，主要都和當時的社會變動有關，徐復觀認爲：「當士演變成爲參與政治的預備軍的時候，也正是貴族階層已經腐爛，需要倚賴士的能力以維持其統治的時候。於是士勢必起而追求政治上的各種知識；這使士開始過渡到時『古代知識份子』的性格。」〔註10〕余英時則分從社會階級的變動與哲學的突破來解釋，他認爲：「『士』是古代貴族階級中最低的一個集團，而此集團中之最低的一層（所謂『下士』）則與庶人相銜接，其職掌則爲各部門的基層事務。」因爲士和平民的階層相近，所以可能相互流動，而春秋戰國又是不穩定的時代，故階級變動很常見，士階層剛好處於貴族與平民之間，是上下流動的匯合之所，士的人數不免隨之大增。庶人上升爲士，除了靠戰功之外，也可以靠知識、學術獲得晉升，像《管子》與《國語》中也有記載農人中，有天份優秀者上升爲士的記載，像這樣的士，不是武士，而是「仕則多賢」的文士。而在戰國諸子百家爭鳴的時代，孔子「述而不作」，承繼又創新了《詩》、《書》、《禮》、《樂》等經典，其他各家也突破了舊有的學術，而使士階層有了更興盛的發展。〔註11〕可說約在此時，士與所謂「知識份子」畫上等號，且可從這裡看出古代知識份子與「文人」、「文士」的關係密切。

此外，各國內部動盪不安，井田制度被破壞，不僅原先的階級制度亂掉，「士」也游離出本來的位置和家鄉，變成「游士」，其中一種是擅長文韜謀略，對於政治、戰爭、經濟等有許多論見的人，如商鞅、蘇秦、張儀等；而諸子百家當中，也不乏各種游士，他們沒有定主，如若不受此國諸侯的欣賞，便可去尋找其他諸侯的賞識，因此有了「士無定主」的現象。同時，有志節的士，也不認爲自己是諸侯們的下屬，與需要依附定主的食客不同。顏崑陽教授認爲：

> 當時，被用的「士」與用人的「諸侯」之間，上焉者建立在「道義」關係上，下焉者建立在「利害」關係上。儒家之士，以「道」自許，

〔註9〕見余英時：《中國知識階層史論》。頁105。
〔註10〕見徐復觀：《兩漢思想史》。頁88。
〔註11〕見余英時：《中國知識階層史論》。頁11～38。

> 故其去就以諸侯之君是否「致敬有禮，言將行其言」為判斷依據。縱橫家之士談的是政治功利，其理想性固無儒士崇高，但他們是否願就某一諸侯，也同樣取決於諸侯之君是否能以禮接之而實行他的政治主張。因此，不管如何，先秦之士多持「道」與「勢」相抗，爭取與王侯之間保持一種師友而非君臣的關係。〔註 12〕

這個時期的士，雖然不能固定下來，但相對的也有很大的自主權與空間，並已具有理想性，這種理想性就是「道」，故孔子說：「士志於道」、「君子謀道不謀食」、「君子憂道不憂貧」；曾子說：「士不可以不弘毅，任重而道遠」等，可見儒家對這時期的士，已經有一種精神上的要求和標準，「道」與「仕」相比，則前者是更為重要的事。

綜上所述，士從社會階層的意義轉變為知識階層的意義，並逐漸將文、武分工，還發展出一些認為士應當要追求的價值觀，大約是發生在春秋戰國時期。春秋以前大概也只有士以上的階層能夠受教育，因而具有知識分子的特性，但是當平民也能學習知識，也能透過知識躋身士階層，並獲得職事，其做為知識階層的意義就更重了。春秋戰國時期由於如此，士的人數也相當多，甚至一度出現職事不足以供應士人的情形；可是到了秦代與漢初，由於秦始皇焚書坑儒、漢高祖只重視武將等原因，士的人數變少了，對政治的影響力也不大。到東漢時期，士逐漸從春秋戰國的「游」變為定居下來，在地方上定居生根以後，自然能夠使家族人數日益增多。加上漢武帝以來，儒學已被重視了一段時間，許多皇帝也重視教育，故普遍的設立學校，招收學生，地方上也有許多私人講學。這促進了知識份子增多，且形成「士族」，即便本來不是知識份子的大家族，也重視起讀書、教育這件事情。而士當追求的理想、價值，到了東漢也有相當的發展。光武帝一連串大興學校、重視教育、崇尚名節的政策，是使得士人以道德氣節為重的原因之一；至東漢末年，黨錮之禍的影響，也促使了當時的士認知自己的處境和價值。《後漢書・黨錮傳》云：

> 自武帝以後，崇尚儒學，懷經協術，所在霧會，至有石渠分爭之論，黨同伐異之說，守文之徒，盛于時矣。至王莽專偽，終於篡國，忠

〔註 12〕見顏崑陽教授：〈漢代文人「悲士不遇」的心靈模式〉，收入《詮釋的多向視域：中國古典美學與文學批評系論》（臺北：臺灣學生書局，2016 年 3 月。），頁 167。

> 義之流，恥見纓紼，遂乃榮華丘壑，甘足枯槁。雖中興在運，漢德重開，而保身懷方，彌相慕襲，去就之節，重于時矣。逮桓、靈之間，主荒政謬，國命委於閹寺，士子羞與爲伍，故匹夫抗憤，處士橫議，遂乃激揚名聲，互相題拂，品覈公卿，裁量執政，婞直之風，於斯行矣。〔註13〕

這段記載說明了當時的士在歷經王莽篡漢、宦官掌權等政治風波，他們對於忠義志節的堅持。尤其士之所以看不慣「主荒政謬」，多是因爲有澄清天下之志，如《後漢書．黨錮傳》之記載：

> 是時，朝廷日亂，綱紀頹阤，（李）膺獨持風裁，以聲名自高。士有被其容接者，名爲登龍門。及遭黨事，當考實膺等。案經三府，太尉陳蕃卻之。曰：「今所考案，皆海內人譽，憂國忠公之臣。此等猶將十世宥也，豈有罪名不章而致收掠者乎？」不肯平署。帝愈怒，遂下膺等於黃門北寺獄。膺等頗引宦官子弟，宦官多懼，請帝以天時宜赦，於是大赦天下。膺免歸鄉里，居陽城山中，天下士大夫皆高尚其道，而汙穢朝廷。〔註14〕

> 范滂字孟博，汝南征羌人也。少厲清節，爲州里所服，舉孝廉，光祿四行。時冀州饑荒，盜賊群起，乃以滂爲清詔使，案察之。滂登車攬轡，慨然有澄清天下之志。〔註15〕

> 岑晊字公孝，南陽棘陽人也。……晊有高才，郭林宗、朱公叔等皆爲友，李膺、王暢稱其有幹國器，雖在閭里，慨然有董正天下之志。〔註16〕

這些「澄清天下」、「董正天下」之志，除了是繼承「士不可以不弘毅，任重而道遠」之外，也和當時的政治環境有關係。徐復觀提出：

> 每一個知識分子，在對文化的某一方面希望有所成就，對政治社會希望取得發言權而想有所貢獻時，首先常會表現自身的志趣與所生存的時代，尤其是與時代中最大力量的政治，乃處於一種摩擦狀態；

〔註13〕（南朝宋）范曄：《後漢書》收入《百衲本二十四史》（臺北：臺灣商務印書館，精裝縮印本），卷67，頁3565。

〔註14〕（南朝宋）范曄：《後漢書》收入《百衲本二十四史》，卷67，頁3570～3571。

〔註15〕（南朝宋）范曄：《後漢書》收入《百衲本二十四史》，卷67，頁3574。

〔註16〕（南朝宋）范曄：《後漢書》收入《百衲本二十四史》，卷67，頁3579。

而這種摩擦狀態，對知識分子的精神，常感受其爲難於忍受的壓力。並且由對這種壓力感受性的深淺，而可以看出一個知識分子自己的精神、人格成長的高低：並決定他在文化思想上眞誠努力的程度。……西漢知識分子的壓力感，多來自專制政治的自身，是全面性的感受。而東漢知識分子，則多來自專制政治中最黑暗的某些現象，有如外戚、宦官之類；這是對專制自身已經讓步以後的壓力感，是政治上局部性的壓力感。兩漢知識分子的人格型態，及兩漢的文化思想的發展方向，與其基本性格，都是在這種壓力感之下所推動、形成的。〔註 17〕

由於東漢的知識分子多是受相同的教育，並多有類似的背景，在以儒家思想爲主的教育下，培養了他們想要有助於天下的志向，可是專制的政治制度與外戚、宦官的干政，使他們覺得這樣的理念難以實行，在這種壓力感下，反而他們更凝聚出相同的理念，互相結交以後，又成爲朋黨。這種政治上的分立、不同黨派的形成，雖然不是從東漢開始，卻是從此時開始變嚴重的。因此，我們可說士人那種「以天下爲己任」的志向已在漢代奠下深厚的基礎，也影響了後來的士階層；但士階層自己形成朋黨，互相爭鬥，或者與其他的政治勢力抗爭，也從此時明朗化。

士做爲一個階層、群體，有共同的文化與理念是很自然的事情，但作爲知識分子，在不斷吸收知識與反覆思考之下，逐漸發現自身與他人之不同，同時注重自身的名節，都是一種「個體意識」或「個體自覺」的產生，這樣的情形也差不多從東漢開始。東漢光武帝表彰氣節之後，士人也多受影響，特別注重自己的名聲，清趙翼《廿二史箚記》記載：

自戰國豫讓、聶政、荊軻、侯嬴之徒，以意氣相尚，一意孤行，能爲人所不敢爲，世競慕之。其後貫高、田叔、朱家、郭解輩，徇人刻己，然諾不欺，以立名節。馴至東漢，其風益盛。蓋當時薦舉征辟，必採名譽，故凡可以得名者，必全力赴之，好爲苟難，遂成風俗。……蓋其時輕生尚氣已成習俗，故志節之士好爲苟難，務欲絕出流輩，以成卓特之行，而不自知其非也。然舉世以此相尚，故國家緩急之際，尚有可恃以搘拄傾危。昔人以氣節之盛，爲世運之衰，

〔註 17〕見徐復觀：《兩漢思想史》。頁 281～282。

而不知並氣節而無之，其衰乃更甚也！〔註18〕

由此記載看來，可知東漢當時的士人，十分注重個人之名聲，不惜特立獨行，只爲求得名聲。也不少人不肯入仕，以隱逸爲尚，但這當中也不乏藉此沽名釣譽者。不過，這種風氣也助長了士人的「個體意識」或「個體自覺」，並逐漸意識到每個個體都有其本質、才性等，劉劭《人物志》中有〈體別〉一篇，就是意識到此，而其〈九徵〉篇中也說：「蓋人物之本，出乎情性。情性之理，甚微而玄；非聖人之察，其孰能究之哉？」而魏晉時期流行的人物品評，也正是此種意識到個體之不同所產生的。

根據這一意識而形成理論者甚多，如王充《論衡》開始論及人之本性和命運，但是命定的意識較爲強烈；後來劉劭《人物志》雖也有命定論的色彩，認爲人之稟性是先天的，各有所長，故君主最好是能夠讓人才適得其所。不過，越到漢末，這種命定論的色彩就減少了，如郭泰、許邵等人的人物評論。余英時認爲：

漢末鑑識家之衹論才性，不問命運，不僅在思想上爲一大進步，同時在促進個人意識之發展方面亦極具作用。蓋依王仲任之絕對命定之說，則個人直無絲毫用力之餘地，而林宗以才性取人，使人知反躬自責，改過遷善，自然命運之支配力量在觀念上逐被打破，個人至少在德性方面可以自我主宰。〔註19〕

個體意識的顯覺，即是使自我自覺與他人之不同，然後能改善自己之不足，命運雖然有所註定，但是心靈層面的道德、品格可以改變，並追求到崇高的境界。特別在政治壓力大的環境下，士人的命運或遭遇往往身不由己，但若現實是無法改變的，至少可以尋求在心靈上能自我主宰。這樣的論點可以說開了後世之士人，對於心靈上自我主宰甚至超脫的先河，魏晉隱逸的士人，如阮籍、嵇康、陶淵明等人，其實也是受到這種風氣影響，他們的隱逸是對政治和世俗的厭惡，在現實上與心靈上都有著自主和超脫。而宋代士人，出仕的機會與意願都高，卻在這方面也特別注重，除了徐復觀所謂的「壓力」，和黨爭等政治環境與漢代相似之外，也是受到這種個體意識、個體自覺的影響。

〔註18〕（清）趙翼：《廿二史箚記》收入《百部叢書集成》（臺北：臺灣商務印書館，1064年）卷5，「東漢尚名節」條。頁3。

〔註19〕見余英時《中國知識階層史論》。頁240。

（二）文人之起源與成型

士作爲知識階層，除了吸收知識、多以之爲能事外，也有了比較專門的「著述」行爲。早期的寓言、神話、歌謠等，其作者是不明的，也任何人都有隨意刪增的權力，但後來逐漸發展出對於有「著述」行爲的「作者」是誰的尊重。龔鵬程在《文化符號學》中，將古代對於「作者」的觀念分成兩種，一種是「神聖性作者觀」，一種是「所有權作者觀」。「神聖性作者觀」，是指古時有許多作品，作者多半是佚名，或集體創作而不知確實作者是誰，又或者是託以聖賢帝王、鬼神名人之名。而之所以僞託，是因爲認爲一切創造性的力量，及創造性的根源，均來自神或具有神聖性的「存有者」，人是靠著神的給予才有此一力量，所以作品固然是由我製造，創造者卻是另一種「存有者」，所以作者不敢自居作者，而將此一榮耀歸之於聖哲們。以孔子來說，他不自居爲聖人，因此對於六經只是「述而不作」，他參與了作品，但自認只是在替古聖賢做工、解釋、傳述聖言。但這個作者觀到荀子、韓非子有了改變，他們質疑「述先聖之言」是眞的符合聖賢的本意嗎？因爲述者只傳述、解釋，但不同人解釋必然產生不同的結果，形成了爭議、派別，因此必須回到原典探詢作者的本義，韓非子甚至不願意看到這些不確定的傳述，而要自己制法術、做聖人。此時，新的「所有權作者觀」就興起了。〔註 20〕

到了漢代，士階層又產生新的發展與變化。士這個階層，在不同的時代，有不同依附王權的情況。春秋戰國以前，士是貴族階層的最低層，講求文武兼備，隨著社會與文明的進步，要處理的事務變多了，因此逐漸分化出來，有了專業化的導向。隨著春秋戰國時代的到來，士階層正好處於貴族與平民的中間，因此有了很大變化，或可能上升，也可能下降爲平民，但是對於像士這樣有知識的階層而言，這樣的時代，可憑一己之力，平步青雲、自由發揮、自找其主，其實是很輝煌的時代。到了秦代，知識份子受到打壓；漢代以後，王權集中，天下處於大一統的狀態，士只能效忠一位君主，士這個階層無法再像春秋戰國時那樣自由，所以只能依附於王權，若不受王權的欣賞，也不能換主，他們便感受到了壓力，這種壓力是來自於制度，一但不受君主重用，不遇之感便會更加嚴重。這種感受，實際上也是促進文人創作，以及「所有權作者觀」興起的原因之一，由於個人的感受需要抒發，寫成作品後，

〔註 20〕見龔鵬程：《文化符號學》（臺北：臺灣學生書局。2001 年 2 月）。第一卷，第一章，頁 5～23。

也確實帶有個人不同的風格與志意，這明顯的和「神聖性作者觀」不同。

另一方面，「所有權作者觀」興起還有一原因，經過秦代焚書坑儒以後，書籍的散逸，使知識份子對於原典、原作者、原義等非常注重，也逐漸有了作品應當有作者的觀念，作者的神聖性也降低了，創作仍然崇高，但作者不一定要是聖人。這一情形龔鵬程稱之爲「作者的世俗化」，並認爲這是「文人」這一流品出現在漢代的原因。〔註 21〕劉劭《人物志》：「蓋人類之業，十有二焉：有清節家，有法家，有術家，有國體，有器能，有臧否，有伎倆，有智意，有文章，有儒學，有口辨，有雄傑。」〔註 22〕又云：「能屬文著述，是謂文章，司馬遷、班固是也。」〔註 23〕這裡把能「屬文著述」的「文章」與「能傳聖人之業，而不能幹事施政」的「儒學」分開，顯示出述者與作者的分化。這種能寫文章之人，也包含了文吏，文吏也就是文書官，這是寫作被專業化了，且可以憑這個專業技術取得工作，靠著寫文章在政府機關中找到工作，也就能逐漸固定下來成爲一種職務。另一方面，還有文人是延續戰國以來的「游」，如梁孝王仍延續的養士之風，其中表現較好的就可以成爲天子、諸王的文黨，替他們擬文誥。

以上這些現象顯示出「文人」這一觀念在漢代的確立。事實上，劉劭《人物志》所列的十二流業，大部分都和「文」有關，可知此時對於「文」的重視。此外，像王充在《論衡．佚文》中還特別推崇能撰寫文章之人：

> 文人宜遵五經六藝爲文、諸子傳書爲文、造論著說爲文、上書奏記爲文、文德之操爲文。立五文在世，皆當賢也。造論著說之文，尤宜勞焉。何則？發胸中之思，論世俗之事，非徒諷古經、續故文也。論發胸臆，文成手中，非說經藝之人所能爲也。周、秦之際，諸子並作，皆論他事，不頌主上，無益於國，無補於化。造論之人，頌上恢國，國業傳在千載，主德參貳日月，非適諸子書傳所能並也。上書陳便宜，奏記薦吏士，一則爲身，二則爲人，繁文麗辭，無上書文德之操，治身完行，徇利爲私，無爲主者。夫如是，五文之中，論者之文多矣，則可尊明矣。〔註 24〕

〔註 21〕見龔鵬程：《文化符號學》，第一卷，第一章，頁 28。

〔註 22〕（三國）劉劭：《人物志》（上海：上海古籍出版社，1990 年 10 月）。頁 9。

〔註 23〕（三國）劉劭：《人物志》，頁 10。

〔註 24〕（漢）王充撰，陳蒲清點校：《論衡》（長沙：岳麓書社，1991 年 8 月），頁 317。

王充將文分爲五種：「五經六藝」的儒家經書之文、「諸子傳書」的百家之文、論說文、書奏、以德性操守爲重之文。其中又以能寫論說文的作者爲最，因爲他們能寫出自己得看法、見解，而不是只有傳述古人之學。這裡便有「所有權作者觀」大於「神聖性作者觀」的意味了。但另一方面，王充也認爲論說文才能「頌上恢國，國業傳在千載」，將有助於國家君主的事蹟好好保存並流傳，創作也不當只是爲了自己。所以創作時，「神聖性」仍應存在，只是從作者的地位，轉變成爲對作品內容的要求。因而王充將能夠著作，寫作內容又具有「聖」的人稱爲「鴻儒」。這個觀點當然對後世看待文學的價值與功用有很大的影響，也不可否認的，在特別講究或需要儒家思想的朝代，著作內容是否合乎「聖」或所謂「道」，便成爲一個價值判準，甚至能夠寫出這種文章的人，才能被認爲是崇高的文人。

寫作被認爲是件有價值的事，並且不應只是傳述前人，而應「創作」，自然促進了文人的創作自由，也帶起寫作的興起和作家的數量。因此，漢代大一統的局面，限定了士的在選擇君主的自由度，也無法「以道抗勢」，而急欲恢復學術，又獨尊儒術等種種情況下，造就了文人創作的興起；同時因政治制度的要求，文人可以靠寫作從事文吏、文官等職務，「文人」這一概念也就更加正式的形成，其中又以能夠創作立言，傳聖說道的文人最爲可貴。

綜上所述，可知士本指社會階層，由於他們有受教育的權利，故也是所謂的知識階層、知識份子。士原本可以統御平民，但春秋戰國以後階層的流動，導致這個階層成了平民與貴族的匯合點，平民也有受教育的機會了，故知識份子不再只有貴族，也有平民，更造就了平民可以透過讀書獲得工作，甚至上升到與士階層一樣有參政權利。同時，由於社會分工越趨複雜，文和武也越來越有所區分。到了漢代，「文」這一塊的事務也有了相當的發展，加上創作觀念的改變，能夠以寫作或創作爲職務、志業者的文人也正式成立爲一個群體。

因此，「士」本指社會階層，「文人」則是指接受文事教育，並能「以文爲能事」者，兩者本來所屬的分類基準並不同。但由於中國政治的特殊性，往往以「文治」作爲主流，故無論是貴族或是想力爭上游的平民，都須透過對「文」的學習來獲得參政的權力。這也就是爲何「士」與「文人」往往被等同於使用的原因。當然，「士」不完全等於「文人」，因爲「士」當中還包含有「武士」，且「士」限定於有從政、政治地位的人；所以反過來說，最廣義的「文人」，並不一定為從政之人，只是一般的文人，經常希望透過自己所習得的「文」獲得從政的機會，獲得從政的機會後，自然身兼了「文人」與「士」的雙重身分。而本身就為文士者，也是如此，在這樣的情形下，「文人」與「士」就經常成了互相通用的詞。

（三）文人與士合流後的發展

透過讀書、吸收知識才能成為知識分子，能成為文人，但不一定會成為有官職的士，至少在唐代實施科舉制度以前，這樣的機會較少。但科舉制度開始後，可以說更加促進了士與文人的合流。在漢代、隋代有所謂察舉和貢舉，基本上是由地方機構推舉人才，但選拔的方式自然不如後來的科舉來得客觀和公平。唐代是眞正能打破門第限制，讓各階層的知識分子可以報考並仕進的開始。一般認為，科舉制度之所以興起，是因為皇帝的提倡，以及要與當時成為威脅勢力的世族抗衡的方法。不過這個制度能在唐代一直延續下去的原因，龔鵬程則提出另一解釋，他認為在當時的科舉制度中，「進士科」遠比「明經科」來得受重視，是因為唐代社會風氣的「尚文」：

> 他們欣賞文學的價值，給予文學家榮耀。正如皇甫湜所說的：「文於一氣間，為物莫與大」（《題浯溪石詩》）。在那種「尚文」的文化環境中，他們使得本來並不尚文的進士科變成了尚文的典型，並由此逐漸看輕了不擅文采的明經科。同時，原來為政治需要，而吸收幹濟人才的科舉制度，也轉換成為甄拔文人的典禮。整個社會看重文學的價值，認定了能寫文章的人就是要比光會讀書的人高明，所以明經必不如進士。〔註25〕

唐代科舉取士的科目主要有三：明經、進士、秀才。其中進士科最被看重，錄取率低，所以中了是十分難得光彩的事。《新唐書．選舉志》記載：「大抵眾科之目，進士尤為貴，其得人亦最為盛焉。」〔註26〕便可見進士在唐代所受的推崇。進士科的考試，一開始為考時務策，出題多半與國事有關，並注重考生的文筆辭采。據傅璇琮之考證，本來進士只考策文，到高宗後期、武則天時，產生了變化，除了策文以外，還加考試帖經、雜文，其中雜文一開始為箴銘論表之類的文體，到玄宗時，才逐漸專考詩賦。而這三場不同科目

〔註25〕見龔鵬程：《文化符號學》。第三卷，第一章，頁314。

〔註26〕（宋）歐陽修、宋祁等撰：《新唐書》，收入《百衲本二十四史》，卷44，頁16120。

的考試，後來就成了唐代進士科考的定制。〔註 27〕至於明經一科重視「帖經」，對於行政或者經世治民，並不實用。唐肅宗時，便有大臣指出科舉弊病，如《新唐書・選舉志》記載：

> 寶應二年，禮部侍郎楊綰上疏言：「進士科起于隋大業中，是時猶試策。高宗朝，劉思立加進士雜文，明經塡帖，故爲進士者皆誦當代之文，而不通經史，明經者但記帖括。又投牒自舉，非古先哲王仄席待賢之道。請依古察孝廉，其鄉閭孝友、信義、廉恥而通經者，縣薦之州，州試其所通之學，送於省。自縣至省，皆勿自投牒，其到狀、保辨、識牒皆停。而所習經，取大義，聽通諸家之學。每問經十條，對策三道，皆通，爲上第，吏部官之；經義通八，策通二，爲中第，與出身；下第，罷歸。《論語》、《孝經》、《孟子》兼爲一經，其明經、進士及道舉並停。」
>
> 詔給事中李栖筠、李廙、尚書左丞賈至、京兆尹兼御史大夫嚴武議。栖筠等議曰：「夏之政忠，商之政敬，周之政文，然則文與忠敬皆統人行。且謚號述行，莫美于文，文興則忠敬存焉。故前代以文取士，本文行也，由辭觀行，則及辭焉。宣父稱顏子「不遷怒，不貳過」，謂之「好學」。今試學者以帖字爲精通，不窮旨義，豈能知遷怒、貳過之道乎？考文者以聲病爲是非，豈能知移風易俗化天下乎？是以上失其源，下襲其流，先王之道莫能行也。夫先王之道消，則小人之道長，亂臣賊子由是生焉！今取士試之小道，而不以遠大，是猶以蝸蚓之餌垂海，而望呑舟之魚，不亦難乎？所以食垂餌者皆小魚，就科目者皆小藝。……三代之選士任賢，皆考實行，是以風俗淳一，運祚長遠。〔註 28〕

在安史之亂後，不少人重新思考社會國家該如何振作，於是也檢討起制度的問題。楊綰等人一方面擔心只重文采不重實學和德性的人才，於國家無益，一方面也提出期以先王聖賢之道和恢復古代制度作匡救，這也是儒學思潮的抬頭。再者，玄宗朝開始，也有「道舉科」，《新唐書・選舉志》：「（開元）二十九年，始置崇玄學，令習《老子》、《莊子》、《文子》、《列子》，亦曰道舉。

〔註 27〕傅璇琮：《唐代科舉與文學》（西安：陝西人民出版社。1986 年 10 月），頁 169～170。

〔註 28〕見《新唐書》。卷 44，頁 16120。

其生，京、都各百人，諸州無常員。官秩、蔭第同國子，舉送、課試如明經。」〔註 29〕顯然這類考試，考的也非經世治民之內容，自然要被質疑。但進士和明經由來已久，所以未被廢除。文宗時，鄭覃等人也提出質疑，不過也沒有太大成效。至趙贊、李德裕之時，雖曾推動停試進士科的詩賦考試，但爲期都不長。唐代以後，科舉制度雖時有改變，但大抵這種「以文取士」的狀況就定下來了，合流的情形也比前代大幅增加。

王安石曾說：「若謂此科嘗多得人，自緣仕進別無他路，其間不容無賢。若謂科法已善，則未也。今以少壯時正當講求天下正理，乃閉門學作詩賦，及其入官，世事皆所不習。此乃科法敗壞人才，致不如古。」〔註 30〕傅璇琮則認爲：「在封建社會中，無論考詩賦，或考經義、策論，都不能解決選拔眞才實學的問題。考策論、精義的結果，自明以後即逐步衍化爲八股制藝，即是一例。」〔註 31〕都說明了在某種程度上，以文取士確實使文人較缺乏經世致用的實學。雖然只重視文才的選舉方式備受質疑，但無論如何改革，歷代的科舉倒也沒有改變以文取士的慣例，因而文人還是組成士階層的主要份子。

唐代取士以文人爲主，先重文采，是受到文學崇拜的影響。但在過分注重文采的流弊之後，又有了改變。要能做爲一個士，不僅要能通過各種選材的考驗，還要有「以天下國家爲己任」的志向，並進入到政府的官僚體系當中，擔任政治上的要職。故到了後來，以通過科舉考試的文人來說，眞正的志向是以國家天下爲己任，而非寫文章了。如杜甫「名豈文章著，官應老病休」，他不甘只有詩文出名，而是希望「致君堯舜上，再使風俗淳」。這樣的大志，自然是從春秋戰國時期，儒家所謂「士志於道」所發展出來的一種精神。此正如村上哲見所說：

> 在中國，寫詩作文是讀書人、士大夫階層的日常行爲。……所有的讀書人（知識份子）都是詩人、文章家。這也是中國知識份子實際狀況的特殊性，反過來說，也是文學實際狀況的特點。而具有這樣教養的知識份子，則必須做官，參與社會管理。實際上能否做到這一點姑且不說，但在理念上是應該如此。總之，中國的理想人物的特色在於人

〔註 29〕見《新唐書》。卷 44，頁 16119。

〔註 30〕見（元）脫脫等撰：《宋史・選舉志》，收入《百衲本二十四史》卷 155，頁 20692。

〔註 31〕見傅璇琮：《唐代科舉與文學》，頁 402。

文教養主義同經世濟民思想緊密結合，渾然一體。這就是所謂士君子的理念，以此爲目標的人就叫讀書人、叫士大夫。〔註32〕

這種精神，後來在宋代獲得士階層的高度重視，甚至在一般文人尚未考取科舉、獲得官職時，往往也以此作爲理想、理念，形成比前代更強烈的共同意識。

（四）宋代文人概況

根據前述，「士」這一階層多由文人組成。但是到了五代，卻發生了變化。在藩鎮割據的局面下，政權與勢力在武人的手中，科舉考試也不例外。當時的科考由兵部主持，應舉之人也多出身武將之家，少有文人。而在天下安定之後，非常需要重建與改革，如余英時說：「當時一般的社會心理早已盼望著士階層復出，承擔起重建社會秩序的功能。」〔註33〕余英時這裡的語境，將「士階層」等同於「文士」，也就是說，社會對於「文」的需求，是形勢所趨。

更進一步說，「文人」、「文士」主要建立在兩個需求上，一是文化需求，二是政治需求。文化需求可見《宋史・藝文志》之記載：

陵遲逮於五季，干戈相尋，海寓鼎沸，斯民不復見《詩》、《書》、《禮》、《樂》之化。周顯德（954～959）中，始有經籍刻板，學者無筆札之勞，獲睹古人全書。然亂離以來，編帙散佚，幸而存者，百無二三。宋初，有書萬餘卷。其後削平諸國，收其圖籍，及下詔遣使購求散亡，三館之書，稍復增益。太宗始於左升龍門北建崇文院，而徙三館之書以實之。又分三館書萬餘卷別爲書庫，目曰「秘閣」。閣成，親臨幸觀書，賜從臣及直館宴。又命近習侍衛之臣縱觀群書。〔註34〕

由這段記載可知，宋初由於久經戰亂，書籍散佚，朝廷費了一番工夫收集，大有要好好修文的意思。在中國古代的文化中，文治與武功是一樣重要的，但長期兵戈以後，文治與武功難免失衡，故不論是朝廷或民間，其實都需要文治來重建社會的制度和文化。

〔註32〕（日）村上哲見：《唐五代北宋詞研究》（西安：陝西人民出版社。1987年8月）頁39。

〔註33〕見余英時《朱熹的歷史世界——宋代士大夫政治文化的研究》（臺北：允晨文化，2003年6月）第二章，頁283。

〔註34〕見（元）脫脫等撰：《宋史》。卷202，頁21338。

至於政治的需求，主要是宋太祖趙匡胤有感於藩鎮割據帶來的禍害，所以登基後採取了「杯酒釋兵權」，削弱武將的勢力，進而增加文臣之權。甚至如前面《宋史・藝文志》所載，太宗「命近習侍衛之臣縱觀群書」，這是在政治上不得不如此。否則用兵習武的風氣若還繼續存在，難保將來又步上唐末五代之後塵。所以，拉攏文人是形勢所趨也是眾望所歸。要使文人的勢力能培養起來，便不僅要開科舉，還要改革以往科舉的弊端。余英時說：

> 宋代的考試設計更嚴密了，「封彌」和「謄錄」爲科舉考試的公正性提供了更大的保證。科舉典禮的莊嚴也過於前代；皇帝親試及進士唱第後宰相宣讀經文，都可看作宋代的重要特色。所以科舉制度在長期推行中，對於參加進士試的人往往造成一種巨大的心理壓力，激發或加深他們的責任感。這也許可以部分地解釋，爲什麼宋代進士出身的士大夫在國家認同的意識方面，一般地說，遠比唐代爲深厚。不僅如此，我還要進一步指出，當時一般的社會心理早已盼望著士階層復出，承擔起重建社會秩序的功能。宋初的文治取向正是對這一社會心理的敏銳反應。換句話說，趙宋王朝爲了鞏固政權的基礎，也不能不爭取遍佈全國各地的士階層的合作。〔註 35〕

朝廷有意的讓文人勢力壯大，並讓他們能夠通過科考成爲士大夫階層，等於是努力讀書便有機會出人頭地，無疑地能吸引更多文人。整體來說，「文人」、「文士」階層也就復出，還比前朝更加壯大。

由於廣讓文人成爲士，等於官員是由文人所組成的，因此宋代的士，往往是集文人、官員於一身，加上理學興起，他們又往往也是學者、儒者。同時，由於能廣大獲得參政的權利，他們對朝廷的認同感變高了，也自覺對於社會、國家有著責任，因此「以天下爲己任」的理念在此時普遍深植士人心中，比唐代更爲發揚光大。

二、何謂「文人化」

本文所研究的「文人化」是以詞這一文體爲主，因此也有必要因應詞體與宋代文人，以及宋代文人在不同時期的改變，來定義詞之文人化。劉少雄曾指出：

〔註 35〕見余英時《朱熹的歷史世界——宋代士大夫政治文化的研究》。第二章，頁 282～283。

> 一般民間流行的樂曲或文學，通常是以能動聽感人、明白易懂爲原則，其題材內容多是述說男歡女愛等現實生活情事，初無雅不雅、俗不俗的問題，所謂雅俗之別，實乃緣於文人的本位意識，是士大夫藉以維護自身階層之尊嚴、品味所致。雅的觀念的提出，標舉了一個文人團體的基本價值標準，無疑也確立了主流文化路線，形成了一個相當穩定的上層文化結構。通常來說，民間文學須得文人參與，得到他們的認可，並加以變化改造，注入高尚的情趣與意境，使之雅馴之後，方能納入正統的文學殿堂。先是分辨雅俗，而後化俗爲雅，將民間俗調提升至文人之高格，幾乎是各種重要文體之遞變軌跡。詞的演進亦然。而中唐以降、兩宋時期的文化環境中，以雅爲尚的特質尤其明顯，這與科舉制度之落實、官僚制度的形成有很大的關係。〔註 36〕

這裡明確指出文體之「文人化」與「文人本位意識」有關，是一個文體逐漸符合文人審美趣味、以雅爲尚的過程。這裡也點出一個事實，亦即民間文學很少講究「雅俗」的問題，創作的時候，也很少有嚴格的標準或規範。但從前一節歷代文人與士階層的發展來看，可知一般文人或士對於自己的「身份」，有著顯覺的意識，他們自覺是社會上特殊的階層，嚮往著崇高的精神或理念，對於文藝，無論是外在表現還是內在精神，也都受到這種影響，因而相當講究何謂高尚文雅，自然也就發展出了一套屬於他們的審美標準，只是這種標準隨著時代環境與文人群體之不同，也會有所改變。所以文體之「文人化」，並不僅是創作者由民間之人轉變爲文人，還須作品內容能呈現出文人的意識或精神，並發展出屬於文人的審美標準、創作準則。這才能視爲完整的「文人化」過程。

由詞體本身的發展來看，也是合乎上述歷程的。首先，詞本爲流行在民間的歌詞，有時也出現在宮廷之中，作爲宴集助興之用。當時創作的人有一般平民，也有伶工。後來由於歌曲之曲調受到文人喜愛，又病其歌詞不夠文雅，故也試著創作歌詞，但此時還只是模仿民間的階段，所以在唐、五代時期，文人所創作的詞，很多都和平民、伶工一樣，或充滿民歌風格，或屬於代言性質，不論描述景色或者男女情愛，題材都是類型化的，其實看不太出

〔註 36〕劉少雄：《東坡以詩爲詞論題新詮》（臺北：里仁書局。2006 年 3 月），頁 63～64。

來文人內心的情志，只是文句與內容更爲修飾、文雅一些。但這只是詞體剛進入文人手中的階段，若屬此一情形，則無論作者的身份爲何，應還不算是文人詞，因爲作品中沒有把自己的意識表現出來，還只停留在模仿伶工之詞的層次。不過，像白居易〈憶江南〉（日出江花紅勝火）、〈浪淘沙〉（莫道讒言如浪深）等偶有創作主體的經驗、情感書寫，但未涉及創作論，可以視爲最廣義的文人化。再以最早的文人詞集《花間集》爲例，其作者如溫庭筠、韋莊、馮延巳等，雖爲文人，但有許多「男子作閨音」的代言作品，題材大多是以男女情愛爲主的類型化題材，這類作品都還只是像王國維所謂的「伶工之詞」，也未涉及創作論。然韋莊之〈菩薩蠻〉五首、馮延巳〈鵲踏枝〉（誰道閒情拋擲久）等，已有自敘的傾向，像這類有自我抒情的作品，也可視爲最廣義的文人化作品。至李後主，其自敘性質的作品有了轉變。他早期多寫自己的宮廷生活，如〈玉樓春〉（晚妝初了明肌雪）、〈子夜歌〉（尋春須是先春早）等。這類作品與上述韋莊等人的作品類似，自敘生活與情感等經驗。但晚期所寫亡國之痛，更能視之爲文人化之作品，如〈破陣子〉：

> 四十年來家國，三千里地山河。鳳閣龍樓連霄漢，玉樹瓊枝作煙蘿。幾曾識干戈？　一旦歸爲臣虜，沈腰潘鬢消磨。最是倉皇辭廟日，教坊猶奏別離歌。揮淚對宮娥。〔註37〕

〈虞美人〉：

> 春花秋月何時了，往事知多少。小樓昨夜又東風，故國不堪回首月明中。
>
> 雕欄玉砌應猶在，只是朱顏改。問君能有幾多愁，恰似一江春水向東流。〔註38〕

這樣的內容，已從替女子代言或愛情類型化的題材，轉變爲對故國的思念，和亡國的沉痛，這也是王國維所謂「詞至李後主而眼界始大，感慨遂深，遂變伶工之詞爲士大夫之詞」。〔註39〕主要就是由於這類詞作所寫，不僅是李後主自己的經驗，還帶入了一個士大夫會關心的議題——國家。雖然這裡他所寫的並非是儒家精神中的政教關懷，但確實他所關心、所寫的內容，已從風

〔註37〕見（南唐）李璟、李煜撰，（宋）無名氏輯，王仲聞校訂：《南唐二主詞校訂》（北京：中華書局），頁63。

〔註38〕同前註，頁11。

〔註39〕（清）王國維撰，徐調孚、周振甫注，王幼安校訂：《人間詞話》（北京：人民文學出版社），頁197。

花雪月轉變成國家大事。

因此詞初步的文人化，應當是作者不僅爲文人，還要以詞做個人的抒情言志，自敘內心和經驗。從韋莊、馮延巳、李後主一直到宋初歐陽修、晏殊、范仲淹、柳永等人，都有一部份這樣的詞作。像柳永，雖然他的作品多以男女之情作爲題材，但幾乎是他個人的情感和遭遇。這個階段中，代言、泛題的「伶工之詞」與自敘、抒情的文人詞，在每個作家中都有，但在比例上有逐漸提高的趨勢。

接著必須回到王國維「變伶工之詞爲士大夫之詞」這句話上面，爲何王國維不說「變伶工之詞爲文人之詞」？主要是因爲李後主後期之詞，多寫亡國之恨，這種題材與情感，並非個人之小情小愛，而關乎國家大事，所以王國維才說這是「士大夫之詞」。但嚴格來說，「士大夫之詞」還不僅如此，根據前述，「士大夫」其實是文人中較爲高層的人，他們有個很重要的標誌，亦即對於自己身爲士大夫的「自我認同」，是相當顯覺的，其中還包含了政教的責任與關懷。蘇軾與蘇門詞人正好處於宋代「以天下爲己任」思潮在士大夫之間蓬勃發展的時期，也正好處於新舊黨爭的政治黑暗期，所以他們對於士人的意識覺醒和悲士不遇的感受都特別深刻，也就影響了他們將政教關懷和悲士不遇的心情，寫入詞作當中。當然，歐陽修、晏殊等人也有政教關懷，可是他們並未明顯的寫於詞中。而柳永考場失利，即便後來做官，也是小官，雖然其所作之詩〈煮海歌〉呈現出了社會關懷，但他也並未寫入詞中。他們所抒發的情感，無論是個人的男女情愛，還是對人生的感悟體會，都像「詩緣情而綺靡」一樣，是一種魏晉南北朝以後相對於風騷傳統所產生的個人抒情。到了蘇軾與蘇門詞人後，這個以詞自我抒情的現象，才更進一步走向文人、士大夫自我認同與政教關懷的層次去。

另一方面，蘇軾與蘇門詞人就如王水照所說：「宋代士人的身份有個與唐代不同的特點，即大都是集官僚、文士、學者三位於一身的複合型人才」〔註40〕故他們除了擁有士大夫的政教關懷之外，也有具有文學家的創作精神、審美觀念，甚至在生活中追求各種精神層次的提升，這些都是所謂宋代士人、宋代文人因環境、文化所培養出的人格精神。而以詞的創作者而言，他們在進行創作時，身份可能是「常人」，或「文人」、「士人」。顏崑陽教授指出，文學家有「三重性」的歷史與社會存在，第一重是他們具有一般人的身份，

〔註40〕見王水照：《宋代文學通論》（開封：河南大學出版社，1997年6月），頁80。

也具有一般人的「常民意識」，經歷與感受一般人的遭遇和情感。第二重則是他們所處的社會階層，並在此一階層中形成某種「意識型態」，作爲他們的「階層意識」。第三則是因文學觀念及活動，所形成的文學社群。〔註41〕以蘇軾和蘇門詞人來說，他們既有常民意識的第一重存在，也有文人或士人意識形態的第二重存在，甚至也涉及了文學群體的第三重存在。在蘇門以前的詞人，如馮、晏、歐、柳等人，已經在詞作中呈現「常民意識」的男女之情。至蘇軾以後，則不僅常民意識之男女之情，也包含了兄弟之情、朋友之情、生活經驗等部分；與此同時，身爲文人或士的第二重意識也開始發用，在他們的部分詞作中，能夠看出他們對身爲文人或士的自我期待，也能看出當他們身爲文人或士的理念落空、幻滅時，尋求自我認同或超越的精神，這些都是身爲有自覺生命存在意義與常人不同的意識形態。

至於第三重的文學社群存在，雖然蘇門並非因爲文學而成立的群體，也未必有共同的文學理念，僅是與蘇軾有師生的關係，但相較於前人，他們用詞互相酬贈唱和、聯繫情感的情形大幅增加，對於老師蘇軾和其他的學子，也都有一定交情與認同感。同時，由於這個群體的身分都有文人，故他們以詞來往時，往往是用文人間的特別語言或典故做爲交流、溝通，這個部分，也更深化了詞的文人化，成爲一種具體的映證。

再者，蘇軾的「以詩爲詞」引起了大家的關注，除了陳師道明白指出「子瞻以詩爲詞」之外，李之儀對於蘇詞之創新，也寫了詞論重新探討詞體的本色問題和審美準則；而黃庭堅、晁補之也都有「以詩爲詞」的傾向，甚至黃庭堅在評論晏幾道的詞時，寫下了「乃獨嬉弄於樂府之餘，而寓以詩人句法，清壯頓挫，能動搖人心」〔註 42〕這樣的評論，這些現象顯示出文人對於「詞之本然」和「詞之應然」，開始有意識的探究。在他們之前，從唐五代到北宋初，詞體的文人化還未涉及創作論，這促使了詞走向「文人化」的最終進程，也就是產生了屬於文人的審美標準、創作準則。這個最終進程則在南宋發展得更完整。

因而，在文人化的過程中，蘇軾和蘇門詞人可說有一個關鍵的地位。根

〔註41〕見顏崑陽教授：〈宋代「詩詞辨體」之論述衝突所顯示詞體構成的社會文化性流變現象〉，收入《詮釋的多向視域：中國古典美學與文學批評系論》，頁 332～335。

〔註42〕見（宋）黃庭堅：〈小山詞序〉，收入（宋）黃庭堅撰，鄭永曉整理：《黃庭堅全集》（南昌：江西人民出版社，2008 年 9 月），下冊，頁 619。

據顏崑陽教授所提出的「創作主體復位」與「文學家的三重情境」理論，本章將詞的文人化第一層次、階段定義爲「文人以詞自我抒情」，但這種抒情則多半是身爲常人的情感與意識。第二個層次、階段，是經過蘇軾與蘇門詞人的改變後，成爲「文人以詞自我抒情、言志，並能寫出自我認同、政教關懷的部分，表現出更高的情懷，不再視詞爲小道，並以詞作爲一種文學，和文人社交之用」，比起第一階段，此時的詞作已明顯的呈現出「文人階層意識」。

之後，這種文人化的第二層次在南宋文人受到時代背景的影響下，推到最高峰，由於靖康之難的衝擊，開始有人提出作詞應如《詩經》之「風雅」般，向雅正之音回歸。如黃裳〈演山居士新詞序〉說：

> 演山居士閑居無事，多逸思，自適於詩酒間，或爲長短句及五七言，或協以聲而歌之，吟詠以舒其情，舞蹈以致其樂。因言：風雅頌詩之體，賦比興詩之用。……六者聖人特統以義而爲之名，苟非義之所在，聖人之所刪焉。故予之詞清淡而正，悅人之聽者鮮，乃序以爲說。〔註43〕

這是目前所見，較早提出將詩六義作爲詞之創作論者，並明顯的將詞與政教關懷結合。後來鮦陽居士也在〈復雅歌詞序〉中提出「復雅」，認爲：

> 迄於開元、天寶間，君臣相與爲淫樂，而明宗猶溺於夷音，天下熏然成俗。於是才士始依樂工拍但之聲，被之以辭，句之長短，各隨曲度，而愈失古之「聲依永」之理也。溫、李之徒，率然抒一時情致，流爲淫豔猥褻不可聞之語。吾宋之興，宗工巨儒，文力妙天下者，猶祖其遺風，蕩而不知所止。脫於芒瑞，而四方傳唱，敏若風雨，人人歆豔咀味，尊於朋游尊俎之間，以是爲相樂也。其韞騷雅之趣者，百一二而已。以古推今，更千數百歲，其聲律亦必亡無疑。屬靖康之變，天下不聞和樂之音者，一十有六年。紹興壬戌，誕敷韶音，弛天下樂禁。黎民歡抃，始知有生之快。謳歌載道，遂爲化國。由是知孟子「今樂猶古樂」之言，不妄矣。〔註44〕

鮦陽居士認爲音樂的雅正與國家興亡有關，這自然是傳統詩教的影響，也和

〔註43〕（宋）黃裳：《演山集》（浙江大學圖書館藏《欽定四庫全書》），卷20，頁10～11。

〔註44〕（宋）鮦陽居士：〈復雅歌詞序〉，見金啓華等編：《唐宋詞集序跋匯編》（據祝穆《新編古今事文類聚》續集卷二十四，轉引自吳熊和《唐宋詞通論》。臺北：臺灣商務印書館，1993年2月），頁364～365。

黃裳一樣，直接以詩教中的雅正觀念作爲詞之審美、創作論，形成了一種復雅運動，這時期「詞之應然」的理論與體系不僅有了轉變，其中的政教關懷，也更向文人、士大夫的最高精神靠攏，詞論發展至此，可以說是「文人化」的高峰。而將詞文人化推向高峰的關鍵，也和蘇軾和蘇門詞人有關。

第二節　「文人化」與「以詩爲詞」、「詩化」、「雅化」之辯證關係

過去在論「以詩爲詞」，或詞之「詩化」、「雅化」時，此三者便常有混淆之處，也常與「文人化」等同使用。不可否認，這些名詞都有其相同之處，但也有不同之處，尤其「文人化」應著重於文人群體和作者身份來探討，故以下將「文人化」和「以詩爲詞」、「詩化」、「雅化」做一關係上的釐清。

一、「以詩爲詞」之義涵

「以詩爲詞」最早是陳師道所提出，他在《後山詩話》中對東坡的詞提出評論：「退之以文爲詩，子瞻以詩爲詞，如教坊雷大使之舞，雖極天下之工，要非本色。」〔註 45〕故「以詩爲詞」本來是指東坡詞在創作上的創新，與前人之詞不同，如同王秀珊所說：

> 陳師道指東坡「以詩爲詞」和後世論東坡詞似詩，主要有其詩詞辨體的針對性和結合東坡其人其詞之特性的意涵，畢竟，嚴格說來，當代對歐陽修、黃庭堅、王安石雖亦有其詞似詩之評，但並不見有「以詩爲詞」論之者；宋代雖有晁補之言黃庭堅「著腔子唱好詩」，或較近於「以詩爲詞」之意，不過，「以詩爲詞」這個語彙，當宋代之際，並不見泛論於東坡以外的詞家。語詞雖是隨著時代和使用者的意向，自然具有變化和開展的空間，但此變化與開展仍應符合或映照出一批評術語較爲原始的語義指向，以及其日後發展歷程中的主要脈絡，較能呈現其歷史意義和深刻意涵。在「以詩爲詞」一語被提出較早的語境中，應是與東坡其人其詞有密切相關之處。〔註 46〕

〔註 45〕（宋）陳師道：《後山詩話》，收入（清）何文煥編：《歷代詩話》（臺北：漢京文化公司，1983 年），頁 309。

〔註 46〕王秀珊：《東坡「以詩爲詞」之論述研究》（花蓮：東華大學中國語文學系博士學位論文，2009 年 7 月），第二章，頁 45。

也就是說，「以詩爲詞」本應專指東坡而言。而「著腔子唱好詩」其實也是類似描述，只是所用詞語不同，但所指皆爲「用作詩之法作詞」，是一種詞體的創作手法。然「作詩之法」實際上包含的層面也相當廣大，因爲可能牽涉到詩的本質爲何，以及作詩的準則、價值規範、藝術手法等。陳師道提出的「以詩爲詞」是指東坡詞而言，雖然陳師道未多說明「以詩爲詞」是什麼，但仍可回歸到東坡詞身上，去探討何謂東坡詞中的「詩」。

如前所述，詞本來大多數是描寫男女之情，並且鮮少有作者自我的情志，但經過馮延巳、韋莊、李後主乃至於北宋初期的詞人以後，這一現象逐漸的改變了，他們開始有些作品帶有個人的情感，但仍以自己的男女之情居多。這一現象是到了東坡，開始有顯著的改變，如葉嘉瑩認爲：

> 北宋的一些名臣，既往往於其文章德業以外，有時也耽溺於小詞之寫作，而且在小詞之寫作中，更往往於無意間流露其學養與襟抱之境界。這種情形，原是歌詞流入文人之手，因而乃逐漸趨於詩化的一種自然之現象。在此一演變之過程中，早期之作如大晏及歐陽修之小詞，雖然也蘊涵有發自於其性情襟抱的一種深遠幽微之意境，但自外表看來，則其所寫者，卻仍只不過是些傷春怨別的情詞，與五代時《花間集》中的豔歌之詞，並沒有什麼明顯的區分。一直到了蘇軾的出現，才開始用這種合樂而歌的詞的形式，來正式抒寫自己的懷抱志意，使詞之詩化達到了一種高峰的成就。這種成就是作者個人傑出之才識與當時之文學趨勢及社會背景相匯聚而後完成的一種極可貴的結合。〔註 47〕

這裡指出爲蘇軾「以詩爲詞」的重點，即爲用詞來正式抒寫自己的懷抱志意。而蘇軾的懷抱志意，葉嘉瑩更進一步指出是包含了「儒家用世之志意」與「道家超曠之精神」，蘇軾創作詞是在仕途受到挫折以後，所以詞中經常呈現出尋找寬解之道的超曠精神。〔註 48〕

劉少雄歸納東坡「以詩爲詞」的特色時，則是以「情」作爲基準，認爲：

> 東坡爲詞，不再陷溺於相思怨別之情、綺豔要眇之態，其所抒發的情懷，有兄弟之愛、夫妻之情、朋友之誼、家鄉之思、生涯之嘆、

〔註 47〕葉嘉瑩：《唐宋詞名家論稿・論蘇軾詞》（北京：北京大學出版社，2008 年 4 月），頁 103。

〔註 48〕葉嘉瑩：《唐宋詞名家論稿・論蘇軾詞》，頁 112。

> 山水之樂、物我之感、今昔之悲，雖偶作媚詞，亦絕無淺陋鄙俗之語；整體來看，東坡各種情詞，兼具情意理趣，語意清新奇麗、高朗豪俊，能臻高遠之境，別有跌宕之姿。〔註49〕

這段話其實也指出了東坡作詞時，能夠充分的抒寫自己的情感。相較於前人大多只寫男女之情，東坡所顯示的「情」更爲多樣化，也更爲全面，這些全爲「自我之情」，並非代言、泛題式的情感，這顯然和「吟詠情性」、「詩緣情」的「情」是相同的。而這種用詞自我抒情的作法，帶來的現象就是所謂的「擴大詞境」、「無意不可入，無事不可言」。綜觀葉嘉瑩與劉少雄這兩個說法，雖然在分析東坡詞之情感與性格方面，切入點有些不同，但是都明白指出東坡「以詩爲詞」的一大特點，就是其「自我」在詞中是顯而易見的。

這種以詞作自我抒情或言志的「以詩爲詞」現象，顏崑陽教授則更進一步稱之爲「創作主體復位」，其主體正爲情性、道德、學問所構成。當詞體中只見並非創作主體切身經驗且類型性的題材，而不見主體之情性、道德、學問等，是「創作主體失位」。但中國知識階層的詩歌創作，往往是能見創作主體情性、道德、學問，故由蘇詞看來，能用學問語來寫個人或群體的切身經驗，並抒發自我的情志，顯然是將詞體回歸到詩的本質與功能上，「創作主體」也明顯的呈現在詞作中。〔註50〕因此，「以詩爲詞」中所指涉的「作詩的方法」，最主要是表現在作者本身的自我、主體，能如詩一樣顯現、抒發，不再隱藏，能「吟詠性情」；另一方面，其學識也能發用在作品中，故用典故史實等學問語來寫詞。所以東坡「以詩爲詞」之「詩」，並非僅是表面上有關語言、形式的移植，更多的是關於「詩」的本質，特別在「緣情」這種創作主體、作者自我的顯現。

以上是東坡「以詩爲詞」本身的義涵詮釋，但陳師道接下來卻說，就算東坡詞「極天下之工」，卻仍「非本色」，因爲東坡的詞並不符合詞本來該有的樣子。畢竟詩有詩的創作方式，適合詩的方式並不一定適合詞。「本色」一詞，本指「士農工商、諸行百戶，衣裝各有本色」〔註51〕，顏崑陽教授則指出：「這個詞彙轉用到文學批評上指的是每一個文類依其性質、功能而應有的

〔註49〕見劉少雄：《東坡以詩爲詞新詮》，頁120。

〔註50〕見顏崑陽教授：〈宋代「以詩爲詞」現象及其在中國文學史論上的意義〉，收入《詮釋的多向視域：中國古典美學與文學批評系論》（臺北：臺灣學生書局，2016年3月），頁316～318。

〔註51〕見（宋）孟元老：《東京夢華錄》（臺北：漢京文化公司，1984年），頁131。

標準體式。」〔註 52〕但究竟詞的本色應該具有什麼特點，陳師道並未說明，也沒有定義何謂「以詩爲詞」。後來「以詩爲詞」一詞被沿用下來了，並且隨著不同的時代與不同的研究論述，也產生了不同的意涵，其評價意義也有所不同。顏崑陽教授將「以詩爲詞」的現象分成三層意義，第一層是創作現象的「描述義」，「以詩爲詞」可以說只是一種客觀現象的描述，說明有人用作詩的方式去作詞。第二層意義是實際批評的「評價義」，這其中又牽涉了「辨體」觀，多半持著「詩詞有別」的「辨體觀」者，對東坡所卜的往往是「文體批評」，而給予負面評價；持「詩詞一理」的「體源觀」者，對東坡則是從「藝術評價」給予肯定。第三層意義是理論批評的「規範義」，到了南宋時期，持「體源觀」的人高度肯定「以詩爲詞」，且此時「以詩爲詞」已逐漸被人接受，加上「復雅」思潮的出現，肯定詩歌中的「雅正」，因而「以詩爲詞」受推崇，也上升成爲詞體的規範、準則。〔註 53〕從顏崑陽教授的分析看來，可知「以詩爲詞」這種方式對詞的創作理論和準則產生了巨大影響，詞的「詩化」和「雅化」，也是因爲「以詩爲詞」不斷演變的反映。

因此，使用「以詩爲詞」大致有兩種語境與義涵，第一種是單就東坡的創作方式而言；第二種則是指「用作詩之法作詞」的創作方式。然而由於「詩」本身所指涉的義涵與文化相當廣大，用於詞體的時候，或因作者才性，或因時代背景等影響，其「以詩爲詞」的「詩」也會有流動性的意義。如東坡之「以詩爲詞」是「詩緣情」一脈的呈現，但南宋「復雅運動」中的「以詩爲詞」，其「詩」的義涵則是「雅正」一脈的呈現，也正由於這些「詩」的義涵不斷流動，是而又有了「詩化」或「雅化」等詞的出現。

二、「詩化」之義涵

由於「詩化」和「以詩爲詞」皆爲後人歸納東坡以後的詞體演變現象，二者又同時牽涉到「詞」向「詩」的靠攏，故常等同來使用。但「以詩爲詞」主要指創作方式而言，「詩化」則雖然可指類似「以詩爲詞」的創作方式，更多時候卻是指詞體不斷借用了更多詩歌的創作方式、意識、概念等的「過程」，

〔註 52〕體式一詞指「某一文類應有的標準藝術形相」，見顏崑陽教授：〈論文心雕龍「辯證性的文體觀念架構」〉收入顏崑陽教授：《六朝文學觀念叢論》（臺北：正中書局，1993 年），頁 121～148。

〔註 53〕見顏崑陽教授：〈宋代「以詩爲詞」現象及其在中國文學史論上的意義〉，頁 289～314。

也可以說是詞史中，詞體越來越向詩體趨近的過程。但既然「詩化」是一種過程，那麼這個過程的範圍該如何判斷，便成了「詩化」定義上的差異。

「詩化」之範圍與其定義上有其差別，並往往以「以詩爲詞」作爲一個指標。一般認爲的「詩化」，多從東坡「以詩爲詞」之前開始算起，如葉嘉瑩說：「北宋的一些名臣，既往往於其文章德業以外，有時也耽溺於小詞之寫作，而且在小詞之寫作中，更往往於無意間流露其學養與襟抱之境界。這種情形，原是歌詞流入文人之手，因而乃逐漸趨於詩化的一種自然之現象。」〔註 54〕葉嘉瑩此處未明確指出「詩化」的起點，但是另有專篇從李煜、蘇軾、辛棄疾來探討詩化：

> 詞的興起是一件很特殊的事情，與詩不同：詩是「言志」抒情的，是「情動於中而形於言」(〈毛詩序〉)，詩人所寫的，是他自己的感情、感受、思致、意念；可是詞不是，詞在開始的時候，就是寫給歌女來唱的歌辭。……我們知道，李後主喜歡歌舞宴樂，熟悉詞的曲調，但沒有把他晚年的一些詞歸到「歌辭之詞」裡邊去，因爲經歷了破國亡家這一份慘痛的經歷之後，憑他對歌辭音樂的熟悉，很自然地就把自己破國亡家的悲哀寫到詞裡邊去了；那已不是「空中語」，已不只是寫來給歌女去唱的歌辭，而是他自己在抒情「言志」了，那是什麼？那是詩篇啊！也就是說：雖然形式上是詞，內容卻是作者自己寫自己的思想、感情、遭遇、意念了。所以，我把李後主歸納到「詩化之詞」裡，把他作爲向「詩化」之詞轉折的一個開始。那麼後來發展下來，寫「詩化」之詞最有名的作者，就是蘇軾還有辛棄疾。〔註 55〕

另外葉嘉瑩又說：「一直到了蘇氏的出現，才開始用這種合樂而歌的詞的形式，來正式抒寫自己的懷抱志意，使詞詩化達到了一種高峰。」〔註 56〕，可見其對「詩化」的定義與範圍，是以能寫一己情感、志意者爲「詩化之詞」，而起點從李煜開始，在蘇軾獲得高峰成就，並由南宋辛棄疾延續下去。

顏崑陽教授在論「以詩爲詞」時，也談到了其在宋代不同階段的發展與

〔註 54〕見葉嘉瑩：《唐宋詞名家論稿·論蘇軾詞》，頁 103。

〔註 55〕見葉嘉瑩：《照花前後鏡：詞之美感特質的形成與演進》（新竹：國立清華大學出版社。2007 年 5 月）頁 95～97。

〔註 56〕見葉嘉瑩：《唐宋詞名家論稿·論蘇軾詞》，頁 103。

變化，在論述這個過程時，其實也等同於「詩化」的過程。但這個過程的起點，顏崑陽教授認爲是從晏殊、歐陽修、柳永等人開始，蘇軾、黃庭堅、秦觀、賀鑄、周邦彥等人亦包括在內，但由於此時各人仍依其性情和學問作詞，所以各有其體。到南宋時因國勢危急，詞出現了以《詩經》之「風雅」爲本的創作，並成爲一種主流。南宋中期到晚期後，則更強調了在修辭與典故方面的「雅」，重視的是詞本身語言、音律之「典雅純正」的藝術性。〔註57〕

比較葉嘉瑩與顏崑陽教授之說法，能看出他們對於「詩化」所包含的範疇不同，「詩化」之「詩」爲何意的著眼點也不同，葉嘉瑩認爲「詩化」乃在於能用詞做「抒情言志」的過程，也是詞向詩的本質融合；顏崑陽教授則分析「詩化」各時期對詩體不同的靠攏或擷取，因而詞之「詩化」不僅有「抒情言志」，也向具有政教作用，和講究修辭用典的「雅正」發展。至於「詩化」爲何會發生，葉嘉瑩認爲這與作者本身的懷抱志意和才性有關，初始是自然地發用和流露，但至蘇軾時，便是有意的進行改革創新。〔註58〕顏崑陽教授則從「詩文化母體意識」解釋，認爲在詩文化的影響下，所有韻文文體皆會向詩所代表的體式、功能、價值、審美等回歸。這種文化意識依藉著傳統「詩教」深入人心，或自然發用，或自覺發用。〔註59〕顏崑陽教授和葉嘉瑩的說法雖有不同，但對「詩化」一詞皆是採用詞體發展「過程」去解，是沒有疑問的。

另外，王秀珊認爲「詩化」有廣義與狹義之解釋，廣義者包含一切與詩化相關的現象和行爲活動；狹義者爲詩與詞在情志辯證關係下，所開展出的演變歷程和相關論述。〔註60〕王秀珊所謂廣義之詩化，由於非本文主要論點，故暫不深入探討。然如前引關於詞之「詩化」的看法，確實都是在「詩」與「詞」的「辨體」語境中進行討論的。準此，一般來說，「詩化」指詞體不斷用詩的文化意識、創作方法、審美價值等的演變過程，其實也是所謂的詞未遵照「本色」而進行「跨體」的書寫，所形成的現象、發展。因而詞之「詩化」並不單純指詞的演變過程，也往往牽涉到辨體論的問題。

〔註57〕見顏崑陽教授：〈宋代「以詩爲詞」現象及其在中國文學史論上的意義〉，頁293～294。
〔註58〕見葉嘉瑩《唐宋詞名家論稿・論蘇軾詞》。頁103～104。
〔註59〕見顏崑陽教授：〈宋代「以詩爲詞」現象及其在中國文學史論上的意義〉，頁318～321。
〔註60〕見王秀珊《東坡「以詩爲詞」之論述研究》，第二章，頁34。

三、「雅化」之義涵

「雅」字向來包含的層面很廣，例如從《詩經》中的「雅」所延伸出的「雅正」概念，或指與「俗」對舉的概念。關於「雅正」的概念，如梁啓超說：「風雅之雅，其本字當作夏無疑。」〔註61〕《說文》：『夏，中國之人也』，雅音即夏音，猶云中原聲云耳。」〔註62〕中原之聲向來被視爲「正聲」，因之形成了「雅正」這一觀念。而後開始出現語言或文化、文學以「雅正」爲依歸的過程，如余英時認爲：

> 「雅言」原指西周王畿的語言，經過士大夫加以標準化之後成爲當時的「國語」。但是標準化同時也就是「文雅化」。
>
> 「雅言」是士大夫的標準語，以別於各地的方言。但是「雅言」並不是單純的語言問題，而涉及一定的文化內容。孔子「《詩》、《書》、執禮，皆雅言也」，而禮、樂、詩、書在古代則是完全屬於統治階級的文化。〔註63〕
>
> 周代《詩經》和兩漢樂府中的詩歌都保存了大量的民間作品，但這些作品之所以成爲經典，其一部分原因則在於它們已經過上層文士的藝術加工或「雅化」。〔註64〕

由余英時之看法，可知在士大夫、文士這一階層，是有將語言、文化、文學「雅化」的傾向，並逐漸與各地語言或民間作品有所區別。而後開始出現雅俗的區別，文學亦不例外，形成雅文學與俗文學兩大系統。如黃雅莉說：

> 我們可以把中國古典文學分爲上、下兩大系統：一是上層封建貴族士大夫的雅文學系統：一是下層的平民大眾的俗文學系統。……前者的代表是詩、文、賦，後者的代表是戲曲、小說以及彈詞、鼓詞等民間說唱文學。上層文學的審美趣味是以「雅」爲標準，要求含蓄委婉，精美深遠。下層文學則是以「俗」爲標準，要求明白曉暢，

〔註61〕見梁啓超：〈釋「四詩」名義〉，收入《梁啓超全集》（北京：北京出版社，1999年7月），頁4387。

〔註62〕（漢）許愼撰，（清）段玉裁注：《說文解字注》（臺北：洪葉文化事業有限公司，1999年11月），頁235。

〔註63〕見余英時：〈漢代循吏與文化傳播〉，收入《中國思想傳統的現代詮釋》（臺北：聯經出版公司，1987年）頁167～169。

〔註64〕同前註。頁175～176。

通俗易懂。〔註65〕

而詞本為民間文學，故原本的型態是「俗」的，這從敦煌曲子詞便可知。但在詞被文人創作後，產生了變化。由於和「雅」有關的文化、文學等，往往是屬於統治階層、知識份子的，故文人群體也受這種「雅」文化的影響甚深。而在創作後，逐漸讓詞由「俗」轉向「雅」。

根據上述，「雅」的概念廣大深遠，體現在詞中又是如何呢？根據黃雅莉的說法，她認為詞之「雅化」範圍很大，從中唐文人劉禹錫開始將詞在修辭方面文雅化，經過溫庭筠、晏殊、蘇軾、周邦彥，以及南宋初期提倡的復雅運動，再經辛棄疾、姜夔、吳文英等，每個階段與每個詞人皆呈現出不同之雅，這都屬於「雅化」。〔註66〕這是較為廣義的說法。陳慷玲則認為，雅具有政教意味，因此詩學中的「雅正」應為詞「雅化」的重點，同時還包含在音樂上面也要趨於「雅正」，成為「雅樂」。故「雅化」應僅相關於南宋姜夔、張炎等人的創作或詞論。〔註67〕這是較為狹義的說法。而目前所謂詞體之「雅化」也往往多指後者。此外，像南宋初期到中期時，黃裳以詩六義為作詞之法，和鮦陽居士所提出的「復雅」，也可以視為「雅化」的一環，只是他們所提倡的「雅」是《詩經》之「雅」，是一種情志的概念，情志之正才是雅，這是詩學中「雅正」的政教觀念，姜夔與張炎等人所致力的「雅化」則偏向重視詞樂、修辭之「雅正」，如張炎《詞源》說：「古之樂章、樂府、樂歌、樂曲，皆出於雅正。」又說：「美成負一代詞名，所作之詞，渾厚和雅，善於融化詞句，而於音協，且間有未協，可見其難矣。」〔註68〕推崇周邦彥能兼顧樂曲和詞句之「雅」。姜夔擅於音樂，常創自度曲，修辭則如汪森〈詞綜序〉所說：「鄱陽姜夔出，句琢字鍊，歸於醇雅。」〔註69〕因而詞之「雅化」，或可說包含了黃裳、鮦陽居士等人的「情志之雅」以及姜夔、張炎等人的「辭

〔註65〕見黃雅莉：《宋詞雅化的發展與嬗變——以柳、周、姜、吳為中心》（臺北：文津出版社，2002年6月）第一章，頁1～2。

〔註66〕見黃雅莉：《宋代詞學批評專題研究》（臺北：文津出版社，2008年4月），頁619～686。

〔註67〕見陳慷玲：《宋詞「雅化」研究》（臺北：東吳大學中國文學研究所博士學位論文，2003年），第三章，頁127～128。

〔註68〕（宋）張炎：《詞源》，收入唐圭璋編：《詞話叢編》((北京：中華書局，1988年11月)。卷下，頁255。

〔註69〕（清）汪森：〈詞綜序〉，收入（清）朱彝尊《詞綜》（上海：上海古籍出版社，2008年3月）頁1。

樂之雅」。

根據前述，詞之「雅化」概念其實也是詞體推向「雅」的過程，只是過程範圍大小不同，各家對「雅化」的定義也不同。這些不同，所使用的語境和脈絡自然也不同。如黃裳、鮦陽居士所謂的「雅」，由於概念來自於《詩經》之雅，故這種「雅化」與「詩化」實有重疊，也會牽涉到詩詞辨體的問題。而姜夔等人之「雅化」崇尚「樂聲」和「語言」之雅正，這部分雖和「詩化」有關，但是他們又相當在意詩與詞的分界，如張炎說:「詞與詩不同。詞之句，有二字、三字、四字至六字、七八字者。」〔註 70〕沈義父則說:「詞之作難於詩，蓋音律欲其協，不協則成長短之詩。」〔註 71〕這是從詞體之形式、音樂性與詩體不同去說的。然像這類分野，實際目的在於討論詞之「本質」應然爲何，只是這種本質是透過分辨詩詞之不同去彰顯出來的，所以這時候不一定和辨體論相關。因此從這裡也可看出，整個詞體的發展從受到詩的影響，而有詞之「詩化」，使詩詞之分界混淆同一，再回歸到姜夔等人的「雅化」，探討詞的本質是什麼，雖然仍不免借鑑了詩的「雅正」概念，但最終仍是回到詞體的本身。

綜合前面所述，則可知「以詩爲詞」、「詩化」、「雅化」因其使用語境和廣義、狹義定義之不同，也各自有不同義涵。但此三者由於都與「詩」有關，所以內在其實自有關聯。「以詩爲詞」本指東坡作詞的方式，後來則被延伸成爲一種普遍的詞體創作方法，然這種方法由於隨著整個宋代詞人對於詩歌理論、詩文化意識等不同的借鑒，而有了不同義涵。故單純在談詞的創作論語境中，「以詩爲詞」、「詩化」、「雅化」往往可以等同使用。如晏、歐、蘇等人創作時受「詩母體文化意識」影響，以及鮦陽居士等人的「復雅運動」、姜夔等人借鑑的音樂與藝術之「雅正」，其實都可廣泛的用「以詩爲詞」、「詩化」或「雅化」等詞指稱。但是當「詩化」、「雅化」所指爲整個詞體發展演變的過程時，其概念就比「以詩爲詞」大，「以詩爲詞」則成爲「詩化」或「雅化」中的一個重要轉折。而「詩化」與「雅化」在廣狹義也有不同的時候，最不同之處即在於「詩化」是辨體論的立場，涉及的是跨體創作之現象；而「雅化」當較狹義的概念時，雖也談到辨體，但其最終目的是回歸到詞的「本質」應然問題。

〔註 70〕（宋）張炎:《詞源》，收入唐圭璋編:《詞話叢編》。卷下，「虛字」條，頁 259。
〔註 71〕（宋）沈義父:《樂府指迷》，收入《詞話叢編》，「論作詞之法」條，頁 277。

故「詩化」、「雅化」是詞的發展過程，而論及這段過程的起始與發展，端看論者如何詮釋、定義，但「以詩爲詞」在這兩種過程中，都起了一個重要的作用，使後來的詞人在作詞時，更加注重詞「應該是怎麼樣的」，並且更加符合文人心目中的審美理想。而「詩化」與「雅化」都採用了詩學的核心思想與價值觀點，但是對於詞這個文體是否該維持其本來之面目與特色，則各自有不同的重視程度。

四、「文人化」與「以詩爲詞」、「詩化」、「雅化」之異同

經過以上對於何爲「文人化」，以及「以詩爲詞」、「詩化」、「雅化」之梳理，其實可以發現「文人化」與後三者也有許多關聯，特別是「詩化」、「雅化」，「文人化」一詞也往往會與它們混同使用。如王曉驪認爲：

> 在唐代，文人的詩歌創作經驗引導了詞在文人階段邁開了可貴的第一步。早期的文人詞不論是風格還是形式，都與絕句有著很多相似之處，以至於有時很難確定這些配樂演唱的韻文的文體屬性。在後來的文人詞發展中，文人們雖有意爲詞確立本色，但又不能不依靠詩歌的創作理論來規範詞的創作。詞形式上的格律化、風格上的雅化，都受到了詩歌的影響。所以詞的文人化過程完全可以看作是詩化的過程。〔註 72〕

顯然王曉驪所認爲的「文人化」是相當廣義的，只要是文人創作的作品即可納入範圍，且由於文人借鑑了詩歌的創作理論，故「文人化」完全等同於「詩化」。劉尊明則認爲：

> 蘇軾從柳永的創作實踐中總結經驗並吸取教訓，從而改從文人化、雅化、詩化的方向去求「變」，這就是陳師道所指出的「以詩爲詞」。所謂「以詩爲詞」就是將傳統的詩學思想、士大夫文人的觀念意識，以及詩化的語言風格、方法技巧等因素移植到詞體文學的機體之中，使詞成爲士大夫文人手中類同於詩而又有別於詩的一種抒情言志的工具。〔註 73〕

〔註 72〕王曉驪：《唐宋詞與商業文化關係研究》（北京：中國社會科學出版社。2004 年 8 月）。頁 332。

〔註 73〕王德民、朱易安、劉尊明、李翰、張明非撰，張明非主編：《唐詩宋詞專題》（北京：高等教育出版社，2009 年 11 月）。第八章「詞的興起與昌盛」由劉尊明撰稿，頁 180。

這裡有關「文人化」、「詩化」、「雅化」、「以詩為詞」等的界線更模糊了，幾乎等同來使用。再看王秀珊所說，他將「雅化」與「文人化」等同使用：

> 雅正化的概念本源自於以政教作用為中心的詩學傳統，其主旨往往涉及政教，風格更以詩教「溫柔敦厚」說為標準。因此，在雅俗對舉的廣大範疇中，除了詞之語言形式的文雅化歷程（即文人化）之外，較為明確的雅化面向，應是可以「雅正」觀為核心，體現在內容情志、形式風格、批評理論等三方面，漸趨向雅正觀念演變的詞史現象。……溫庭筠是否有意雅化詞體？雅化之始是否可追溯至劉禹錫，若以此為論，則詞體雅化與文人化之關係為何？尤其是，文人化主要體現在文士對一文體之語言和表現手法上的文雅化，本即廣義雅化中一種既可能是自然演進，也可能是文士有意為之的現象。〔註74〕

王秀珊將較為廣義的「雅化」與「文人化」等同，這是由於雅、俗的對舉往往就是文人和平民的對舉，同時他所謂的「文人化」是解釋為語言和表現手法方面的文雅化。從上述例子的語境之中，可以發現由於各家在「詩化」或「雅化」的定義，若是採用比較廣義的用法時，便往往等同於「文人化」，這是由於無論「以詩為詞」、「詩化」、「雅化」，都是文人對詞體的創作進行改變與規範。因此，「文人化」也變成了一種可以廣義使用的詞，甚至可以涵括「以詩為詞」、「詩化」、「雅化」等。但是，嚴格來說，「文人化」之定義，還是與上述這些詞有所不同。如果從最廣義的來說，從詞開始被文人創作，並在用字遣詞上稍微文雅化之時，就可以納入「文人化」的範圍，也可以是較為廣義的雅化。但是，詞之「文人化」不應只就作品的語言、表現手法之文雅化而言，因為作品表面的文字修飾，其實稍有文采的伶工、平民也可能寫得出來。而身分雖為文人，但卻模仿女性口吻，寫類型化的艷情題材作品，卻看不出其身為文人的意識，那麼也不應視為「文人化」。故「文人化」除了著重在「文人」所構成的「作者群體」之外，更應從作品是否透露出「文人意識」來談。早期像劉禹錫、溫庭筠等人的詞作，其實是看不出作者本身的情感或意識，仍是「創作主體失位」的。所以嚴格來說，應當從這些文人作者開始於詞中抒情言志、自敘開始，才能稱之為「文人化」。

再者，「以詩為詞」，是一種詞的創作方式，基本上是具有「文人意識」，

〔註74〕見王秀珊：《東坡「以詩為詞」之論述研究》。第二章，頁58。

受到「詩文化母體意識」之影響所產生的。而「詩化」則爲「文人借鑑詩文化意識、詩的功用、詩的審美觀念而改變詞體的過程」，此二者與「文人化」的意義較相近。「雅化」則有廣狹兩種定義，但廣義的「雅化」已如上述，與本文之「文人化」定義不同；最狹義的定義，即專指姜夔、張炎等人借鑑詩「雅正」的語言和音樂，來樹立何爲詞的本質與應然等的過程，這也是受文人意識所影響。故「文人化」自然與上述這些定義有重合之處，但本文之「文人化」將更著重於作者不僅有「文人」的身份，還能在作品中顯現「文人意識」；同時「文人」這一階層，又經常會面臨共同的遭遇，也往往會有共同的理念、精神，然後這些題材又如何呈現在詞作中，且發展出審美理念的過程。

最後，如前所述，「文人」與「士」往往有等同使用的時候，而論詞之「詩化」或「雅化」、「文人化」等詞體轉變的過程時，也會出現「士大夫化」一詞，那麼「士大夫化」與「文人化」是否相同？其實從「士大夫化」看來，其作者或寫作內容，必然是與「士大夫」這一身份有關，而士大夫的核心精神在於政教關懷，因此「士大夫化」必然與政教相關，往往論及詞之「詩化」、「雅化」、「文人化」，但使用時放在政教相關的語境中，便也可以是「士大夫化」的意義。但嚴格來說，「文人化」並不限於只與政教相關，同時，士大夫往往也身兼文人，因此「文人化」的範疇應當比「士大夫化」來得大，並涵括了「士大夫化」。

第三章　蘇軾與蘇門詞人的文人詞創作

一文體的創作，在不同作家，或者不同群體、階層的筆下，會呈現不同風格，形成不同的主題、內容、修辭手法等。特別在一文體的創作群體有所改變時，這樣的現象會更爲明顯。如賦體，本是民間文藝，善於敘事說理，流行到宮廷以後，文人用以諷喻君王，產生和詩一樣的功能；再持續發展到六朝，從原本的能文之士創作的「語言侍從文學」變爲「士大夫文學」，無論在形式與內容上，都與漢大賦不同。〔註 1〕詞體本也是興起於民間，流行到文人手中後，作爲清歌佐歡之用，再經蘇軾「以詩爲詞」，一變而爲士大夫用以抒情言志之文體，形式內容方面也產生了變化。如顏崑陽教授所提出的「創作主體復位」理論，詞體的語言修辭由白描變爲用典，表現方式由「假擬」變爲「自敘」，題材由「泛題」變爲「殊題」，主題由「泛意」變爲「殊意」。〔註 2〕這一現象從東坡開始最爲明顯，因此在作品內容方面，男女之情可以從「代言」轉而爲創作主體「自敘」一己之感情經驗，如東坡〈江城子・乙卯正月二十日夜記夢〉，抒寫對王弗的悼念，便與過去類型性的情感主題不同，不僅情感更爲眞摯動人，也有了自己的切身經驗。至於其他關於友情、親情的主題或題材也不少。根據顏崑陽教授提出，文學家有「三重性」的歷史與

〔註 1〕 見簡宗梧：〈賦體之典律作品及其因子〉（逢甲人文社會學報第六期，2003 年 5 月）頁 2。

〔註 2〕 見顏崑陽教授：〈宋代「以詩爲詞」現象及其在中國文學史論上的意義〉，收入《詮釋的多向視域：中國古典美學與文學批評系論》（臺北：臺灣學生書局，2016 年 3 月），頁 316～318。

社會存在，〔註3〕東坡有一般人的那一面，但也同時是文人，除了過著文人式的生活，遭遇文人才會經歷的事，也必然受到那個時代文人階層所形成的共同意識所影響。故他也有一些詞作反映出了「文人生活」、「文人意識」。而蘇門詞人和他一樣，作詞的時候已有「自敘」、「殊題」、「殊意」的傾向，除了「常民意識」之呈現，也有文人意識的呈現。這樣的「創作主體復位」以及「文人階層意識」之發用，也正是詞體向文人化發展的過程。

蘇門詞人是一個群體，雖不是自覺形成的詞社、詞派，但在從師、學術、文學創作理念等，以及同樣身爲文人階層的一份子，彼此間仍有一定的影響與群體性；但文人爲有自覺的獨立個體，因此在群體性之外，一定也因個人的性情、才學等，在學術或文學方面，產生自己的獨特風格。至於創作時是「群體性」還是「個體性」較爲強烈，這隨著每個時代的風潮，以及文學團體形成性質之不同，也會有所變動。王瑤曾指出，六朝開始，其文學就產生一個特殊現象：

> 一個作者無論他的出身華素，到他成爲文人時，他必已經有了實際的官位。這政治地位實在就是他文人地位的重要因素。這樣，所有當時詩文的作者們既都侷限於上層士大夫的群中，因此我們讀他們的作品時，就常有一種特殊的感覺，即時代的差異，多於作者個性的差異。所以我們很容易看出了建安正始，或太康永嘉底作風和內容的不同，但很不容易分析「建安七子」，或「三張二陸」底作風和個性差別；特別是在所表現的思想內容上。因爲所有的文士在社會上既是屬於一種人，他們的生活感受和思想習慣都差不多，所以同時代的作品、內容，也就無大差別了。文義之事只成了士大夫進仕的手段和高貴生活的點綴，因此所謂文士地位也就只是指他在政治社會上的地位。〔註4〕

以六朝的文人環境而言，由於較常形成一個文學團體，例如貴遊文學集團，這種集團中又經常同題共作，所以作品的相似度也就比較高。當然，這只是當時一種特殊現象，並非所有文人皆如此，例如辭官歸隱的陶淵明，其田園詩、飲酒詩的風格就具有他個人的獨特性。而王瑤所指出的這一現象，如果

〔註3〕見顏崑陽教授：〈宋代「詩詞辨體」之論述衝突所顯示詞體構成的社會文化性流變現象〉，收入《詮釋的多向視域：中國古典美學與文學批評系論》，頁334。

〔註4〕王瑤：《中古文學史論》（臺北：長安出版社，1982年8月）頁42～43。

更進一步說，其實有著「遊戲筆墨」的創作心態，也可以用劉勰的話「因文造情」來形容，也就是在多半情況下，因爲心中有所動、有所感而抒發爲文的狀況較少，因應集團的社交需要而作文的情況多，那類型化的題材與相似的形式、內容作品，自然就較爲常見。至於陶淵明之寫作，「遊戲筆墨」心態較少，就多是自己的情感經驗書寫。

以上這一情形，在詞體初入文人之手時也曾發生，當文人以詞娛賓佐歡，抱持著「遊戲筆墨」、「因文造情」之心態創作，故題材、內容往往趨於「豔情」這種類型，故在這樣的場合，通常很少有自己的特殊情感能夠抒發。像溫庭筠〈菩薩蠻〉:「懶起畫蛾眉，弄妝梳洗遲」，馮延巳〈長命女〉:「一願郎君千歲，二願妾身常健，三願如同梁上燕，歲歲長相見」等詞，都是採用「代女子言」的方式寫成的，便是「遊戲筆墨」的一種，類似今日所謂的「角色扮演」，可能是爲了應酬之樂趣所寫，而非書寫自身的情感。這類作品還有很多，所以從五代到北宋初期的詞人，他們的作品也常出現難以分辨的情形。這時期的詞作，常有互見的現象，除了因爲作者本身對這種「遊戲筆墨」不甚重視，而詞作傳唱久了，常搞不清楚作者是誰，另一原因便是作品風格相近，難以分辨。加上詞的題材往往侷限於男女豔情，在題材、風格皆類似的狀況下，差異性也就縮小了。

但是，祁立峰也指出，六朝文學有許多同時代的作品，雖然讀不出太大分別，但這些時代的、集團的、集體的創作，並非眞的千篇一律，難以分析出差別，如果深究作品，其實還是可以看出內部更深層性的不同、差異。〔註5〕這當然與作家各自的才性有關，在某種框架之下，例如南朝文學集團之「同題共作」，或五代宋初多寫男女豔情的「泛題性」情形下，其相似處背後仍有差異性，故同樣是詠「梧桐」，沈約、王融、蕭子良共作之〈梧桐賦〉，在使用典故和植物特質雖然都一樣，但其審美特質、技巧、藝術手法、視角轉變卻各有不同；〔註6〕五代詞人自馮延巳一路到柳永，雖然寫的題材都類似，但也可以看出每個人的詞作在風格上已有一些不同。也就是說，從一系列下來的「遊戲筆墨」作品看來，其相似度是較高的，當中也有差異性，但這差異性相對來說比較小。而到了蘇軾，「遊戲筆墨」消失了，類型性的題材拓展出

〔註5〕祁立峰：《相似與差異：論南朝文學集團的書寫策略》（臺北：政大出版社，2014年4月）第一章，頁5。

〔註6〕祁立峰：《相似與差異：論南朝文學集團的書寫策略》，第五章，頁477。

去，加上「代言」轉向「自敘」，所以蘇軾以後，各個詞人的差異性也就更爲明顯。同樣的題材，每個人所敘述、抒發的情性、才學也更加不同。

同樣是一個群體，蘇門與南朝的貴遊文學集團不同，蘇門學風自由，蘇軾基本上是讓門生自由發展，加上他們本身沒有像貴遊集團這樣的文學行爲，所以「蘇門詞人」的群體意識，其實差不多等同於「蘇門」的群體意識，也混雜、交融了當時文人的群體意識。所以，在詞作的題材、創作手法等方面，他們既有對於蘇軾的呼應，也有因爲「文人意識」開始顯露在作詞的影響，而產生了與前面詞家更大的不同。因而，首先是「主體復位」後，「擬代」轉向「自敘」；而題材、主題的轉變，蘇軾使得詞「殊題」、「殊意」化，讓詞有更多種內容，是以愛情以外，親情、友情都可以寫，與文人意識相關者如言志、貶謫、隱逸等亦然；而蘇門詞人也在這些主題或題材上，各有所擴充，和與蘇軾呼應。因此在蘇軾與蘇門詞人的創作中，「自敘」與「拓展出不同題材和主題」的「殊題」、「殊意」是與前面詞人最大的不同。這也是「文人詞」與「非文人詞」內在最大的差異。

但是，如前面曾經提過的，「文人詞」是「創作主體復位」的，而每個創作主體的情性、道德、學問又不完全一樣，是以比對「非文人詞」時，他們的共相爲「自敘」、「殊題」、「殊意」等；但回到蘇軾與蘇門的文人詞本身，他們之間又呈現出不同的差異。因此也可以說，當他們比對「非文人詞」的共相，是由於文人階層意識中的共識所影響；但每個文人都有自覺，他們除了階層意識之外，尙有自身不同的特質，也正因爲這些不同的特質，才會在「創作主體復位」以後，產生「自敘」、「殊題」、「殊意」之狀況。

當然，從韋莊開始，到柳永、晏幾道，「自敘」之詞已是越來越常見，但多仍與「豔情」這種類型化題材有關；「殊題」、「殊意」則是到蘇軾與蘇門作詞時，才更加明顯，尤其是「殊題」和「殊意」，不僅寫他們「常民意識」中的各種情感和生活經驗，也延伸到「文人階層意識」這部分。這也是詞「文人化」重要的表徵，在打破了類型題材的框架，自然什麼都可以寫，故蘇門作爲文人，其所面對的生活、際遇，以及培養出的文人意識，也會自然的成爲詞作題材。因此接下來要處理的論題，在於「自敘」、「殊題」、「殊意」中，有哪些跟文人密切相關的題材、主題？由於文人多生活在政治場域中，因此與政治相關的文人經驗、題材，必然要納入討論，這一類題材出現在蘇門的詞作中，多是與貶謫、隱逸相關，偶爾有言志的部分；再者，文人階層也有屬於他們的生活美學、生活經驗，也可能體現在詞作中，這些是有關內容的內在部分；文人創作，又喜用典、學問語或比興寄託，故又形成何種語言形式的外在特質？又因爲題材的影響，或者創作主體情性的不同，形成哪些與之前詞作不同的風格特色，而這些與「非文人詞」之差別爲何？都是值得探討的論題。

此外，要補充說明一點，其他與文人化相關之題材，如詠史，則多集中在蘇軾詞中，如《念奴嬌・赤壁懷古》，藉詠三國歷史，又透過古今對比，融入自己的人生領悟，其他詞人則甚少，整體來說較難形成蘇軾與蘇門詞人在這方面的共相。單純描繪山水、田園等題材，則「常民意識」多而「文人意識」少，因此這些題材雖也是「殊題」或「殊意」的表現，但不列入研究。

第一節　文人悲歌之抒發：貶謫與不遇

詞體可以抒情，也適合抒情，這是目前都可接受的共識。在蘇軾以前，馮、晏、歐、柳等人，已開始有以詞抒情的傾向，但所表現的，或者所抒之情，多半屬於「常民意識」的部分，也以男女豔情爲主流，只有李後主所抒之情，與政教相關。蘇軾以後，由於題材、主題拓寬，他所身處的階層會遭遇的生活經驗，便也逐漸被寫入詞中，呈現出其文人階層的意識。因此，所抒之情，除了與自己切身的愛情、親情、友情之外，也可以是人生遭逢困境之時。而對蘇軾和蘇門詞人而言，許多人生困境是與他們身爲文人有關的，特別是貶謫、不遇這類的悲情。再放眼其他朝代，「貶謫」、「不遇」之感，往往是文人、士大夫身處此一階層，難以避免的課題，因此每每遭遇這一經驗，他們必然會有一種共同的感受；但每個文人又各自有其性情，故在遭遇這一人生困境時，也往往會用不同的心態面對。過去文人多以詩、賦來寫自己的貶謫不遇，蘇軾以後，詞也可以用來寫這一題材。除了「創作主體復位」的關係，蘇軾所處的時代，黨爭開始白熱化，故也有著時代環境的因素。

宋代的士人雖有著與君主同治天下、以天下爲己任的理念，大多數的文官，也都能有良好的待遇，但這卻不代表宋代的士大夫必然有著平順的生活。以下將就宋代士大夫在政治上的實際處境論述，並探討蘇門詞人如何在詞中描述自己的政治處境，和抒發的心情。

一、宋代士大夫的政治紛擾

（一）宋代的黨爭與文字獄

余英時曾說：「整體而論，在中國傳統的政治、社會格局下，宋代士的功能已發揮到最大的限度……但是這裡碰到了一個不容迴避的事實問題：宋代黨爭激烈，文字獄也迭興，對於受害的士大夫而言，其處境是相當悲慘的。」〔註 7〕這段話直接的指出宋代士人的政治處境。一般來說，北宋黨爭始於仁宗朝的慶曆變法。由於科舉制度漸趨完善，皇帝也重視由科舉去廣大的選拔人才，加上恩科的特開，恩蔭擴及到子孫、姻親等原因，官員越來越多，就造成了冗官的問題。此外，官兵人數也相當的多，過多的官員與官兵，自然會造成財政上沉重的負擔，制度上也有問題，人民更無法豐衣足食。這樣的情況，勢必要有所改善，而如前所述，北宋士大夫都想對國家、社會有所作爲，於是改革的呼聲越來越高，終於醞釀出由范仲淹所主持的慶曆新法。但只爲期一年多就宣告失敗，並引起了黨爭。一開始是由於范仲淹對宰相呂夷簡提出嚴厲的批判，《皇宋通鑒長編紀事本末》記載：「始，范仲淹以忤呂夷簡，放逐者數年，士大夫持二人曲直，交指爲朋黨。」〔註 8〕范仲淹和呂夷簡因爲是否廢除仁宗的郭氏皇后，以及政見上多意見不合，最後終於產生正面衝突，而演變爲兩個集團的衝突，范仲淹後來被貶，但接著呂夷簡也遭罷相。從此以後，「朋黨」、「黨爭」就一直在宋代的政局當中上演。

宋代的黨爭也有異於其他朝代，余英時認爲：

> 宋代黨爭和文字獄有一個共同特徵，有別於漢、唐、明、清，即二者同源於士階層的內部的分化和衝突。東漢黨錮是太學生集體清議的結果，他們抗議和攻擊時對象是行使皇權的宦官集團。明末黨爭雖複雜，但東林黨人大體上仍可說是代表了士大夫集團和宦官勢力作鬥爭。唐代牛、李黨爭的對峙雖然可能分別具有門第與科舉的社會背景，但兩黨在權力的正面衝突，據陳寅恪《唐代政治史述論稿》的分析，則反而是內廷閹寺兩派的「反影」。無論此說是否完全可從，宦官操縱黨爭的主軸終是無法否認的事實。宋代的黨爭自始即起於

〔註 7〕 見余英時：《朱熹的歷史世界——宋代士大夫政治文化的研究》（臺北：允晨文化，2003 年 6 月）第十二章，頁 424。

〔註 8〕 （宋）楊仲良：《皇宋通鑒長編紀事本末》（哈爾濱：黑龍江人民出版社，2006 年 12 月），第 1 冊，卷 38，頁 669。

士大夫不同組合之間內在分歧，既與宦官集團無任何關係，也不涵有與皇權對抗的意味。〔註 9〕

北宋黨爭的特別之處，即在於這是士階層中自己的爭鬥，而不是士與其他群體的政治鬥爭，但這種鬥爭是圍繞著什麼？最主要的就是政策見解的不同，范仲淹的慶曆新法、王安石的新法改革，都引起了朝中不同的聲音，也就使得抱持不同政見的士人，各自形成黨派。由於都是文人之爭，所以這也影響了爭鬥的形式，如沈松勤指出：

北宋黨爭則由不同的政見引起，就其範圍而言，以文人士大夫爲限，就其主體結構觀之，既是政治上的主體，又是文學上的和學術上的主體，政治主體、文學主體和學術主體溶於一身。因此，北宋黨爭不僅出現了與學術合力共振的現象，而且又與文學產生了緊密的關係。這一複合型的主體結構及其表現形態，使北宋黨人在喜同惡異、黨同伐異的過程中，形成了有別於其他時代朋黨之爭的一個鮮明特點，即興治文字獄，以「文字」排擊異黨和在排擊異黨時，禁毀「文字」。由此造成的文人士大夫因「文字」而遭斥被貶，和包括學術、文學和史學等多種文化層面的「文字」因黨爭而遭禁被毀的命運，也是在其他時代的黨爭中少見的。〔註 10〕

由余英時、沈松勤的兩個論述看來，可知宋代的黨爭純粹是士大夫階層中自己的爭鬥，並且由於這個階層的特殊性，延伸出了獨特的「文字獄」形式。如果要評斷一個文人的水準，最直接的方式就是看其著述，是以著述寫得好，往往能有平步青雲的機會，但如同「水能載舟，亦能覆舟」的道理，著述能讓人升遷，也可能招禍。故以文人爲主體的鬥爭，便容易發展出文字、著述的爭論，進而演變成罪狀。這也是爲什麼「文字獄」雖不是從宋代開始，卻首度在宋代大興起來。沈松勤認爲：

新舊兩黨均既以「感激論天下事，奮不顧身」爲政治姿態，又以「言必中當世之過」爲創作傾向，以文論事，以詩托諷，「庶幾有補於國」爲價值取向，有時詩文創作徑直成了黨爭的重要手段和方式。也正

〔註 9〕 見余英時：《朱熹的歷史世界——宋代士大夫政治文化的研究》，第十二章，頁 425。

〔註 10〕 見沈松勤：《北宋文人與黨爭——中國士大夫群體研究之一》（北京：人民出版社，1998 年 10 月），第四章，頁 115。

> 因爲如此，詩文成了執政黨監督的對象，蘇軾的烏臺之勘，就是一個明證。〔註11〕

文字獄始於慶曆黨爭，不過在范仲淹等人的貶謫之後，黨爭曾有平息。接著在元豐年間，「烏臺詩案」又起，後面的紹聖年間也非常盛行類似的文字獄。可以說，蘇軾與蘇軾門人雖趕上了「以天下爲己任」的士人使命感發揚之時，卻也遇到了北宋政治首度如此嚴重的黑暗期。由於北宋激烈的黨爭，所造成的朋黨交結，以至於文字獄、牽連之禍，隨著皇帝或太后的政治傾向，往往都能決定一個士大夫的命運。

（二）蘇軾與蘇門詞人經歷的黨爭

蘇軾、蘇門詞人身處新舊黨爭的漩渦之中，尤其蘇軾鋒芒畢露，政敵新黨一直想打壓他。宋神宗元豐二年（1079），蘇軾奉旨調任到湖州，依照慣例，官員要在到任時上謝表給皇上，感謝皇帝。蘇軾也寫了謝表給神宗，但因爲內容有諷刺政府和某些官員之嫌，就被他的政敵拿來大作文章。《東坡烏臺詩案》記載了御史何大正彈劾蘇軾的內容：

> 臣伏見祠部員外郎直史館知湖州蘇軾謝上表，其中有言：「愚不識時，難以追陪新進；老不生事，或能牧養小民。」愚弄朝廷，妄自尊大，宣傳中外，孰不嘆驚！〔註12〕

另一個御史舒亶也彈劾云：

> 臣伏見知湖州蘇軾，近謝上表，有譏切時事之言。流俗翕然，爭相傳誦；忠義之士，無不憤惋。且陛下自新美法度以來，異論之人，固不爲少。然其大，不過文亂事實，造作讒說，以爲搖奪沮壞之計；其次，又不過腹非背毀，行察坐伺，以幸天下之無成功而已。〔註13〕

由於蘇軾的〈湖州謝表〉中提到了「新進」、「生事」二詞，故被用來大做文章。蘇軾曾在〈上神宗皇帝書〉暗指王安石「招來新進勇銳之人，以圖一切

〔註11〕沈松勤：《北宋文人與黨爭——中國士大夫群體研究之一》，〈導論〉，頁6。

〔註12〕（宋）朋九萬：《東坡烏臺詩案・監察御史裏行何大正劄子》（上海：商務印書館，1939年12月），頁1。何大正一說爲何正臣，據趙翼《甌北詩話》云：「《烏台詩案》：元豐二年三月二十七日，御史何大正（《續通鑑綱目》作何正臣疏）劾蘇軾。」見（清）趙翼：《甌北詩話》，（北京：人民文學出版社，1963年），卷5，頁74。

〔註13〕（宋）朋九萬：《東坡烏臺詩案・監察御史裏行舒亶劄子》，頁1～2。

速成之效」〔註 14〕又說這些「新進勇銳之人」是「巧進之士」，所以「新進」就變成貶義。「生事」一詞，則是司馬光在〈與王介甫書〉中，曾批評新政，於是王安石回信道：「今君實所以見教者，以爲侵官、生事、征利、拒諫，以致天下怨謗也。」〔註 15〕王安石認爲司馬光斥責新法「侵官」、「生事」等，故「生事」後來也成爲批評新法的敏感詞彙。何大正、舒亶連番上書，舒亶更呈上蘇軾的詩作，舉出許多諷刺新法的句子：

> 蓋陛下發錢以本業貧民，則曰：「贏得兒童語音好，一年強半在城中」；陛下明法以課試郡吏，則曰：「讀書萬卷不讀律，致君堯舜知無術」；陛下興水利，則曰：「東海若知明主意，應教斥鹵變桑田」；陛下謹鹽禁，則曰：「豈是聞韶解忘味，邇來三月食無鹽。」其它觸物即事，應口所言，無一不以譏謗爲主。〔註 16〕

於是蘇軾被關進御史臺獄，多番審問，審判之後，蘇軾貶黃州團練副使，不得簽書公事，黃庭堅在此次烏臺詩案中，也受到牽連，罰銅二十斤。

後來，元豐八年（1085）神宗駕崩，十歲的哲宗即位，由太后攝政，太后起用舊黨人士，司馬光、蘇軾等人重新獲得重用。新黨人士則受到打擊，蔡確、章敓相繼罷相。蔡確被貶安州後，作了〈車蓋亭絕句〉，結果被政敵吳處厚指爲毀謗太后，這樁「車蓋亭詩案」又是一場文字獄，而且影響非常大。蘇軾的「烏臺詩案」雖是被有心人羅織出來的，但確實其詩中有不少批判朝政的地方，相比之下，蔡確的詩作較爲牽強附會。沈松勤認爲：

> 如果說，元豐臺諫在充當「耳目」過程中，無視儒家詩學，炮製「烏臺詩案」，傾陷蘇軾及其同黨，主要是爲了維護新法；那麼，元祐臺諫希風承旨，曲解附會，炮製「車蓋亭詩案」，迫害蔡確，全面根除熙豐新黨勢力，則完全出於意氣之爭。朱熹云：「後治元祐諸公，皆爲蔡（確）報怨也。」雖非全然，卻說明了「車蓋亭詩案」是新舊黨爭的轉折點和毒化點。〔註 17〕

所以這些文字獄的結果，就是越來越導向偏狹和刁鑽的黨爭，以至於元祐黨

〔註 14〕見《蘇軾全集．文集》（上海：上海古籍出版社，2000 年 5 月），中冊，頁 1140～1141。

〔註 15〕（宋）王安石〈答司馬諫議書〉，收入《臨川文集》（浙江大學圖書館藏《摛藻堂四庫全書薈要》），卷 73，頁 5。

〔註 16〕（宋）朋九萬：《東坡烏臺詩案．監察御史裏行何大正箚子》，頁 1。

〔註 17〕見沈松勤：《北宋文人與黨爭——中國士大夫群體研究之一》，第四章，頁 145。

禍時，蘇軾等人遭到更嚴重的迫害。在元祐黨爭時，由於新黨沒落，舊黨沒有敵人，但內部自己卻起了紛爭，起因是因爲司馬光的喪禮，蘇軾與程頤意見不合，並延伸出了學術、政治上的對立。以蘇軾爲首的稱爲「蜀黨」，以程頤爲首的稱爲「洛黨」，另有以劉摯爲首的「朔黨」。其中蜀洛之爭最爲嚴重，蘇軾因此離京出外赴任，黃庭堅、秦觀等人，也常被彈劾，被彈劾的事情，又在元祐黨禍時造成影響。

紹聖元年（1094），哲宗親政，開始復用新黨之章惇、蔡京等人。首先被拿來做文字獄的就是關於《神宗實錄》的編修，章惇等人認爲《神宗實錄》多有不實，因此曾參與編修的黃庭堅、秦觀、晁補之等人，遭到貶斥。蘇軾當然也在所難逃，貶惠州之外，再貶儋州；黃庭堅則貶爲涪州別駕，黔州安置，後又移戎州、太平州等；秦觀貶往處州、郴州、雷州等地；晁補之被貶處州、信州等。這次貶謫，造成蘇軾和蘇門詞人心理很大的衝擊，在創作方面也有所影響。最直接可見者，便是以往多以男女豔情爲主題的詞體，轉而用來抒發貶謫的心境。

所以，沈松勤認爲：

> 北宋黨爭對文學的影響，還直接體現在具體的創作中，……因爲創作主體與參政主體、學術主體三而合一，所以又形成了黨爭與文學創作的互動關係。這種互動關係，則又決定了創作心態和創作的價值與主題取向，並隨著黨爭的變化而變化。……大批士大夫相繼廢黜被貶，遷謫流放，投荒萬死，歷盡坎坷。在士大夫社會中，普遍瀰漫著遭貶處窮和貶中優生的雙重情累。面對這雙重情累，是自我鎮定，不爲所累？還是不堪其累，悲苦不振，則是這一時期創作主體的一場激烈的心裡掙扎。也是其感懷興寄時主題取向的心理本源。〔註18〕

沈松勤點出了貶謫對宋代文人的兩點影響，一是刺激了貶謫文學的創作，二是每個文人各有情性，其遇到貶謫這一課題時，也往往用不同的心態面對。然「不爲所累」與「不堪其累」還只是基本的兩種面向，實際上又可能因文人稟性之不同而產生變化。以蘇軾與黃庭堅、晁補之、秦觀爲例，他們四人面對貶謫之態度就剛好形成四種不同的心境；且首度將貶謫做爲題材寫入詞中的，也是他們，他們因不同的情性，影響了面對貶謫時有不同的態度，這

〔註18〕見沈松勤：《北宋文人與黨爭——中國士大夫群體研究之一》，〈導論〉頁5～6。

便使得詞體的內容，可以完全脫離「代言」、「泛題」、「泛意」，轉變爲「自敘」、「殊題」、「殊意」，且內容題材也能由本來只抒寫「常民意識」，變爲可寫與政治相關的「文人意識」。

二、貶謫與不遇的文人心境

（一）歷代書寫士人不遇與貶謫經驗之文學

過去有關不遇、貶謫之文學，多體現在詩歌或賦、文章中，如《楚辭》，或漢代賈誼、董仲舒、司馬相如、司馬遷、揚雄等人以「不遇」爲主題的賦作；以及唐代沈佺期、宋之問、陳子昂等的貶謫詩等。而有關於貶謫與不遇，兩者不完全等同，因爲貶謫必然是種不遇，但不遇未必會遭受貶謫。不遇可能僅是科考不順利，或官場不順遂、不受重用；但貶謫則是不遇之外，又多了懲罰的意味，但兩者仍有關聯。顏崑陽教授曾指出，漢代之前，「士不遇」的典型性經驗，大約有三種類型：伯夷、叔齊不遇於周，餓死首陽山；孔子、孟子周遊列國之不遇而歸；屈原忠而受謗，不遇於楚王，終投江而死。前兩種「士不遇」，像伯夷、叔齊與周武王的君臣關係不是很確立；孔孟則處於先秦時，君主與士能夠「以道抗勢」，故這兩種不遇，還是有自我抉擇的可能，命限色彩不濃厚。但屈原本身特別忠於楚國，而楚國當時在南方是「小一統」的局面，相對來說，士比較缺乏自主性的選擇，命限色彩就特別凸出。漢代的士，也是類似的遭遇。〔註 19〕故能夠「以道抗勢」的情形，自然沒有貶謫的問題；但隨著漢以後集權政治的環境，「不遇」、「貶謫」也就越來越成爲文人、士階層的問題。像楚國是「小一統」的局面，故屈原被流放，其實也就是貶謫的意義；隋以後，科舉制度盛行，平民有機會躋身士階層，與春秋戰國時期類似，但「以道抗勢」的情形卻不復在，宋代亦然，加上黨爭劇烈，是以士的命限色彩依然濃厚。

本節所著重之處在於「貶謫」對蘇門詞人的影響，但是「貶謫」既是種「不遇」，因此兩者也無法截然分割。以下將就這兩者相通之處，也就是在政治上受到排擠或不受君王重用，不僅無法一展長才，還被貶官、左遷這一部分，進行論述。首先，貶謫、不遇文學的開端之作，在於屈原，漢代也有賈

〔註 19〕見顏崑陽教授：〈漢代文人「悲士不遇」的心靈模式〉，收入《詮釋的多向視域：中國古典美學與文學批評系論》（臺北：臺灣學生書局，2016 年 3 月），頁 166～169。

誼〈弔屈原賦〉、〈鵩鳥賦〉寫自己被貶的心情；董仲舒〈士不遇賦〉、司馬遷〈悲士不遇賦〉、東方朔〈答客難〉、張衡〈歸田賦〉等，也都是寫感士不遇或被貶的賦作。而接下來貶謫文學的興盛時期，是唐宋兩代。在這之中，「貶謫」或「不遇」的內容類型也有變化。先從屈原說起，根據顏崑陽教授指出，屈原的「不遇」之感包含了「悲世之怨」與「悲己之怨」，這兩者可是一體，普遍而涵特殊，特殊而寓普遍。屈原忠君愛國，但受到朝中小人的陷害，以致形成了「背理傷德」的政治事件。而在屈原心中，「悟君」與「改俗」是同一件事，他的「忠君」是以政治理想期求國君，也表現出絕不與邪佞小人同流合汙的節操，這影響了漢代以降的諸多文人。但隋唐以後，逐漸出現另一種個人性的不遇經驗，其不遇的主因並非邪佞害正，而是個人未能通過客觀科舉制度的考驗，這一種情形，可說是充滿功名欲望色彩的「悲己之怨」，故也是「悲士不遇」心靈的窄化、空洞化。〔註20〕是以，可知以貶謫做爲題材或主題之文學，大致可分爲「悲世之怨」與「悲己之怨」，或如屈原般二者兼有。

但從唐代的貶謫文學來看，特別是元白的貶謫詩，其「悲己之怨」多，已不復屈原和漢代文人的「悲世之怨」，透露出較多個人對功名的追求心態。當然，元白本有許多諷喻的樂府詩，是期望藉由詩歌諷喻君王的，但被貶之後，或許因爲挫折，自然就走上自傷的「悲己之怨」。至於蘇軾、蘇門詞人，他們是因爲黨爭的關係遭受貶謫，但北宋黨爭本身是屬於政見的不同，較無關乎君子小人之爭，或時局、朝廷混亂，導致賢才不得重用，也就不似屈原所遭遇的「背理傷德」，是以其貶謫詞也多屬「悲己之怨」，多是抒發對於貶謫的心情，以及面對貶謫的態度，甚少將個人經驗連結到「悲世」的政教方面，故還是屬於個人心情的抒發，但未窄化到只剩下追求個人的功名。而是在命限色彩濃厚，又屢遭政治打擊後，產生了不同的面對態度。

（二）蘇軾與蘇門詞人詞作中的貶謫心境

大抵來說，蘇軾與蘇門詞人，面對貶謫有共同的感受，其中最爲明顯的便是淪落天涯的孤獨之感。而後因各人對困境的面對方式不同，則產生了其他不同的感受，例如蘇軾天性較爲豁達，故其面對貶謫，是期望能尋求超脫之道；而黃庭堅個性堅傲，故往往也是如此面對困境。而晁補之則多呈現出不得重用的悲憤感受；秦觀則多抒淒婉之情。其實，文人面對貶謫，就是面

〔註20〕見顏崑陽教授：〈漢代文人「悲士不遇」的心靈模式〉，收入《詮釋的多向視域：中國古典美學與文學批評系論》，頁169～170；183～187。

臨一種困境，而其理性面是否能超越感性面，就是他們面對貶謫的關鍵。

對士大夫而言，被貶當然是極為失落、痛苦的，這意味著自己想要有所作為的期望落空，對於未來也充滿了惶恐，這是眾所皆然的心情。但是每個人面對逆境的心境其實都不相同，因而在被貶時，除了有共同的心情之外，也會有個人的感受。同時，由於貶謫的刺激，他們在被貶期間所創作的詞量，也佔多數。根據鄒同慶、王宗堂《蘇軾詞編年校注》，蘇軾的編年詞共有 292 首，未編年詞及存疑詞、互見、殘句之詞，共 61 首，這部分無法納入統計。但以編年詞來看，元豐三年到元豐八年的詞作，共有 102 首，可以說是創作量極多的時期；而紹聖元年（1094）到元符三年（1100）的創作量則有 32 首。兩個貶謫時期的創作量，將近編年詞的一半。再看黃庭堅，根據馬興榮、祝振玉《山谷詞校注》，其詞作共有 178 首，扣除存疑詞 18 首，而編年在紹聖元年（1094）到崇寧四年之詞（1105），共有 74 首，也將近一半的比例。至於晁補之，根據喬力《晁補之詞編年箋注》，編年詞共有 122 首，紹聖元年（1094）到大觀四年（1101），共作詞 111 首，可說是晁補之全力創作詞的時期。而根據徐培均《淮海居士長短句箋注》，扣除存疑詞 16 首，共有 86 首，紹聖元年（1094）到元符三年（1100）的創作有 21 首，約是四分之一的比例，較之前期的作詞，也是比較密集的創作時期。貶謫時期的詞作增加，自然不免有許多寫貶謫心境的創作，這點也體現在詞作中。嚴羽《滄浪詩話・詩評》曾說：「唐人好詩，多是征戍、遷謫、行旅、離別之作，往往能感動激發人之意。」〔註 21〕在蘇門詞人的創作中，大概也能作為一個見證。

蘇軾與蘇門詞人初遇貶謫時，其心境上有個共同之處，就是有淪落天涯的淒惶孤獨之感。例如元豐三年（1080）「烏臺詩案」後，蘇軾歷劫歸來，但才被貶謫，心中不僅驚惶不安，也有遠去他鄉之感慨，於是在剛到黃州時，寫下了〈卜算子・黃州定慧院寓居作〉：

> 缺月掛疏桐，漏斷人初靜。時見幽人獨往來，縹緲孤鴻影。　驚起卻回頭，有恨無人省。揀盡寒枝不肯棲，寂寞沙洲冷。〔註 22〕

從「時見幽人獨往來，縹緲孤鴻影」、「驚起卻回頭，有恨無人省」等句來看，

〔註 21〕見（宋）嚴羽撰，郭紹虞校釋：《滄浪詩話校釋》（北京：人民文學出版社，1961 年 5 月）卷 4，頁 198。

〔註 22〕見（宋）蘇軾撰，鄒同慶、王宗堂校註：《蘇軾詞編年校註》（北京：中華書局，2012 年 6 月），上冊，頁 275。

可見其被貶後惴慄不安又孤獨的心情。謝章鋌說：「時東坡在黃州，固不無淪落天涯之感。」〔註 23〕也能說明此詞所透露出來的情感。作於元豐七年（1084）的〈水龍吟・雁〉：「露寒煙冷蒹葭老，天外征鴻寥唳。……須信衡陽萬里，有誰家、錦書遙寄。萬重雲外，斜行橫陣，纔疏又綴。」〔註 24〕；元祐黨禍後被貶所寫的〈西江月・中秋和子由〉：「世事一場大夢，人生幾度秋涼。……中秋誰與共孤光。把酒淒然北望。」〔註 25〕也都透露出淪落天涯的孤獨與悽涼。由於貶謫已是對士大夫德性才幹的否認，又加上必須投荒萬里，到陌生且艱苦的環境，可說是身心的雙重打擊。即使曠達如蘇軾，也很難不受影響。

黃庭堅、晁補之、秦觀等人，則是在元祐黨禍時，首度嘗到貶謫的滋味。紹聖元年（1094），黃庭堅貶爲涪州別駕，黔州安置，後又改戎州；徽宗即位之後，崇寧元年（1102）知太平州，但沒幾天就被罷，而輾轉寓居於荊、鄂一帶；崇寧二年，因「幸災謗國」流放到宜州，這也是黃庭堅最後過世的地方。他紹聖二年（1095）赴黔州途中，曾作〈醉蓬萊〉云：

> 對朝雲靉靆，暮雨霏微，亂峰相倚。巫峽高唐，鎖楚宮朱翠。畫戟移春，靚妝迎馬，向一川都會，萬里投荒，一身弔影，成何歡意。　盡道黔南，去天尺五，望極神州，萬里煙水。尊酒公堂，有中朝佳士。荔頰紅深，麝臍香滿，醉舞裀歌袂。杜宇聲聲，催人到曉，不如歸是。〔註 26〕

其中的「萬里投荒，一身弔影，成何歡意」便道出深深的淪落之感。黃庭堅在〈謝黔州安置表〉中也說：

> 明主原心，終全螻蟻之命。雖投裔土，猶得爲人。此蓋皇帝陛下有天地好生之心，……罪深責薄，感極涕零。重念臣萬里戴天，一身弔影。兄弟瀕於寒餓，兒女未知存亡。不敢每懷，惟深自咎。窮鄉多怪，苦霧常陰。木石爲親，柳或幾於生肘；日月在上，葵敢忘於傾心。〔註 27〕

〔註 23〕（清）謝章鋌撰，劉榮平編：《賭棋山莊詞話校註》（廈門：廈門大學出版社，2013 年 6 月），頁 266。

〔註 24〕見（宋）蘇軾撰，鄒同慶、王宗堂校註：《蘇軾詞編年校註》，中冊，頁 518。

〔註 25〕見（宋）蘇軾撰，鄒同慶、王宗堂校註：《蘇軾詞編年校註》，中冊，頁 789。

〔註 26〕見（宋）黃庭堅撰，馬興榮、祝振玉校注：《山谷詞校注》（上海：上海古籍出版社，2013 年 6 月），頁 16。

〔註 27〕見（宋）黃庭堅撰，鄭永曉整理：《黃庭堅全集》（南昌：江西人民出版社，2008 年 9 月），中冊，頁 750～751。

謝表中誠惶誠恐，也表達出去鄉千里，隻身在外的苦悶。而「萬里投荒，一身弔影」的意思，一再於作品中強調，更顯出黃庭堅對於貶謫遠地的淒苦和孤獨。同年，他又作〈減字木蘭花・登巫山縣樓作〉：「飛花漫漫，不管羈人腸欲斷」〔註28〕、〈減字木蘭花・距施州二十里，張仲謀遣騎相迎，因送所和樂府來，且約近郊相見，復用前韻先往〉：「拂我眉頭，無處重尋庾信愁」〔註29〕等，也都抒發了淪落天涯、思念故鄉之感。

紹聖元年（1094），由於新黨復起，晁補之便出知齊州，紹聖二年因坐累修《神宗實錄》失實，貶通判應天府。由於這是晁補之的仕途中，第一次的重大挫折，所以感慨也特別多，故去齊之時的作品，如〈憶少年・別歷下〉說：「無窮官柳，無情畫舸，無根行客」〔註30〕；〈水龍吟・始去齊，路逢次膺叔感別。敘舊〉：「萍梗孤蹤，夢魂浮世」〔註31〕，這些都是對於將流落天涯，無根無依的憾恨。紹聖二年三月到達應天府後，九月又改通判亳州，故〈減字木蘭花・和求仁南郡都別〉說：「萍逢行路。來不多時還遣去」〔註32〕，感嘆不僅淪落天涯，還居無定所。

秦觀也在紹聖元年（1094）因「影附蘇軾」出爲杭州通判，離京時寫下〈望海潮・四首之三〉：「蘭苑未空，行人漸老，重來是事堪嗟。……無奈歸心，暗隨流水到天涯」〔註33〕、〈風流子〉：「寸心亂，北隨雲黯黯，東逐水悠悠。斜日半山，暝烟兩岸；數聲橫笛，一葉扁舟」〔註34〕等詞；紹聖二年，與黃、晁一樣因修《神宗實錄》失實被貶，先到處州任監酒稅；紹聖三年，又因寫佛書得罪，貶到郴州；紹聖四年，編管橫州，此時寫下〈阮郎歸・四首之四〉：「鄉夢斷，旅魂孤，崢嶸歲又除。衡陽猶有雁傳書，郴陽和雁無。」〔註35〕紹聖五年又徙雷州，徽宗元符三年（1100）獲赦放還，在藤州過世。以上詞作都是描寫貶謫後漂泊無依、孤獨迷茫之感。

〔註28〕見（宋）黃庭堅撰，馬興榮、祝振玉校注：《山谷詞校注》，頁196。

〔註29〕見《山谷詞校注》，頁197。

〔註30〕（宋）晁補之撰，喬力校注：《晁補之詞編年箋注》（濟南：齊魯書社，1992年3月），頁40。

〔註31〕見《晁補之詞編年箋注》，頁41。

〔註32〕（宋）晁補之撰，喬力校注：《晁補之詞編年箋注》，頁49。

〔註33〕（宋）秦觀撰，徐培均箋注：《淮海居士長短句箋注》（上海：上海古籍出版社，2008年8月），頁9。

〔註34〕見《淮海居士長短句箋注》，頁30。

〔註35〕見《淮海居士長短句箋注》，頁130。

至於李之儀，他與蘇軾、黃庭堅等人交往也很密切。李之儀曾師從范仲淹之子范純仁。元祐八年（1093）范純仁拜相，接著蘇軾出知定州，以李之儀作爲幕僚。元符二年（1099），李之儀被以曾爲蘇軾幕僚爲由，遭御史彈劾不可在京任職，於是監內香藥庫之職被停。崇寧二年（1103），因爲幫范純仁作遺表、行狀等，得罪了蔡京，被除名編管太平州（今安徽當塗），作〈臨江仙・登凌歊臺感懷〉云：「已是年來傷感甚，那堪舊恨仍存。清愁滿眼共誰論。卻應臺下草，不解憶王孫」〔註 36〕寫自己六十於歲仍漂泊在外，無法歸鄉的抑鬱之慨。

蘇軾與蘇門詞人在初被貶之時，由於境遇相同，都是被貶到蠻荒遠地，故在心情上也大多相同，都是感到孤獨無依，有時也兼懷故人、故土。整體來說，都是屬於「悲己」的，但是這當中也有一些差異。在被貶謫了一陣子之後，由於各人的個性、理念不同，對於貶謫也產生了不同的看待方式。例如人生最高的存在價值，或個體生命價值的尋求，在困境中找到心靈自由的方法。但也可能是無法超脫，而沉溺於被貶的憤恨不平，或悽惶悲苦之中。蘇軾和黃庭堅、晁補之、秦觀，恰巧形成了四個文人面對貶謫的不同典型。

首先，像蘇軾就是從被貶的痛苦昇華超脫出來，通常這樣選擇的文人，在面臨貶謫或各種困境時，能用一種曠達超脫的心境來調適，且多半是受到佛家或老莊思想的影響。被貶黃州，歷劫歸來的蘇軾，一開始有著淪落天涯，惶恐不安的心情，但是在黃州逐漸安頓好之後，生性豁達的他，也逐漸能夠排憂解難，隨遇而安了。如元豐五年（1082）蘇軾作〈定風波・三月七日沙湖道中遇雨，雨具先去，同行皆狼狽，余獨不覺。已而遂晴，故作此〉：

> 莫聽穿林打葉聲。何妨吟嘯且徐行。竹杖芒鞋輕勝馬。誰怕。一蓑煙雨任平生。　料峭春風吹酒醒。微冷。山頭斜照卻相迎。回首向來蕭瑟處。歸去。也無風雨也無晴。〔註 37〕

此詞最能顯出東坡對貶謫已能豁達面對，「回首向來蕭瑟處。歸去。也無風雨也無晴」即是最佳的寫照，說明自己對於過去一路走來的風風雨雨，無論是晴是雨，是好是壞，都能坦然面對，全不介懷。晚年他被貶到儋州時，也曾

〔註 36〕見唐圭璋編：《全宋詞》（北京：中華書局。2011 年 3 月），冊 1，頁 347。
〔註 37〕見（宋）蘇軾撰，鄒同慶、王宗堂校註：《蘇軾詞編年校註》，上冊，頁 356。

作〈獨覺〉詩，詩末也有「回首向來蕭瑟處，也無風雨也無晴」〔註 38〕之句，可見其無論在怎樣艱困的貶謫情境中，都能保有自我超脫的心境。

除此之外，像〈浣溪沙・遊蘄水清泉寺，寺臨蘭溪，溪水西流〉云：「誰道人生無再少，門前流水尚能西。休將白髮唱黃雞」，〔註 39〕有勉勵不要以年老為悲之意。〈念奴嬌・赤壁懷古〉則以「人間如夢，一尊還酹江月」〔註 40〕寫人生如幻夢，故不需計較功名；而〈臨江仙〉「小舟從此逝，江海寄餘生」〔註 41〕則寫對於自由的嚮往。總而言之，對於貶謫，蘇軾以他豁達的個性和對儒、道、佛的融會貫通，故能尋求心靈上的超脫，不為外物所役。

和蘇軾相比，黃庭堅遭貶，在調適以後是以一種豪放的姿態來面對。如〈定風波・次高左藏使君韻〉：「莫笑老翁猶氣岸。君看。幾人黃菊上華顛。戲馬臺南追兩謝。馳射。風流猶拍古人肩。」〔註 42〕此詞作於紹聖四年，黃庭堅當時在黔州，當時的生活雖仍苦悶，但心境已有所轉折，展現出自得之感，頗為豪放傲氣，已不復初被貶時的惴慄悲苦。

再者是〈念奴嬌・八月十七日，同諸甥步自永安城樓，過張寬夫園待月。偶有名酒，因以金荷酌眾客。客有孫彥立，善吹笛。援筆作樂府長短句，文不加點〉：

> 斷虹霽雨，淨秋空，山染修眉新綠。桂影扶疏，誰便道，今夕清輝不足。萬里青天，姮娥何處，駕此一輪玉。寒光零亂，為誰偏照醽醁。　年少從我追遊，晚涼幽徑，繞張園森木。醉倒金荷，家萬里、難得尊前相屬。老子平生，江南江北，最愛臨風曲。孫郎微笑，坐來聲噴霜竹〔註 43〕。

此詞作於元符元年（1098），黃庭堅在戎州。當時他與幾個友人共遊永安城，上片寫景，下片抒情。「醉倒金荷，家萬里、難得尊前相屬」寫自己與友人都是離家萬里的人，但難得一同歡聚；「老子平生，江南江北，最愛臨風曲」則把貶謫、流落的心情淡化了，轉成豪放自得的心情。隔年他在戎州所作的一系列〈醉落魄〉，也大抵是這樣的心境，如：

〔註 38〕見《蘇軾全集・文集》，上冊，頁 522。
〔註 39〕見《蘇軾詞編年校注》，上冊，頁 358。
〔註 40〕《蘇軾詞編年校注》，中冊，頁 398。
〔註 41〕《蘇軾詞編年校注》，中冊，頁 467。
〔註 42〕見（宋）黃庭堅撰，馬興榮、祝振玉校注：《山谷詞校注》，頁 87。
〔註 43〕見（宋）黃庭堅撰，馬興榮、祝振玉校注：《山谷詞校注》，頁 7。

陶陶兀兀。尊前是我華胥國。爭名爭利休休莫。雪月風花，不醉怎生得。　新詩新事因閒適。東山小妓攜絲竹。家裡樂天，村裡謝安石。

陶陶兀兀。人生無累何由得。杯中三萬六千日。悶損旁觀，自我解落魄。　扶頭不起還頹玉。日高春睡平生足。誰門可款新篘熟。安樂春泉，玉醴荔枝綠。〔註44〕

在這樣的酒醉豪放與傲氣中，可以看出這就是黃庭堅面對貶謫的態度，對個人的名利，也是放下的態度。從以上詞作看來，黃庭堅與蘇軾不同的是，蘇軾是用一種放下、超脫的方式面對貶謫，黃庭堅則是正面的接受了，並展現出堅定與豪邁。像這樣的豪情傲氣，黃庭堅〈書繒卷後〉曾說：「士大夫處世可以百為，唯不可俗……臨大節而不可奪，此不俗人也。」〔註45〕或說：「余觀砥柱之屹中流，閱頹波之東注，有似乎君子士大夫立於世道之風波，可以託六尺之孤，寄百里之命，不以千乘之利奪其大節」〔註46〕，從這裡可以看出，其頗有不同流於世俗，堅強自信的人格性情，這種性情也是他身處於士階層，受到影響而內化的意識，因此也能呈現於詞作中。

像蘇、黃這樣能夠超脫或堅強面對貶謫的態度，已不復「悲」或「怨」，因此可稱之為「超然之曠」、「堅強之傲」，其所關懷的或許不如屈原的「悲世之怨」，是普世的政教關懷，但儒家所謂「窮則獨善其身，達則兼善天下」，卻在這裡被實現了，蘇、黃轉為關懷自身身為一個文人，在此世上如何在各種情況下尋求安身立命，不為所囿之道。也能看出儒、釋、道三者對宋代文人影響後，所產生的思想典型。

晁補之與秦觀對貶謫則是另外的態度。晁補之被貶的心情，大抵是感慨仕途不順，以及與親友分別的傷痛。與蘇、黃不同的是，晁補之的詞作中還往往多了些悲憤不平的情感，例如〈鳳凰臺上憶吹簫〉兩首：「誰信輕鞍射虎，清世裡、曾有人閑。都休說，簾外夜久春寒。」、「才短官慵，命奇人棄，年年故里來還。……謾回首、平生醉語，一夢驚殘。莫笑移花種柳，應備辦、投老同閑。」〔註47〕前者藉李廣的典故，寄託自己被貶的憤恨之情，後者則

〔註44〕見《山谷詞校注》，頁103～106。
〔註45〕見《黃庭堅全集》，下冊，頁1569。
〔註46〕見《黃庭堅全集》，下冊，頁1557。
〔註47〕見《晁補之詞編年箋注》，頁135～136。

頗爲悲憤諷刺，也展現出晁補之對於被貶的無奈與不平。

在他退居時期，有一些描寫退隱生活、田園風光的詞，雖有超曠或閒適之感，但是仍會時而夾雜一些悲憤，如〈過澗歇・東皋寓居〉：

> 歸去。奈故人、尚作青眼相期，未許明時歸去。放懷處，買得東皋數畝，靜愛園林趣。任過客、剝啄相呼晝扃户。　堪笑兒童事業，華顛向誰語。草堂入悄，圓荷過微雨。都付邯鄲，一枕清風，好夢初覺，砌下槐影方停午。〔註48〕

開頭頗有陶淵明〈歸去來辭〉之意味，但又提到友朋仍期待他不要退隱，接著又寫自己「靜愛園林趣」和不與世俗打交道的心情，再連接到下片的「堪笑兒童事業」，頗有無奈與自嘲的心情，最末雖然用《枕中記》的典故，欲將功名利祿視爲一場幻夢，但是整首詞中，還是可以看得出他的矛盾，不見得是眞正的超脫。

雖然晁補之所希求的功名，看來像是個人的功名，但他出生於官宦世家，是期待能有一番作爲的，如張耒〈晁太史補之墓誌銘〉之記載：

> （元祐九年）遂知齊州。境内群盜白晝掠途人，公默得其姓名、囊橐皆審。日因宴客，召補吏以方略授之，酒行未終，悉擒而還。一府大驚，郡爲無警。歲飢，河北民流道齊境不絕。公請粟於朝，得萬斛，乃爲流者治舍次具器。用人既集，又爲具糜粥藥物，公皆躬臨治之，活數千人〔註49〕。

《宋史・晁補之傳》則記載：

> 出知河中府，修河橋以便民，民畫其祠像〔註50〕。

從這兩則記載可知，他在治理地方時，極其用心，因而他所求的「功名」，實際爲建功立業的志向，而非僅求個人的虛名。

秦觀之詞，向來被視爲婉約派，而其詞之特色，徐培均《淮海居士長短句箋注・前言》說：「他善於發揮詞的抒情特性，除了幾首懷古之作外，他的詞基本上不用故實，不發政論，只是『專主情致』，其抒情之眞摯，爲詞史上所少見。……乍看起來，秦觀詞多咏美人芳草，離愁別恨；然而其中卻蘊含

〔註48〕見《晁補之詞編年箋注》，頁117。

〔註49〕見《晁補之詞編年箋注》，〈晁補之年譜簡編〉頁251～252。

〔註50〕見（元）脱脱等撰：《宋史》收入《百衲本二十四史》（臺北：臺灣商務印書館，精裝縮印本），卷444，頁27721。

著無限深情遠意。」〔註 51〕基本上就說明了秦詞重於抒情的特色。而他所抒的情，自然也不僅止於男女之情，由於秦觀的仕宦之途，往往與蘇軾相關，所以連帶的也不平順，便在詞中抒發失意之感或人生之嘆。故詞作內容表面上看起來雖與婉約詞相似，實際也寓有自身的遭遇。

秦詞如〈浣溪沙〉（漠漠輕寒上小樓）、如夢令（門外鵶啼楊柳）等，就是以傳統婉約的方式寫成，有花間詞風，但實際也有蘊含被貶謫情思之作，如〈踏莎行〉：

> 霧失樓臺，月迷津渡。桃源望斷無尋處。可堪孤館閉春寒，杜鵑聲裡斜陽暮。　驛寄梅花，魚傳尺素。砌成此恨無重數。郴江幸自繞郴山，爲誰流下瀟湘去。〔註 52〕

此詞作於貶郴州之時，將自己被貶的孤苦際遇與離愁，沉重淒厲的寄託在詞中，沈際飛《草堂詩餘》說此詞是：「少游坐黨籍，安置郴州，謂郴江與山相守，而不能自流，自喻最淒切。」〔註 53〕而〈風流子〉（東風吹碧草）作於紹聖元年（1094），當時秦觀和黃、晁一樣，因爲修《神宗實錄》與和蘇軾交好等關係被貶，先是出爲杭州通判，故此詞大約作於往杭州的途中。〔註 54〕從「年華換、行客老滄洲」、「算天長地久，有時有盡，奈何綿綿，此恨難休」〔註 55〕等句來看，雖然出之以豔情之辭，但也寓含了對於被貶的離愁和苦悶。而〈千秋歲〉（水邊沙外）：

> 水邊沙外。城郭春寒退。花影亂，鶯聲碎。飄零疏酒盞，離別寬衣帶。人不見，碧雲暮合空相對。　憶昔西池會。鵷鷺同飛蓋。攜手處，今誰在。日邊清夢斷，鏡裡朱顏改。春去也，飛紅萬點愁如海。
>
> 〔註 56〕

則更明顯的道出宦途中的悲苦，以及對於昔日好友的想念，但仍保持著婉約的特質，像這樣的作品，周濟認爲是「將身世之感打併入豔情」，〔註 57〕他的詞並不純然只寫男女艷情，而是在表面看似男女豔情的手法之下，蘊含了深

〔註 51〕見《淮海居士長短句箋注》，頁 7。
〔註 52〕見《淮海居士長短句箋注》，頁 92。
〔註 53〕見《淮海居士長短句箋注》，頁 97。
〔註 54〕見《淮海居士長短句箋注》，頁 30。
〔註 55〕同前註。
〔註 56〕見《淮海居士長短句箋注》，頁 84。
〔註 57〕（清）周濟：《宋四家詞選》（北京：中華書局，1985 年），頁 28。

刻的一己情感，以及對政治、仕途中的不平順所透露出的苦悶。

秦觀被貶的心境還有一特色，就是「淒婉」，特別是在被貶郴州以後，王國維《人間詞話》：「少游詞境最爲淒婉，至『可堪孤館閉春寒，杜鵑聲裡斜陽暮』，則變而淒厲矣。」〔註58〕則可見其心境上的淒苦至極，這種心境在蘇門詞人中，是較爲少見的。

以晁補之和秦觀的貶謫詞來說，未能超脫或堅強以對，反流露出悲憤、淒苦之感，所以「悲己之怨」較多，但晁補之所言的「悲己之怨」未完全窄化到只求個人的功名，且更多懷才不遇的悲憤，因此也可說是「悲己之憤」；秦觀則是看不出對於功名的追求，也感受不到憤怒，是對自己的遭遇深感淒苦，雖然情感上也是「怨」，卻與屈原的「忠怨」不同，僅是個人面對困境與挫折時所產生的悲怨或淒怨。然也因爲他們各自抒發了面對貶謫的不同態度，使得這一題材、主題跳脫出代言式的男女艷情題材，寫他們的文人意識，而使詞走向「自敘」、「殊題」、「殊意」之「文人化」。

第二節　文人進退之抉擇：仕宦與隱逸

一、北宋文人積極的仕宦觀

經過長期的戰亂，宋朝終於奠定了一個統一的局面，國勢漸趨穩定後，由於政治與文化上的考量，「士」這一階層開始受到重視，也發展出一套集體的價值觀。而這集體價值觀的核心，大概就是范仲淹所謂「先天下之憂而憂，後天下之樂而樂」了，或者「以天下爲己任」亦可概括。這部分自然與儒學的發展有關，雖說宋太祖驗偃武修文，但還沒有特別以儒學爲重點。只是若要國家強盛，也必然需要一套理論或方法。另一方面，相較於晚唐五代的士階層，宋代的士顯然在品性與才能上更加的要求，唐代由於門第觀念仍重，平民雖然也能考科舉，但是境遇並不理想。宋代卻不然，平民若能晉身士階層，依然可以受到禮遇，由於這樣的制度比較接近「用人唯才」，自然選拔出來的文人，條件相對的能更加優秀，對於國家也會較爲認同、親近。加上儒學的復興，從先秦一直流傳下來的「士不可以不弘毅，任重而道遠」，在宋代發展成了「以天下爲己任」的精神。

〔註58〕（清）王國維：《人間詞話》（北京：人民文學出版社，2008年4月），頁204。

促使這種價值觀出現的原因，余英時認爲是門第世族觀念的衰落、科舉考試的革新，且「成爲『士大夫』之後，對於國家與社會所承擔的責任與享有的權利都是相同的」〔註 59〕、「如果用現代觀念作類比，我們不妨說『以天下爲己任』涵蘊著『士』對於國家和社會事務的處理有直接參預的資格，因此它相當於一種『公民』意識」〔註 60〕。錢穆則從「自覺精神」去解釋這一現象：

> 宋朝的時代，在太平景況下，一天一天的嚴重，而一種自覺的精神，亦終於在士大夫社會中漸漸萌茁。所謂「自覺精神」者，正是那輩讀書人漸漸自己從內心深處湧現出一種感覺，覺到他們應該起來擔負著天下的重任（並不是望進士及第和做官）。范仲淹爲秀才時，便以天下爲己任。他提出兩句最有名的口號來：「士當先天下之憂而憂，後天下之樂而樂。」這是那時士大夫社會中一種自覺精神最好的榜樣。范仲淹並不是一個貴族，亦未經國家有意識的教養……在「斷虀畫粥」的苦況下，而感到一種應以天下爲己任的意識，這顯然是一種精神上的自覺。然而這並不是范仲淹個人的精神無端感到此，這已是一種時代的精神，早已隱藏在同時人的心中，而爲范仲淹正式呼喚出來。〔註 61〕

事實上，這種自覺精神也正是一種集體意識。綜觀余英時與錢穆的說法，則士階層的人，有感於他們能夠共同分擔，甚至是治理國家，這樣的使命感促使了國家認同的產生，進而有了自覺精神。士對國家有認同感，便會願意支持王權，朝廷亦希望王權鞏固。當然，士階層其實來自社會各角落，對於社會當然有更多的關心。在這樣的背景下，儒家「尊王攘夷」、「士不可以不弘毅，任重而道遠」就成了政治、思潮的重點，並經過醞釀，在宋代儒學第一次興盛的仁宗朝，由范仲淹提喊出「先天下之憂而憂，後天下之樂而樂」來，而「以天下爲己任」最早是由王安石在〈楊墨〉一文中提出，跟「先天下之憂而憂，後天下之樂而樂」是相同的意義。

至於「以天下爲己任」的意涵，表面意義是說把國家社會當成是自己的

〔註 59〕見余英時：《朱熹的歷史世界——宋代士大夫政治文化的研究》（臺北：允晨文化，2003 年 6 月），第三章，頁 287。

〔註 60〕同前註。

〔註 61〕見錢穆：《國史大綱》（北京：商務印書館，1991 年 5 月）頁 558。

責任，進一步說，是幫國君分擔了治國的責任。所以出仕不是爲了自己的功名利祿，而是爲了人民，這是一種理念，余英時曾把這種理念和西方喀爾文教做比擬：

> 喀爾文教徒充滿著對於自己的人格價值的深刻自覺，對於此世界所負的神聖使命有一種崇高的意識；他自許爲千萬眾生中獨蒙上帝恩寵的人，並承擔著無限的責任。兩相對照，可見新儒家和喀爾文教徒對於自己的期待之高是完全一致的。所不同者，前者把對社會的責任感發展爲宗教精神，而後者則把宗教精神化爲對社會的責任感。〔註 62〕

很顯然的，因爲這種宗教精神般的理念，是支持宋代士人可以拋開功利、奮不顧身的原因。當然，這種與皇帝共同治理天下的責任與觀念，在其他朝代不見得是被皇帝認同的。但蘇軾與蘇門詞人，正好趕上了這波理念在宋代發揚光大之時。這種理念深植他們心中，也多少會影響詞作。因此雖爲鶯啼婉轉的詞，也偶然有了言志之作，如蘇軾〈沁園春・赴密州早行馬上寄子由〉詞中有「致君堯舜，此事何難」之句，除了承襲了杜甫「致君堯舜上，再使風俗淳」的精神，透露出前面所述之「與君主共治天下」、「以天下爲己任」的精神，也道出對於治世的嚮往。宋代士人理想的治世，其實正是「二帝三代」的時期，特別在宋仁宗以後，向三代看齊、回復的意識是很盛行的。柳開、孫復、石介、張景、歐陽修等人藉由古文運動重建「道統」，也希望藉由「堯、舜三王治人之道」來匡救、重整國家。蘇軾也多次在文章中推崇三代的制度，〔註 63〕可見「二帝三代」之治在當時世人心中的份量。而黃庭堅也有一首〈蝶戀花〉則說：「要識世間平坦路。當使人人，各有安身處。黑髮便

〔註 62〕見余英時：《中國近世宗教倫理與商人精神》（臺北：聯經出版公司，2010 年 6 月），中篇，頁 75。

〔註 63〕如〈敦教化策〉：「昔者三代之民，見危而受命，見利而不忘義。此非必有爵賞勸乎其前，而刑罰驅乎其後也。其心安於爲善，而忸怩於不義，是故有所不爲。夫民之有所不爲，則天下不可以敵，甲兵不可以威，利祿不可以誘，可殺可辱，可饑可寒而不可與叛，此三代之所以享國長久而不拔也。」見《蘇軾全集・文集》，卷 7，頁 810。〈勸親睦策〉：「昔三代之制，畫爲井田，使其比閭族黨，各相親愛，有急相賙，有喜相慶，死喪相恤，疾病相養。是故民安居無事，則往來歡欣，而獄訟不生；有寇而戰，則同心並力，而緩急不離。」見《蘇軾全集・文集》，上冊，頁 812。

逢堯舜主。笑人白首耕南畝。」〔註 64〕此詞可能作於黃庭堅通過科考時，展現他的出躊躇滿志。而「致君事業安排取」、「當使人人，各有安身處」亦為前述相同精神的表現。

二、隱逸傳統的發展

自古以來，都是有「仕」便也有「隱」，「隱」與「仕」是相對的，也是一種價值上的選擇。古代的知識份子讀書，常是為了仕進，所以「仕」往往是一條應該選擇的路，但從很早以前開始，「隱」的思想就已存在了。龔鵬程指出，《易經》中的艮卦與遯掛「顯示了我國古老哲學中原有一套『時中』的觀念，凡事皆應『知幾』『當時』。時行則行，時止則止。」〔註 65〕也就是說，知識份子該選擇出仕還是退隱，應當順應著「時」，然而這個「時」的判斷是什麼？又分成兩種不同的情況。首先，孔子說：「邦有道，穀。邦無道，穀，恥也」〔註 66〕、「天下有道則現，無道則隱」〔註 67〕這裡很清楚的說明了，一個國家「道」的有無就是知識份子是否該出仕的依據，而非個人名利榮祿。所以，「亂世」、「無道」是孔子所謂不利於仕的時機，當時機不對，需有所退隱時，儒家的態度正如孟子所說的「窮則獨善其身」。後來皇甫謐的《高士傳》，也循儒家的路線，重視士隱居不仕的志節，為九十一名隱士立傳，其選擇所謂「高士」的條件，皇甫謐說：

> 孔子稱舉逸民，天下之民歸心焉。……高讓之士，王政所先，厲濁激貪之務也。史班之載，多所闕略。梁鴻頌逸民，蘇順科高士，或錄屈節，雜而不純。又近取秦漢，不及遠古，夫思其人猶愛其樹，況稱其德而讚其事哉！謐采古今八代之士，身不屈於王公，名不耗於終始，自堯至魏，凡九十餘人。雖執節若夷齊，去就若兩龔，皆不錄也。

可見這也是「以道抗勢」的一種，在「道」與「勢」之間，士能秉持著「道」而不屈於「勢」，才能稱為「高士」，所以在這樣的脈絡中，「仕」與「隱」是相對的，而其抉擇之關鍵在於國家「道」之有無。同時，選擇「隱」並非一

〔註 64〕見《山谷詞校注》，頁 98。

〔註 65〕見龔鵬程：《生活的學問》（臺北：立緒文化，19981 年 9 月），頁 218。

〔註 66〕《論語・憲問》，見（魏）何晏注《論語注疏》（浙江大學圖書館藏《摛藻堂四庫全書薈要》），卷 14，頁 1 左。

〔註 67〕《論語・泰伯》，見（魏）何晏注《論語注疏》。卷 8，頁 7 左。

直隱逸下去，而是等待時機，當可仕之時再復出。

關於「時」，《莊子・繕性》也有類似的言論：

> 古之所謂隱士者，非伏其身而弗見也，非閉其言而不出也，非藏其知而不發也，時命大謬也。當時命而大行乎天下，則反一無跡；不當時命而大窮乎天下，則深根寧極而待，此存身之道也。〔註68〕

從孔子與莊子的共同處看來，都指出當時機、環境不利於出仕的時候，就是選擇退隱的時機，但莊子之「時」，是指「天命」，然後採取「深根寧極而待」的態度。黃偉倫認為，這是「其所以隱，雖有外在環境的因素，然其目的卻仍在保存自我之眞性。」〔註69〕也就是說，儒、道之「隱」最根本上的差別，儒家之隱，往往是與國家社會有關，其「隱」乃迫於國家無道，與自己的自由意志無關；道家之隱，雖然也受天命所限，但並不與「仕」相對，如果得時，就順勢而為；若不得時，則求內心逍遙自在，保有自我眞性，所以是具有自由意志的意義。

以上的「無道」可說是國家、社會的整體環境都不利於出仕，或不值得他們去努力；「時命大謬」則是無法順時適性的情況。不過，後來這種僅是因為政治或外在因素導致的隱逸，有了更朝向內在精神嚮往隱逸的趨勢，也可以說更向道家之隱逸思想核心靠攏，據《後漢書・逸民傳》記載：

> 《易》稱：「遯之時義大矣哉。」又曰：「不事王侯，高尚其事。」是以堯稱則天，不屈穎陽之高；武盡美矣，終全孤竹之絜。自茲以降，風流彌繁，長生之軌未殊，而感致之數匪一。或隱居以求其志，或回避以全其道，或靜己以鎮其燥，或去危以圖其安，或垢俗以動其概，或疵物以激其清。然觀其甘心畎畝之中，憔悴江海之上，豈必親魚鳥樂林草哉，亦云性分所至而已。〔註70〕

這裡指出，隱逸不再是因為外在環境不好才有的選項，也可以是對自我本性的追求、回歸。再看《魏書・逸士傳》：

> 蓋兼濟獨善，顯晦之殊，其事不同，由來久矣。昔夷齊獲全于周武，華矞和不容于太公，何哉？求其心者，許以激貪之用；督其跡者，

〔註68〕見（春秋）莊子撰，（晉）郭象注：《莊子注》（浙江大學圖書館藏《欽定四庫全書》），卷6，頁6。

〔註69〕見黃偉倫：〈六朝隱逸文化的新轉向：一個「隱逸自覺論」的提出〉（《成大中文學報》第19期，2007年12月）頁9。

〔註70〕（南朝宋）范曄：《後漢書》，收入《百衲本二十四史》，卷10，頁3828。

> 以爲東教之風。而肥遁不反，代有人矣。夷情得喪，忘懷累有。比夫邁德弘道，匡俗庇民，可得而小，不可得而忽也。自叔世澆浮，淳風殆盡，錐刀之末，競入成群，而能冥心物表，介然離俗，望古獨適，求友千齡，亦異人矣。何必御霞乘雲而追日月，窮極天地，始爲超遠哉。〔註71〕

此中雖然提到世風日下，但也頗有以不與世俗同流，超然物外爲一種價值依歸之意。這兩則記載，則讓隱逸有了不再只有被動性的意義，也有主動性的意義，隱逸本身就具有高尚、脫俗的價值，這種風氣在六朝非常盛行。當時，一方面是高壓政治下，士人處境艱難，許多人不願出仕做官；另一方面，不汲汲於名利、官位，也成爲一種風尚。阮籍、嵇康、劉伶等人，用一種狂放、不同於世俗的方式生活，並崇尚道教。陶淵明則是「不爲五斗米折腰」，毅然從官場上退出，回歸田園，躬耕自足，這個時候，士人雖然沒有辦法選擇明君，但仍可以較爲自主的選擇「仕」或「隱」，由於六朝又是「人的自覺」時代，崇尚道家精神，所以對於「隱」，也不見得只是相對於「仕」的選擇，而可是一種對心靈自由、適得其性的嚮往與實踐。

除此之外，還有一種「朝隱」，算是文人可以在「仕／隱」抉擇之間的折衷方式，據《晉書・鄧粲傳》云：

> 荊州刺史桓沖卑辭厚禮請粲爲別駕，粲嘉其好賢，乃起應召。驎之、尚公謂之曰：「卿道廣學深，眾所推懷，忽然改節，誠失所望。」粲笑答曰：「足下可謂有志於隱而未知隱。夫隱之爲道，朝亦可隱，市亦可隱。隱初在我，不在於物。」〔註72〕

隱逸從被動的選擇變成主動的選擇，而且具有心靈自由等價值時，又發展出了這種「朝隱」之說，這其實也是所謂的「心隱」，「隱」已經變成心境上的概念，心境若能超脫物外，則身在何方，都能夠保有心靈的閒靜安適、自我眞性。當然，這一點其實與《莊子・讓王》：「身在江海之上，心居乎魏闕之下」〔註73〕之意是一樣的。而王康琚的〈反招隱〉詩說：「小隱隱陵藪，大隱隱朝市」，更有了隱逸模式的價值批判，認爲能夠適性脫俗，安於朝市之隱，才是最高的境界。黃偉倫指出，這種「朝隱」的形成，可從郭象注《莊子・

〔註71〕（北齊）魏收：《魏書》，收入《百衲本二十四史》，卷90，頁9745。
〔註72〕（唐）房玄齡等撰：《晉書》，收入《百衲本二十四史》，卷82，頁5525。
〔註73〕見（春秋）莊子撰，（晉）郭象注：《莊子注》，卷9，頁19左。

逍遙遊》:「夫聖人雖在廟堂之上，然其心無異於山林之中」〔註 74〕來理解，「廟堂」既無異於「山林」，即是消融了仕、隱之間的對立性，又舉郭象「無心以順有」的說法，認爲「無心」所以能順應自然，能因任物情不會爲物所累，於是物我對立泯除，山林、廟堂也就在「無心」之下一體圓融，「朝隱」就是由這種理論發展出來的。〔註 75〕「朝隱」消滅了仕／隱之間的對立，轉而注重心境上的「心隱」，這對許多文人來說，又是另一種選擇，能消除去就之間的矛盾，對於無法離開官場尋求隱逸的人而言，至少能夠從心境上尋得安適之感。因此，在這種情況下，所謂的「時」相對來說也就不是那麼重要了。但是，隨之而來的問題，是如王文進所說：「仕隱之道最後走到『朝隱』的途徑，雖然表面上折衷了中國士人在仕隱之間的徬徨矛盾，但是實際上卻逐漸腐蝕了知識分子爲人處事進退攻防的根本分際。」〔註 76〕因而這也不是所謂的萬全之法，雖然折衷，卻反而可能更進退兩難。因此所謂的仕隱問題，其實仍舊是古代中國文人無法解決的難題。

當然，也有如國家不至於「無道」的階段，外在環境也並非不利出仕，可是知識份子感到不被重用，或者在政治鬥爭中，感到不堪其擾，無法施展抱負。這種情況下，較多單純個人的「不遇」，士人也多半是被動的選擇隱逸，或者「心隱」，但他們最終仍期盼回復到「仕」，也是期盼著對君王、國家有作爲。一則可能是像孔子、屈原一樣，懷抱社稷之志，二則卻可能是因爲個人的功名利祿，因而仍留戀官場。甚至，唐代以後，科舉之門大開，士人可以憑一己之力獲得「遇」的機會，但此時也出現一個奇特的現象，即「終南捷徑」這個典故所反映出的現實，士利用「隱」來裝出清高、廉潔的樣子，等此一名聲傳出去之後，君主便有可能召見，因此「隱」是「仕」的手段，最終目的還是在於「仕」。

從上述可知，「隱」的情況很多面向，可以是因爲「時命」的限制，也可以是個人自主的選擇。但大多數狀況下，「仕／隱」之間的對立性或關聯性仍然是存在的，吳璧雍指出：

> 仕，是中國文人生命的基調，當現實的社會政治失去了應有的秩序，

〔註 74〕見（春秋）莊子撰，（晉）郭象注：《莊子注》。卷 1，頁 8 右。

〔註 75〕見黃偉倫：〈六朝隱逸文化的新轉向：一個「隱逸自覺論」的提出〉，《成大中文學報》第 19 期，頁 21。

〔註 76〕王文進：《仕隱與中國文學——六朝篇》（臺北：臺灣書店，1999 年 2 月）上卷，頁 35～36。

> 不能契合文人心中的理想，又無力改變時，退隱似乎是較明智的選擇，尤其在以任重道遠自許的儒家思想體系裡，「隱」本來就是針對「仕」的問題而來，知識分子從政治社會的參與中引身而退，是一種不得已的選擇，也是一種對當政者不滿的間接抗議和批判。當然，又經過道家冷凝明淨的洗禮，「隱」似乎更強調珍視自我的意念，遠離了對自我的期許，成爲另一章生命之歌。〔註77〕

如果只是消極地用「隱」對抗「仕」，或是所謂的「朝隱」，對於文人來說，或許還不足以作爲人生安身立命之道，儘管「隱」的內涵可能像六朝時一樣，具有自己內在的價值。在六朝以後，「仕／隱」之問題依然存在，但以不純然是二元對立或二分法的選擇，可能是從中取得平衡，追求「心隱」，或者在必須「隱」的時候，從中追尋眞正屬於自我的安身立命之道。

三、蘇軾與蘇門詞人詞作之隱逸觀

宋代時，由於士大夫的地位有了轉變，不但能與君主「共治天下」，有參政的權利，甚至像王安石與宋神宗的相處情形，是有些「亦師亦友」的，與春秋戰國時期士和諸侯的關係相似。士人普遍抱持著「以天下國家爲己任」的精神，因此「仕」是絕大多數人的選擇，也可以說是一種使命感。但宋代畢竟仍是君主專制，「遇」和「不遇」的問題不可能就此消失，加上黨爭嚴重，因此士人仍必須被動的處在「遇」和「不遇」的境地中，此時，「隱」的意識也就抬頭了。北宋初選擇隱逸的士人很少，在遭受貶謫後，也很少眞正隱退，大部分還是繼續做官，維持著對社會國家的一份責任。因此他們開始一邊「仕」，一邊尋找超脫、超越這種困境的方式，以獲得心靈上的自由，所以「心隱」這點受到宋人的青睞，這種情況反映在文學作品中，則除了前述如蘇軾抒發被貶謫的心情時可見一斑，亦可見於其以隱逸做爲題材的詞作中。

此外，隱逸經常與山水、田園、遊仙等題材相關，但有許多這類題材的作品，其實與隱逸無關，所呈現者也多爲「常民意識」的層次，即對田園生活的嚮往，或是山水之美的描寫、單純的遊仙幻想等。但本文聚焦者在於「文人化」，因此接下來所討論的作品，主要是「仕／隱」抉擇脈絡中的隱逸詞，和文人如何從困境中超脫、感悟人生曠達境界這種「心隱」的作品爲主。

〔註77〕見吳璧雍：〈人與社會——文人生命的二重奏：仕與隱〉，收入《中國文化新論·抒情的境界》（臺北：聯經出版公司，1987年2月），頁165。

（一）被動性的隱逸

在蘇軾以前，較早開始寫關於「歸隱」題材者，有柳永和范仲淹。如柳永〈滿江紅〉：

> 暮雨初收，長川靜、征帆夜落。臨島嶼、蓼煙疏淡，葦風蕭索。幾許漁人飛短艇，盡載燈火歸村落。遣行客、當此念回程，傷漂泊。　桐江好，煙漠漠。波似染，山如削。繞嚴陵灘畔，鷺飛魚躍。遊宦區區成底事，平生況有雲泉約。歸去來、一曲仲宣吟，從軍樂。〔註 78〕

〈鳳歸雲〉：

> 向深秋，雨餘爽氣肅西郊。陌上夜闌，襟袖起涼飆。天末殘星，流電未滅，閃閃隔林梢。又是曉雞聲斷，陽烏光動，漸分山路迢迢。　驅驅行役，苒苒光陰，蠅頭利祿，蝸角功名，畢竟成何事，漫相高。拋擲雲泉，狎玩塵土，壯節等閒消。幸有五湖煙浪，一船風月，會須歸去老漁樵。〔註 79〕

此二首在題材和自敘性質上，已經有文人化的傾向了。從「遊宦區區成底事」、「蠅頭利祿，蝸角功名，畢竟成何事」等句看來，這是柳永對於宦途不順的感嘆，因此有了歸隱、隱逸的念頭。而他詞中常以宋玉自比，如〈戚氏〉：「望江關。飛雲黯淡夕陽閒。當時宋玉悲感，向此臨水與登山」〔註 80〕，因此是有懷才不遇之感的，所以他的歸隱念頭其實還是建立在「仕／隱」的對立抉擇脈絡中。范仲淹〈定風波〉中說：「無盡處，恍然身入桃源路。莫怪山翁聊逸豫，功名得喪歸時數」，〔註 81〕也是這樣一種「仕／隱」的抉擇。從這裡，可以看到北宋初的文人，大抵都是以仕爲目的，「不遇」之時才會使他們有退隱的想法。此時他們雖也常以陶淵明自比，但實際上與陶淵明不同，因爲陶淵明是主動退隱，但柳、范等人是被動的選擇，然帶有功名未就的失落感，而且也未眞正的退隱。

及至蘇軾與蘇門詞人的隱逸詞，其實當中也有一些作品可以看出他們「仕／隱」對立的思想或抉擇。他們一樣都是以「仕」爲優先考量，如果要退隱，也是要功成名就以後，如蘇軾〈沁園春〉：「有筆頭千字，胸中萬卷，致君堯

〔註 78〕見（宋）柳永：《樂章集》，收入朱祖謀編《彊村叢書》（臺北：廣文書局）。
〔註 79〕同前註。
〔註 80〕見（宋）柳永：《樂章集》，收入朱祖謀編《彊村叢書》。
〔註 81〕見唐圭璋編：《全宋詞》，冊 1，頁 11。

舜，此事何難。用舍由時，行藏在我，袖手何妨閒處看。身長健，但優游卒歲，且鬥尊前」，還是有功成退隱之意。但在久居政治風波中，甚至後來屢遭貶謫，他對於退隱、隱逸也有了不同的想法。蘇軾曾有書信給蘇轍說：

> 吾於詩人無所甚好，獨好淵明之詩。淵明作詩不多，然其詩質而實綺，癯而實腴。自曹、劉、鮑、謝、李、杜諸人，皆莫及也。……然吾於淵明，豈獨好其詩也哉？如其爲人，實有感焉。淵明臨終，疏告儼等：「吾少而窮苦，每以家弊，東西游走。性剛才拙，與物多忤，自量爲己，必貽俗患，黽勉辭世，使汝等幼而饑寒。」淵明此語，蓋實錄也。吾眞有此病而不早自知，平生出仕，以犯世患，此所以深愧淵明，欲以晚節師範其萬一也。〔註82〕

此中頗有引陶淵明爲知己之意，所謂「性剛才拙」就是蘇軾「吾眞有此病而不早自知」，而陶淵明有自知之明，所以早早從黑暗的官場中退下，惟蘇軾也有此一個性，卻不如陶淵明及早退出。蘇軾未及早退出官場，當然並非戀棧名利，而是欲有所作爲，這種心態其實也是宋代士人的共同心態，因爲「仕」是他們認爲可以幫助國家的價值選擇，何況這一時期也並非孔子所謂的「無道」、「亂世」。可惜的是雖非身處亂世，仍有政治鬥爭，遭受貶謫的蘇軾、蘇門詞人還是感到「不遇」、「時不我予」，因而在心境上，開始被動有了對「隱」的渴求。

黃庭堅〈蝶戀花〉說：「黑髮便逢堯舜主，笑人白首耕南畝」〔註83〕，本有輕笑隱逸的意思，而以出仕爲上。晁補之〈定風波〉說：「上界雖然官府好。總道。散仙無事好追陪」〔註84〕，此詞作於元祐七年，離職揚州通判，被召回朝廷之時，說揚州之風光如仙境，雖比仕途要好，但也總要閒來無事之人才能伴隨這樣的美景，言下之意尚有對仕途的嚮往。李之儀〈朝中措〉：「功名何在，文章漫與，空歎流年。獨恨歸來已晚，半生孤負漁竿」〔註85〕、〈踏莎行〉：「潦倒無成，疏慵有素。且陪野老酬天數。多情惟有面前山，不隨潮水來還去」〔註86〕，也都是在功名未成之後才萌生了退隱之意。從這些詞作

〔註82〕見（宋）蘇轍：《欒城後集》（浙江大學圖書館藏《摛藻堂四庫全書薈要》），〈子瞻和陶淵明詩集引〉中引文，卷21，頁7。

〔註83〕見《山谷詞校注》，頁98。

〔註84〕見《晁補之編年箋注》，頁37。

〔註85〕見《全宋詞》，冊1，頁346。

〔註86〕見《全宋詞》，冊1，頁345。

看來，可知黃庭堅、李之儀本來就懷有志向，而晁補之在被貶以後，仍有對仕途不順的不甘心和留戀，然現實中的貶謫不遇成了一種打擊，所以他們也出現了隱逸詞。

在政治打擊下，「仕／隱」之問題還未排解之時，其中的矛盾還是會出現在隱逸詞中，例如蘇軾〈臨江仙・夜歸臨皋〉說：「長恨此身非我有，何時忘卻營營。夜闌風靜縠紋平。小舟從此逝，江海寄餘生」〔註 87〕，對世俗榮辱有忘卻之意，而「江海寄餘生」則顯現對隱逸之自由有熱切渴望，卻苦於現實無法如此；元祐元年（1086），當時蘇軾在京任中書舍人，卻作〈如夢令・二首之二，寄黃州楊使君〉：「居士。居士。莫忘小橋流水」〔註 88〕，亦有無法忘懷隱居生活之意。

晁補之則是雖自主選擇了隱退，可心境上仍有對仕的不甘放手，因而在「仕／隱」之間矛盾徘徊，如〈摸魚兒・東皋寓居〉：「買陂塘、旋栽楊柳，依稀淮岸江浦。……儒冠曾把身誤。刀弓千騎成何事，荒了邵平瓜圃。君試覷，滿青鏡、星星鬢影今如許。功名浪語。便似得班超，封侯萬里，歸計恐遲暮」〔註 89〕寫隱居生活雖美好，卻仍無法化解過去一事無成的遺憾。還有〈碧牡丹・焦成馬上口占〉：「舊事如雲散，良游盛年俱換。罷說功名，但覺青山歸晚」〔註 90〕，也是無成的遺憾；〈滿江紅・次韻吊汶陽李誠之待制〉：「賢人命，從來薄。流水意，知誰託。遶南枝身似，未眠飛鵲。射虎山邊尋舊跡，騎鯨海上追前約。便江湖、與世永相忘。還堪樂」〔註 91〕則用李廣閒居時射虎、揚雄〈羽獵賦〉騎鯨的隱遁游仙典故，並感慨曾經提拔過自己的李誠之，兩人皆一樣的坎坷命乖、懷才不遇。最後雖欲歸結「相忘於江湖」，但其中的哀怨仍是顯而易見的。

晁補之的退隱是他自己的選擇，在紹聖四年（1097）時他因爲元祐黨禍貶監處州鹽酒稅，但赴貶所的路上，適逢母親病逝，因此回家服喪。在元符元年（1098）回到金鄉，等喪服除了之後，改監信州鹽酒稅。至徽宗即位，太后聽政後，重新起用元祐黨人，幾次晁補之也重獲升官，但他都辭謝了。或許是已經深感政局變化無常，因此不願再度深陷其中。而太后去世，徽宗

〔註 87〕見《蘇軾詞編年校注》，中冊，頁 467。
〔註 88〕見《蘇軾詞編年校注》，中冊，頁 586。
〔註 89〕見《晁補之編年箋注》，頁 112。
〔註 90〕見《晁補之編年箋注》，頁 138。
〔註 91〕見《晁補之編年箋注》，頁 139。

親政後，果然政局又起變化，元祐黨人又失勢，因此晁補之退隱金鄉，過了長達八年的退隱生活。退隱自然是避禍，也是一種較爲自主的選擇，雖然仍有懷才不遇的憤慨，因爲晁補之確實有爲國爲民的志向，但時不我予，無法實現的失落便導致如此心情。所以，在〈滿江紅・赴玉山之謫，與諸父泛舟大澤，分題爲別〉〔註 92〕與〈滿庭芳・赴信日舟中別次膺十二叔〉〔註 93〕中，他也提到阮籍。阮籍年輕時亦有淑世的抱負，但在司馬家高壓政權之下，無法實現，因而逐漸走向狂放不拘、消極避世，和晁補之的際遇相似，故對阮籍也是相當仰慕的。除此之外，像〈滿江紅・次韻吊汶陽李誠之待制〉提及李廣；〔註 94〕〈一叢花・十二叔節推以無咎生日，於此聲中爲辭，依韻和答〉提及廉頗，〔註 95〕像這樣多次寫歷史上懷才不遇的人物，其實都有自比的意思。也都是種「仕／隱」抉擇無法盡如人意而產生的衝突、矛盾心態。

（二）蘇軾與蘇門詞人化被動為主動的「心隱」觀

蘇軾與蘇門詞人，隨著仕宦生涯依舊不如人意，無法積極有所作爲又不能眞正隱退，此時尋找心靈上的出口，也就是「心隱」便勢在必行了。在他們的隱逸詞中，可以發現經常提及陶淵明，當然，在他們的詩中早已有許多和陶、贊陶的主題與行爲，可說對陶淵明推崇備至。這或許可以反映出他們的一種心態，陶淵明是主動辭官、主動隱逸的，自主的追尋內心眞性；而蘇軾與蘇門詞人，在仕途不順的情況下，被動的不得志，不能施展抱負，甚至如晁補之，是被動的選擇退隱。可是在心理上，仍然可以「化被動爲主動」，從困境中尋求隱逸那種追尋自我眞性的價值。

因此，我們可以說，蘇軾、蘇門詞人，他們的「隱」是一種心理概念上的「心隱」，雜揉了儒家之隱與道家之隱，是陶淵明所謂的「結廬在人境，而無車馬喧。問君何能爾，心遠地自偏」。由於無法在仕途上有很好的發揮，因而產生隱逸的念頭，而這隱逸的念頭充滿了道家的自在適性，以及生命價值

〔註 92〕詞中有「盡付與，狂歌醉。有多才南阮，自爲知己」之句。見《晁補之編年箋注》，頁 72。

〔註 93〕詞中有「竹林，高晉阮，阿咸瀟散，猶愧風期。便棄官終隱，釣叟苔磯」之句。見《晁補之編年箋注》，頁 70。

〔註 94〕詞中有「射虎山邊尋舊跡，騎鯨海上追前約」之句，見《晁補之編年箋注》，頁 139。

〔註 95〕詞中有「廉頗縱強，莫隨年少，白馬向黃榆」之句，見《晁補之編年箋注》，頁 156。

的追尋，也能反映出在他們的文人階層意識下，面臨貶謫時，是採用什麼樣的方式來調適、解脫。這主要呈現在對陶淵明和張志和的嚮往、呼應，以下分論之。

1、歸田忘世：對陶淵明的嚮往

蘇軾在元豐五年（1082）二月所作的〈江城子・陶淵明以正月五日遊斜川，臨流班坐，顧瞻南阜，愛曾城之獨秀，乃作斜川詩，至今使人想見其處。元豐壬戌之春、余躬耕於東坡，築雪堂居之。南挹四望亭之後丘，西控北山之微泉，慨然而歎，此亦斜川之遊也。乃作長短句，以江城子歌之〉，表現出了在黃州悠然的心情：

> 夢中了了醉中醒。只淵明。是前生。走遍人間，依舊卻躬耕。昨夜東坡春雨足，烏鵲喜，報新晴。　雪堂西畔暗泉鳴。北山傾。小溪橫。南望亭丘，孤秀聳曾城。都是斜川當日境，吾老矣，寄餘齡。〔註 96〕

還有〈哨徧・陶淵明賦歸去來，有其詞而無其聲。余既治東坡，築雪堂於上，人俱笑其陋。讀鄱陽董毅夫過而悅之，有卜鄰之意。乃取歸去來詞，稍加檃括，使就聲律，以遺毅夫。使家僮歌之。時相從於東坡，釋耒而和之，扣牛角而爲之節，不亦樂乎〉：

> 爲米折腰，因酒棄家，口體交相累。歸去來，誰不遣君歸。覺從前、皆非今是。露未晞。征夫指余歸路，門前笑語喧童稚。嗟舊菊都荒，新松暗老，吾年今已如此。但小窗、容膝閉柴扉。策杖看、孤雲暮鴻飛。雲出無心，鳥倦知還，本非有意。　噫。歸去來兮。我今忘我兼忘世。親戚無浪語，琴書中、有眞味。步翠麓崎嶇，泛溪窈窕，涓涓暗谷流春水。觀草木欣榮，幽人自感，吾生行且休矣。念寓形、宇內復幾時。不自覺、皇皇欲何之。委吾心、去留誰計。神仙知在何處，富貴非吾志。但知、臨水登山嘯詠，自引壺觴自醉。此生天命更何疑。且乘流、遇坎還止。〔註 97〕

〈蝶戀花〉：

> 雲水縈回溪上路。疊疊青山，環繞溪東注。月白沙汀翹宿鷺。更無一點塵來處。　溪叟相看私自語。底事區區，苦要爲官去。尊酒不

〔註 96〕見《蘇軾詞編年校注》，上冊，頁 352。
〔註 97〕見《蘇軾詞編年校注》，中冊，頁 388。

空田百畝。歸來分得閒中趣。〔註98〕

前二首作於元豐五年黃州。第一首詞中寄託了對陶淵明躬耕田園的嚮往，也表現了對「東坡春雨足」的喜悅，最末「吾老矣，寄餘齡」則更表現出安於這種生活的心情，也顯示出放下富貴功名，曠達自適的境界。顯示出蘇軾之「身」不是眞正退隱，但已「心隱」。第二首是對陶淵明〈歸去來辭〉的檃括詞。雖是檃括，實際上也是蘇軾本人對陶淵明適情適性、任眞自得的嚮往，所以詞中已不復見志向的抒發，或功成身退之意；第三首大抵也是對「心隱」的嚮往，顯示出蘇軾對自我適性的追求。

黃庭堅、晁補之、李之儀一樣寫過嚮往陶淵明的隱逸詞，如黃庭堅〈撥棹子・退居〉：

歸去來。歸去來。攜手舊山歸去來。有人共、月對尊罍。橫一琴，甚處不逍遙自在。　閒世界。無利害。何必向、世間甘幻愛。與君釣、晚煙寒瀨。蒸白魚稻飯，溪童供筍菜。〔註99〕

晁補之〈滿庭芳・用東坡韻，題自畫《蓮社圖》〉：

歸去來兮，名山何處，夢中廬阜嵯峨。二林深處，幽士往來多。自畫遠公蓮社，教兒誦、李白長歌。如重到，丹崖翠户，瓊草秀金坡。生綃，雙幅上，諸賢中屨，文彩天梭。社中客，禪心古井無波。我似淵明逃社，怡顏盼、百尺庭柯。牛閒放，溪童任懶，吾已廢鞭蓑。〔註100〕

晁補之〈黃鶯兒・東皋寓居〉：

南園佳致偏宜暑。兩兩三三脩篁，新篁新出初齊，猗猗過簷侵户。聽亂颭芰荷風，細灑梧桐雨。午餘簾影參差，遠林蟬聲，幽夢殘處。凝佇。既往盡成空，暫遇何曾住。算人間事、豈足追思，依依夢中情緒。觀數點茗浮花，一縷香縈炷。怪來人道陶潛，做得羲皇侶。〔註101〕

李之儀〈鷓鴣天〉：

收盡微風不見江。分明天水共澄光。由來好處輸閒地，堪歎人生有

〔註98〕見《蘇軾詞編年校注》，中冊，頁572。
〔註99〕見《山谷詞校注》，頁97。
〔註100〕見《晁補之編年箋注》，頁151。
〔註101〕見《晁補之編年箋注》，頁118。

底忙。心既遠，味偏長。須知粗布勝無裳。從今認得歸田樂，何必桃源是故鄉。〔註 102〕

這些詞中，都可以看出來他們與蘇軾一般，嚮往陶淵明，而且除了是隱逸生活的嚮往之外，更嚮往的是心境上的隱。再者，此處還有一須辨明的地方。唐代白居易曾在「大隱」、「小隱」之外提出「中隱」，其〈中隱〉詩說：

大隱住朝市，小隱入丘樊。丘樊太冷落，朝市太囂喧。不如作中隱，隱在留司官。似出復似處，非忙亦非閑。不勞心與力，又免饑與寒。終歲無公事，隨月有俸錢。……人生處一世，其道難兩全。賤即苦凍餒，貴則多憂患。唯此中隱士，致身吉且安。窮通與豐約，正在四者間。〔註 103〕

白居易的「中隱」說，也是一種消弭「仕／隱」衝突的方式，取「仕」能夠帶來「不愁吃穿」的好處，以及雖「仕」但不涉及權力中心，擺脫政治鬥爭，故生活還能在經濟與閒適兼具之下，清閒的度過。當然與儒家「以天下國家爲己任」的大志有所出入，相對來說，是一種若即若離，半入世半出世的仕宦觀，但走這種中間路線，實際上是希望能夠明哲保身，又能保有文人的生活品質。這種「中隱」，被貶謫的宋代文人看似也能過如此的生活，蘇軾本人也非常欣賞白居易，其詩〈軾以去歲春夏，侍立邇英，而秋冬之交，子由相繼入侍，次韻絕句四首，各述所懷〉說：「定似香山老居士，世緣終淺道根深」〔註 104〕，就有仰慕白居易之意，欲學其不受塵世俗名之影響。但畢竟「中隱」的消極仕宦觀，本來就不符宋代文人積極入世之觀念；而遭受貶謫的文人，在生活與心境上本就惴慄不安，也不可能眞正過著隱逸那種田園漁家、遊山賞水之樂，所以實際上不可能過著中隱的生活。因此反而更需追求心靈上的安適，這時便化被動爲主動，雖然行爲不像陶一樣主動辭官，但心境是嚮往的，而且更進一步想將失落感擺脫，追尋超脫的人生觀。

2、漁隱忘機：對張志和的應和

蘇軾與蘇門這種「心隱」的追尋，還反映在另外一個題材「漁父」當中。唐代的張志和，曾因爲貶謫進而退隱，過著自在的隱逸生活。其〈漁歌子〉

〔註 102〕見《全宋詞》，冊 1，頁 346。

〔註 103〕（唐）白居易撰，朱金城箋校：《白居易集箋校》（上海：上海古籍出版社，1988 年 12 月）卷 22，頁 1493。

〔註 104〕見《蘇軾全集・詩集》，上冊，頁 347。

頗負盛名，當中所呈現隱逸生活的閒適，受到文人的喜愛。漁父與隱逸的關係，早在《莊子・漁父》中便有，藉孔子、孔子弟子與漁父的對話，批評了儒家，也闡明了反樸歸眞的旨意。而《楚辭・漁父》，則藉由與漁父之間的對答，屈原展現出一種欲積極入世，但又不與世俗同流合汙的高潔心志，而漁父則採取了明哲保身，懂得進退的人生觀。這兩篇中的漁父形象，與孔子等人和屈原，恰巧也形成了「仕／隱」、「入世／出世」之對比。不過到了張志和的〈漁歌子〉，這種「仕／隱」之對比，或漁父明哲保身的形象都已經消弭了，僅剩下隱逸生活的美好層面。或許正因爲這一點，加上張志和的主動辭官歸隱，和陶淵明一樣追求適情適性，亦能作爲「心隱」中具體境界的一種嚮往，故蘇軾、黃庭堅亦有呼應了張志和〈漁歌子〉的作品。

唐五代已有不少類似〈漁歌子〉的詞作，如李夢符二首、李珣九首、歐陽炯、李後主各二首等，基本上數量不多，也是難得有別於豔情的題材。像李珣〈漁歌子〉說：「水爲鄉，蓬做舍，魚羹稻飯常餐也。酒盈杯，書滿架，名利不將心掛」〔註 105〕也是有文人化的傾向。在宋代，則是蘇軾與蘇門詞人又開始有比較多的創作，如蘇軾〈浣溪沙・玄眞子〈漁父詞〉極清麗，恨其曲度不傳，故加數語，令以〈浣溪沙〉歌之〉：

> 西塞山邊白鷺飛。散花洲外片帆微。桃花流水鱖魚肥。　自庇一身青箬笠，相隨到處綠蓑衣。斜風細雨不須歸。〔註 106〕

又自創曲調作數首〈漁父〉：

> 漁父飲，誰家去。魚蟹一時分付。酒無多少醉爲期，彼此不論錢數。
> 漁父醉，蓑衣舞。醉裡欲尋歸路。輕舟短棹任斜橫，醒後不知何處。
> 漁父醒，春江午。夢斷落花飛絮。酒醒還醉醉還醒，一笑人間今古。
> 漁父笑，輕鷗舉。漠漠一江風雨，江邊騎馬是官人，借我孤舟南渡。
> 〔註 107〕

這幾首都寫於元豐五年（1082）黃州時期，有別於陶淵明的田園躬耕，這裡呈現的是漁家之樂。然而從「不須歸」、「醒後不知何處」來看，則這個能夠在江湖之中自由移動，不受限制的境界，似乎又比躬耕田園來得超然物外，

〔註 105〕見（後蜀）趙重祚編，沈祥源、傅文生注：《花間集新注》（江西：江西人民出版社），頁 635。
〔註 106〕見《蘇軾詞編年校注》，上册，頁 370。
〔註 107〕見《蘇軾詞編年校注》，上册，頁 376～379。

更有忘卻塵世之感。陶淵明的「歸去來」總令人想到歸隱，而終究與「仕」還有一點關聯；然張志和〈漁歌子〉的境界卻可說全然已經擺脫、忘卻了「仕」，而蘇軾這幾首漁父詞，也承繼了此點特色。

相對於蘇軾的漁父詞，黃庭堅之詞則仍不免和其仕途遭遇有點關係，見〈鷓鴣天・表弟李如篪云：「玄眞子漁父語，以鷓鴣天歌之，極入律，但少數句耳。」因以玄眞子遺事足之。憲宗時，畫玄眞子像，訪之江湖，不可得，因令集其歌詩上之。玄眞之兄松齡，懼玄眞放浪而不返也，和答其漁父云：「樂在風波釣是閒。草堂松桂已勝攀。太湖水，洞庭山。狂風浪起且須還。」此余續成之意也〉：

西塞山邊白鷺飛。桃花流水鱖魚肥。朝廷尚覓玄眞子，何處如今更有詩。青箬笠，綠蓑衣。斜風細雨不須歸。人間底事風波險，一日風波十二時。〔註 108〕

黃庭堅曾評張志和〈漁歌子〉說：

有遠韻。按數句只寫漁家之自樂，其樂無風波之患。對面已有不能自由者，已隱躍言外，蘊含不露，筆墨入化，超然塵埃之外。〔註 109〕

此意指張志和的漁父詞寫漁家自得之樂，但此種自得是從塵世中的風波對比而來的，且再如何超然物外，也應懂得避風波，懂得歸來。故山谷自己的漁父詞，他在詞序就說是續張志和兄「狂風浪起且須還」之意，所以《蓼園詞評》又說：

按山谷生遇坎坷，文字之禍，兢兢於心。將志和原詞，每闋添兩句，神理迥然大異，便少優游自得之致矣。然亦其遇然也。〔註 110〕

可見在山谷心中，漁家固然有樂，還是相對人生風波挫折而來，也仍暗有厭煩風波之意，故反而沒有蘇軾漁父詞的超曠之感。但另一首〈漁家傲・題船子釣灘〉：「蕩漾生涯身已老，短簑蒻笠扁舟小。深入水雲人不到。吟復笑，一輪明月長相照。」則一樣有超然物外之意。

秦觀〈滿庭芳〉亦以漁隱生活作爲題材：

紅蓼花繁，黃蘆葉亂，夜深玉露初零。霽天空闊，雲淡楚江清。獨棹孤篷小艇，悠悠過、煙渚沙汀。金鉤細，絲綸慢捲，牽動一潭星。

〔註 108〕見《山谷詞校注》，頁 137。
〔註 109〕見（清）黃氏：《蓼園詞評》收入《詞話叢編》，頁 3023。
〔註 110〕見（清）黃氏：《蓼園詞評》收入《詞話叢編》，頁 3042。

時時，橫短笛，清風皓月，相與忘形。任人笑生涯，泛梗飄萍。飲罷不妨醉臥，塵勞事、有耳誰聽。江風靜，日高未起，枕上酒微醒。〔註 111〕

此詞所傳達出的隱逸思想，則比較接近蘇軾，也是有忘掉塵世機心之感。張志和〈漁歌子〉本來就是傳達出忘卻機心、離開俗塵之隱逸思想，經過唐五代詞人，再到蘇軾與蘇門詞人又開始創作，其基調大致不脫以上所述。但以這個基調放在蘇軾與蘇門詞人中，更能襯托出他們身不由己故對「心隱」有所追求的對比。

從以上蘇軾與蘇門詞人之隱逸詞看來，其「自敘」文人意識、「殊題」、「殊意」等「文人化」之情況也很明顯，特別呈現在最初的仕隱之選擇、矛盾，到追求「心隱」，其實也正是一種宋代文人面對仕隱抉擇的縮影。這種心態既是政治環境造成，也是宋代文人一再追求自己安身立命、心靈超脫之道等多方面因素造成的。雖然蘇軾與蘇門詞人在詞作中之隱逸思想，不如詩作來得多、豐富，但仍有創作主體深刻的人生體悟在其中，其風格也多爲清淡曠遠，和傳統「代言」、「泛題」與「穠豔」之詞作，已是大相逕庭。

第三節　文人生活的呈現：茶、禪之清淡生活美學

一、飲茶題材的改變：繁華娛樂與政治行爲、優雅品味

茶在文人的生活中，一直是重要的飲品，也是一種文化。顧炎武《日知錄》記載：「自秦人取蜀而後，始有茗飲之事。」〔註 112〕可見飲茶歷史之悠久。蕭麗華指出：「茶文化在中國起源很早，但飲茶與生命境界的思想結合則是到六朝以後才發展起來。六朝時期，飲茶不僅成爲文人生活美學，也同時成爲道教與佛教修煉的憑藉。」〔註 113〕並認爲杜育〈荈賦〉、張載〈登成都樓詩〉等文，是茶與文人生活美學的結合，在這兩首作品中，都呈現出文人對茶葉的賞愛之樂。〔註 114〕飲茶文化發展到唐代之後，大爲興盛，陸羽《茶經》便

〔註 111〕見《淮海居士長短句箋注》，頁 58。

〔註 112〕見（清）顧炎武：《日知錄》，收入嚴文儒、戴揚本點校：《顧炎武全集》（上海：上海古籍出版社，2012 年 7 月），卷 7，頁 337。

〔註 113〕見蕭麗華：〈唐代僧人飲茶詩研究〉（臺北：臺大文史哲學報，第 71 期，2009 年 11 月。）頁 209～230。

〔註 114〕見蕭麗華：〈中日茶禪的美學淵源〉（《法鼓人文學報》第 3 期，2006 年 12 月。）

是奠定在此時，使茶不再只是飲品的層次，進而提升成爲一種精神上的審美。

宋代於詩詞中詠茶者不在少數，但以茶作爲題材的詞作，一開始也多爲歌筵酒席等應酬場合中，一種娛樂生活的點綴。待蘇、黃二人之茶詞，才有了轉變。其中黃庭堅也是數量較高的，約有十多首。從蘇、黃二人的茶詞內容來看，已能顯現出一種對茶的清賞，或呈現出平淡的風格。與傳統詞作敘寫男女豔情之題材，還有穠豔之風格相比，顯然有很大的不同，是進一步將士大夫的生活情趣展現在詞中。

宋代文人對茶的喜好或熟悉，大概與政治也有關。《宋史‧范質傳》記載：

> 宰相見天子議大政事，必命坐面議之，從容賜茶而退，唐及五代猶遵此制。及質等憚帝英睿，每事輒具劄子進呈，具言曰：「如此庶盡稟承之方，免妄庸之失。」帝從之。由是奏御寖多，始廢坐論之禮。〔註115〕

先是宋太祖廢去君臣間坐談賜茶的古禮，而後據蔡絛《鐵圍山叢談》記載：「國朝儀制：天子御前殿，則群臣皆立奏事，雖丞相亦然。後殿曰延和、曰邇英，二小殿乃有賜坐儀。既坐，則宣茶，又賜湯，此客禮也。」〔註116〕有資格到延和殿、邇英殿接受賜茶，是皇帝給的殊榮，可見喝茶一事，本與政治有關，至宋代賜茶又成爲文人難得的恩榮，無形中成爲一種特殊的政治行爲。

在娛樂應酬場合間，喝茶也成爲盛事。當時的歌妓需懂得「分茶」，陶穀《清異錄‧茗荈門‧茶百戲》記載：「茶至唐始盛，近世有下湯運匕，別施妙訣，使湯紋水脈成物象者，禽獸蟲魚花草之屬，纖細如畫，但須臾即散滅，此茶之變也，時人謂之茶百戲。」〔註117〕這種能將茶湯表面勾勒出圖案的技藝，就是分茶。除此之外，茶也往往是醒酒必要之物，故席間歌妓送茶、分茶等便也成了詞之題材，如毛滂《蝶戀花‧送茶》：「七琖能醒千日臥。扶起瑤山，嫌怕香塵涴。醉色輕鬆留不可。清風停待些時過」〔註118〕、《西江月‧侑茶詞》：「席上芙蓉待暖，花間騕褭還嘶。勸君不醉且無歸。……留連能得

頁183～209。

〔註115〕見（元）脫脫等撰：《宋史》，收入《百衲本二十四史》，頁22186。

〔註116〕見（宋）蔡絛撰，馮惠民、沈錫麟點校：《鐵圍山叢談》（北京：中華書局，1983年9月），卷1，頁20。

〔註117〕見（宋）陶穀：《清異錄》（浙江大學圖書館藏《欽定四庫全書》）卷下，頁60。

〔註118〕見《全宋詞》，冊2，頁679。

幾多時。兩腋清風喚起」〔註119〕；王之道《西江月・和董令升燕宴分茶》：「指點紅裙勸坐，招呼巖桂分香。看花不覺酒浮觴。醉倒寧辭鼠量」〔註120〕等詞，都描寫了文人在歌筵舞席間，與歌妓飲茶作樂的情景。

這類詞在蘇軾、黃庭堅、秦觀等人的作品中，也仍多少出現，但將飲茶跳脫出歌妓與宴席，轉回品茶本身這件較爲高雅的事情，還是蘇軾、黃庭堅先開始的。如蘇軾第一首茶詞〈西江月・送建溪雙井茶谷簾泉與勝之，徐君猷家後房，甚慧麗，自陳敘本貴種也〉如下：

龍焙今年絕品，谷簾自古珍泉。雪芽雙井散神仙。苗裔來從北苑。

湯發雲腴釅白，琖浮花乳輕圓。人間誰敢更爭妍。鬥取紅窗粉面。

〔註121〕

詞作轉向寫茶之產地，泡茶應用之泉水，以及茶香、茶色等，流露出對好茶的讚賞，也細細品味了此茶的特色。這是將茶從題材中的配角變爲主角，而有詠物之傾向。再看蘇軾另有一首茶詞〈行香子・茶詞〉：

綺席纔終。歡意猶濃。酒闌時、高興無窮。共誇君賜。初拆臣封。看分香餅。黃金縷。密雲龍。　鬥贏一水。功敵千鍾。覺涼生、兩腋清風。暫留紅袖。少卻紗籠。放笙歌散。庭館靜。略從容。〔註122〕

此詞作於元祐四年（1089）杭州，蘇軾復起用，得御賜的密雲龍茶，然後又用以款待客人。據王辟之《澠水燕談錄》記載，此茶是：「仁宗尤所珍惜，雖宰臣未嘗輒賜，惟郊禮致齋之夕，兩府各四人，共賜一餅。……八人分蓄之，以爲奇玩，不敢自試，有嘉客，出而傳玩。」〔註123〕沈雄《古今詞話・詞辨》又記載：「秦、黃、張、晁爲蘇門四學士。每來，必命取密雲龍供茶，家人以此記之。」〔註124〕這種罕見的賜茶，在當時文人心中是種殊榮，且必以之招待特別的客人。可見茶在當時文人心目中，已不是一種單純愉悅感官、交際應酬的飲料，而是一種飲食文化，融入了文人的日常生活與政治生活，因而作爲詞作中的題材，也逐漸有了改變。

〔註119〕見《全宋詞》，冊2，頁680。
〔註120〕見《全宋詞》，冊2，1150。
〔註121〕見《蘇軾詞編年校注》，中冊，頁445。
〔註122〕見《蘇軾詞編年校注》，中冊，頁599。
〔註123〕見（宋）王闢之：《澠水燕談錄》（浙江大學圖書館藏《欽定四庫全書》），卷8，頁5右。
〔註124〕見（清）沈雄：《古今詞話》，收入《詞話叢編》，頁929。

至於黃庭堅的茶詞，如〈阮郎歸・茶詞〉：

> 摘山初製小龍團。色和香味全。碾聲初斷夜將闌。烹時鶴避煙。　消滯思，解塵煩。金甌雪浪翻。只愁啜罷水流天。餘清攪夜眠。〔註125〕

〈阮郎歸・茶詞〉：

> 黔中桃李可尋芳。摘茶人自忙。月團犀胯鬥圓方。研膏入焙香。　青箬裹，絳紗囊。品高聞外江。酒闌傳碗舞紅裳。都濡春味長。〔註126〕

〈品令・茶詞〉：

> 鳳舞團團餅。恨分破、教孤令。金渠體淨，隻輪慢碾，玉塵光瑩。湯響松風，早減了、二分酒病。味濃香永。醉鄉路、成佳境。恰如燈下，故人萬里，歸來對影。口不能言，心下快活自省。〔註127〕

這三首茶詞基本上也跳脫出歡宴場合，品茶成爲主要吟詠的對象。同時，也指出了茶不再只是醒酒、佐歡之用，而是喝了之後，能從其清淡之味中獲得「消滯思，解煩塵」、「心下快活自省」等精神層次的享受、提升，顯現出茶在文人生活中，成爲了雅緻寧靜的精神象徵。秦觀也有〈滿庭芳〉(北苑研膏)、〈滿庭芳・茶詞〉〔註128〕兩首茶詞，也是跳脫宴會，以玩味品茗爲主。

二、禪的文人化與滲入文人生活

另一個與文人化相關的題材轉變，與「禪」有關。「禪」的概念，主要來自於禪宗，禪宗的始祖爲天竺人達摩，其教義的一大特色，就是不立文字與儀式，強調個人的本心與修為，注重開悟。禪宗在南北朝時流傳到中國來，經過長期演變，也與中國文化產生密切關係。傅樂成指出：

> 禪宗思想，與天竺的佛教思想頗不相同；與法相宗的科學思辨，更不相類。倒是與儒家和老莊思想，某些地方有相近之處。禪宗思想的光大，可以說是佛教史上的一大革命。它使佛教從繁文縟節，繁瑣的思辨和天竺的形式中解放出來，加以簡易化和中國化。前期的法相宗，因崇尚細密的思辨，其宗派又淵源於天竺，因此其工作著重於留學和佛經的翻譯。到禪宗昌盛，佛徒們大規模的譯經和留學的狂熱，都告終止；繼之而起的，是生活的體驗和心性的講求。這

〔註125〕見《山谷詞校注》，頁177。
〔註126〕見《山谷詞校注》，頁178。
〔註127〕見《山谷詞校注》，頁73。
〔註128〕見《淮海居士長短句箋注》，頁132、141。

種思想，可以說是宋代理學的先驅。〔註129〕

由於禪宗的重點在於人之本心，不要求繁苛的修行，而要從生活中體悟，故一般人也可以在家修持。此外，龔鵬程指出，唐代出現大批詩僧，與文人交遊密切，唐末法眼文益禪師〈宗門十規論〉還提倡禪家尚文、去俗，而有了文士化的傾向，也使得禪宗迅速進入士大夫階層，成爲士大夫文人的夥伴。〔註130〕禪宗文化由是滲入文人階層與生活，到宋代此一情形仍方興未艾，張玉璞指出：

> 所謂不必坐禪、「不由在寺」、「悟禪」於人倫日用等修行方式的轉變，使佛教發生了根本性的轉向，由出世轉爲入世，從彼岸回到此岸，人間煙火味越來越濃……佛教的這種世俗化轉向及簡便易行的修行方法，爲宋代士大夫文人在佛教義理的沉潛中獲得精神的超越大開了方便之門。在宋代，禪宗發展到鼎盛時期，也是爛熟時期。禪宗義理已成爲士大夫文人學養的一個重要組成部分，他們或奉佛參禪，或與名僧交往，或作禪詩，或談譏諷，佛教已滲入到文人生活的各個領域，成了他們自得其樂的精神食糧和公共交往不可或缺的文化時尚。〔註131〕

可見因爲禪宗使佛教轉型，能更加滲入人的生活，加上其禪理與道家、理學多有相通之處，故能受到文人的重視。同時，宋代文人講究「通才」，注重全方位的內涵，除了文學、藝術、政治思想外，佛、道、理學等皆有所涉獵研究，這些學說中的哲理，不僅能與文人生活產生連結，也能運用在文學、繪畫、書法當中，因此以詩詞寫禪、以圖繪禪等，也很常見。文人們或常與佛僧來往，參禪論佛，在尋找人生的價值意義時，佛理也往往能夠作爲依據和信仰。

蘇軾之禪詞，多反映出他對禪理的領悟，像〈如夢令・元豐七年十二月十八日浴泗州雍熙塔下，戲作如夢令兩闋。此曲本唐莊宗製，名憶仙姿，嫌其名不雅，故改爲如夢令。莊宗作此詞，卒章云：「如夢。如夢。和淚出門相送。」因取以爲名云〉：

〔註129〕見傅樂成〈文化與宋型文化〉，收入《漢唐史論集》（臺北：聯經出版公司，1987年）頁355～356。

〔註130〕見龔鵬程：《文化符號學》（臺北：臺灣學生書局，2001年2月），第三卷，第一章，頁368～369。

〔註131〕見張玉璞：〈宋詞中的佛因禪緣〉（《齊魯學刊》，2007年1月）頁78。

水垢何曾相受。細看兩俱無有。寄語揩背人，盡日勞君揮肘。輕手。輕手。居士本來無垢。

〈如夢令・同前〉：

自淨方能淨彼。我自汗流呀氣。寄語澡浴人，且共肉身遊戲。但洗。但洗。俯爲人間一切。〔註 132〕

從詞序可知此二詞作於元豐七年（1084）泗州。根據劉攽《中山詩話》記載：「泗州塔，人傳下藏眞身，後閣上碑道興國中塑僧伽像事甚詳。退之詩曰：『火燒水轉掃地空。』則眞身焚矣。塔本喻都料造，極工巧。」〔註 133〕雍熙塔也叫泗州塔，是爲了紀念唐代的僧伽大師而建立的，當時相傳寺內有僧伽大師的眞身舍利。東坡在此塔沐浴禮佛，因而作了這兩首詞。

前首將八解脫法門比喻成浴池，用以洗滌自己的心靈，再以七種淨德比喻成布滿浴池中的七淨華，能達到八解脫與七種淨德，即爲無垢人。此處的「居士」既指維摩詰居士，其實也是期望自己能達到的境界。後首則延續前首，爲自度度人之意。

再看黃庭堅的〈漁家傲〉：

三十年來無孔竅。幾回得眼還迷照。一見桃花參學了。呈法要。無絃琴上單于調。　摘葉尋枝虛半老。拈花特地重年少。今後水雲人欲曉。非玄妙。靈雲合被桃花笑。〔註 134〕

整首詞都用了典故以說禪，並說明回歸本心之重要。開頭兩句，據《景德傳燈錄》記載：「福州靈雲志勤禪師，本州長谿人也。初在潙山，因見桃花悟道。有偈曰：『三十年來尋劍客，幾回葉落又抽枝。自從一見桃花後，直至如今更不疑。』」〔註 135〕此處是說福州靈雲志勤禪師經過三十年的修行功夫，某日見桃花而突然悟道。而《佛國記・得眼林》則記載：「精舍西北四里有榛，名曰『得眼』。本有五百盲人，依精舍在此。佛爲說法，盡還得眼。盲人歡喜，刺杖著地，頭面作禮。杖遂生長大，世人重之，無敢伐者，遂成爲榛，是故以

〔註 132〕見《蘇軾詞編年校注》，中冊，頁 546～549。

〔註 133〕見（宋）劉攽《中山詩話》，收入（清）何焕：《歷代詩話》（北京：中華書局，1981 年 4 月），上冊，頁 292。

〔註 134〕見《山谷詞校注》，頁 80。

〔註 135〕見（宋）釋道原：《景德傳燈錄》（成都：成都古籍書店，2000 年 1 月），卷 11，頁 192。

『得眼』爲名。」〔註 136〕黃庭堅在此把兩個典故合用，意指修道之難。「無弦琴上單于調」用陶淵明典故，相傳陶淵明不解音律，但有一把無弦之琴，每每喝酒後，就撫琴相和曰：「但識琴中趣，何勞弦上聲」。無弦之琴能發出〈單于〉曲調，那自然是心中的神會和感悟了。下片「摘葉尋枝」是用《五燈會元‧保寧仁勇禪師》中的典故：「摘葉尋枝即不問，如何是直截根源？師曰：『蚊子上鐵牛』。」〔註 137〕禪宗講究「見性」，也就是強調自己往內尋求本心與修爲。「拈花」也是用典，《五燈會元‧釋迦摩尼佛》：「世尊在靈山會上，拈花示眾。是時眾皆默然，唯迦葉尊者破顏微笑。世尊曰：『吾有正法眼藏，涅槃妙心，實相無相，微妙法門，不立文字，教外別傳，付囑摩訶迦葉。』」〔註 138〕此處用典仍是強調回歸本心。

另二首寫禪之詞〈南歌子‧東坡過楚州，見淨慈法師，作〈南歌子〉。用其韻，贈郭詩翁二首〉，是和蘇軾之作，如下：

> 郭大曾名我，劉翁復見誰。入塵還作和鑼槌。特地干戈相待使人疑。
> 秋浦橫波眼，春窗遠岫眉。普陀巖畔夕陽遲。何似金沙灘上放憨時。
>
> 萬里滄江月，清波說向誰。頂門須更下金槌。祇恐風驚草動、又生疑。　金雁斜妝頰，青螺淺畫眉。庖丁有底下刀遲。直要人牛無際、是休時。〔註 139〕

蘇軾原唱之〈南歌子〉，據說有一段本事，胡仔《苕溪漁隱叢話‧戲詞》引《冷齋夜話》記載：

> 東坡鎮錢塘，無日不在西湖。嘗攜妓謁大通禪師，師慍形於色。東坡作長短句，令妓歌之曰：「師唱誰家曲，宗風嗣阿誰。借君拍板與門槌。我也逢場作戲、莫相疑。溪女方偷眼，山僧莫皺眉。卻愁彌勒下生遲。不見老婆三五、少年時。」時有僧仲殊在蘇州，聞而和之……〔註 140〕

蘇軾本性詼諧，此詞以戲謔卻又富有禪機的方式寫成，後來流傳甚廣，引起

〔註 136〕見（晉）法顯撰，郭鵬譯《佛國記注譯》（長春：長春出版社，1995 年 2 月），頁 58。

〔註 137〕見（宋）普濟：《五燈會元》（北京：中華書局，1984 年 10 月），上冊，頁 10。

〔註 138〕見《五燈會元》，下冊，頁 1237。

〔註 139〕見《山谷詞校注》，頁 157～160。

〔註 140〕（宋）胡仔：《苕溪漁隱叢話》（北京：人民文學出版社，1962 年 6 月），前編卷 57，頁 393。

僧仲殊、黃庭堅等人和詞。在當時，雖也有詞人以詞寫佛理，如王安石也有好幾首寫佛理的詞，像〈南鄉子〉（嗟見世間人）、〈望江南‧歸依三寶讚〉四首，但寫的方式其實如同佛家偈語，而蘇軾此詞則是寓機鋒於遊戲之中，則更符合文人的興味，又能使僧侶也會心一笑。黃庭堅所和的這二首詞，也有仿效蘇軾的痕跡，寓了禪機哲理在其中，但又不似一般的禪理嚴肅。第二首〈南柯子〉中的「庖丁有底下刀遲，直要人牛無際、是休時」用的是莊子「庖丁解牛」之典，更是除了禪理，還融入道家的哲理。吳靜宜認為：「黃庭堅的禪觀屬於如來藏，強調『世態已更千變盡，心源不受一塵侵』（〈次韻蓋郎中率郭郎中休官二首〉），故而其詩歌之禪理，亦著重於本心的追求。」〔註141〕由上述詞作看來，「著重於本心的追求」也同樣適用形容其禪詞。

李之儀亦有一首與禪有關的詞〈減字木蘭花‧次韻陳瑩中題韋深道獨樂堂〉：

> 觸塗是礙。一任浮沉何必改。有個人人。自說居塵不染塵。　謾誇千手。千物執持都是有。氣候融怡。還取青天白日時。〔註142〕

此首為和詞，原唱陳瑩中之詞為：

> 世間拘礙。人不堪時渠不改。古有斯人。千載誰能繼後塵。春風入手。樂事自應隨處有。與眾熙怡。何似幽居獨樂時。〔註143〕

可以看出李之儀和陳瓘（字瑩中）的唱和，就像日常聊天一樣地融入了禪理，雖然沒有什麼傑出的悟道，卻可說明當時的文人，應該是相當習慣在日常生活中談到禪，並逐漸寫入詞中。

蘇門其他詞人雖較無這類禪詞，但是從前面蘇軾的禪詞來看，可知其擅於將禪理融入於生活之中，故不論是沐浴有感，或與僧師交往，都能處處見譏鋒。黃庭堅之禪詞則是展現他本人的禪宗觀點，講究本心，也注重生活中的修為。李之儀則是生活中與人以詞論禪，這些都是將禪宗清淡悠遠的哲理融入文人生活中，並改變了詞作內容的例子。

龔鵬程認為，唐代是一個崇尚文學的時代，因此各社會階層也都有向文人、詩人靠攏的現象，詩僧之出現如此，禪宗本不立文字，但在唐代也逐漸

〔註141〕見吳靜宜〈黃庭堅詩歌中的茶禪生活美學〉（台北：「佛教思想與文學」國際學術研討會會議論文，2008年11月）頁350。

〔註142〕見《全宋詞》，冊1，頁349。

〔註143〕見《全宋詞》，冊2，頁631。

有尚文、尚詩以促使教義盛行的情形。在六祖慧能時期，偈詩都少詩趣，只有理語，至於開悟詩，要到晚唐才充滿詩情。〔註144〕禪理、頌偈本來就常以詩之形式流傳，但如果只是單純將禪理用詩的形式呈現，僅是換湯不換藥，將詩體作為宣揚禪理的工具；但後來開始呈現出詩體的風格特色，或者融入詩人個人的體悟，這便是有文學化的傾向了，但這樣的文學化，通常需仰賴文人。而宋代除了禪詩，禪詞之寫作也從北宋開始，如王安石〈南鄉子〉：「作麼有親疏。我自降魔轉法輪。不是攝心除妄想，求眞。幻化空身即法身」〔註145〕、〈望江南〉：「歸依法，法法不思議。願我六根常寂靜，心如寶月映琉璃。了法更無疑」〔註146〕，這樣的禪詞比較接近道理教義的闡述，但蘇、黃等人之禪詞，則融入了較多個人的機鋒和悟道，或者使用典故，禪理就與文學、文人之關係，也就更為緊密的結合。

除此之外，以上這類以茶、禪為題材之詞作，相較於傳統詞作所顯示出的富貴昇平生活，與男女豔情的描寫，這類題材顯示的是文人生活清淡悠遠的一面，且顯然這樣的生活情調在他們心中，才較為高雅。傅樂成的〈唐型文化與宋型文化〉，曾提出「唐型文化」與「宋型文化」兩大概念，並透過比較的方式，來說明這兩種文化的內涵，認為「唐代文化以接受外來文化為主，其文化精神及動態是複雜而進取的」、「到宋，各派思想主流如佛、道、儒諸家，已趨融合，建成一統之局，遂有民族本位文化的理學產生，其文化精神及動態亦轉趨單純與收斂。」〔註147〕南宋趙希鵠則說：

> 人生一世如白駒過隙，而風雨憂愁輒居三分之二，其間得閒者纔三之一分耳，況知之而能享用者又百之一二，於百一之中又多以聲色為受用，殊不知吾輩自有樂地，悅目初不在色；盈耳初不在聲。嘗見前輩諸老先生多畜法書、名畫、古琴、舊硯，良以是也。明窗淨几羅列，布置篆香居中，佳客玉立相映。時取古人妙跡，以觀鳥篆蝸書，奇峰遠水。摩娑鐘鼎，親見商周。端硯湧巖泉，焦桐鳴玉佩。不知人世所謂受用清福，孰有踰此者乎？是境也，閬苑瑤池，未必是過，人鮮知之，良可悲也。〔註148〕

〔註144〕見龔鵬程：《文化符號學》，第三卷，第一章，頁368～369。
〔註145〕見《全宋詞》，冊1，頁206。
〔註146〕見《全宋詞》，冊1，頁207。
〔註147〕見傅樂成：〈唐型文化與宋型文化〉，收入《漢唐史論集》，頁380。
〔註148〕（宋）趙希鵠：《洞天清錄集・序》（杭州：浙江人民美術出版社，2016年1月）頁3。

這段文字記載了一種屬於文人的生活情趣，書法、名畫等能帶來一種賞玩的閒趣、清福，擺脫了物本身的實用性、功能性，轉而觀察、玩味其美感和韻味。

從趙希鵠這段話中，也顯示出一個情況，宋代士階層中所崇尚的生活美學，有一個重要的主流，就是「清淡」，而何謂「清淡」？首先，「清淡」與「穠麗」、「華麗」、「豔麗」、「精美」、「濃膩」等皆爲對舉，顯現的是一種自然、平靜、淡遠的感受。例如以繪畫來說，從唐代金碧輝煌的大幅壁畫，轉爲宋代淡雅質樸的小幅捲軸，落筆的色調、景物也不繁複，轉而爲簡單、淡遠的意境。如果這種「清淡」呈現在生活當中，則也是以自然、簡單、平淡爲主，鮮少華麗繁複的成分。當然，「清淡」並不等於淡而無味，而是淡然背後那種悠遠的餘味，能夠細細、反覆的咀嚼，耐人尋味。而能具體表現這種「清淡」的詞作，多半在詞人的情緒、心境上，是表現出閒適、自得之感；若描物狀景，則是從平淡的景物中反覆賞玩，發現趣味，或呈現無盡的餘味。這也可說是傅樂成認爲宋型文化的精神轉趨「單純與收斂」的具體呈現。

另一方面，這種「清淡」美學也和文人階層的轉變有關，從唐代中期以來，門第世族逐漸沒落，而宋代眞正落實了以科舉取士，故士階層不再是世族的天下，如同劉方指出：

> 宋型文化的一個突出的新的特徵，就是作爲文化傳承與創造的主體士大夫群體的社會構成發生了根本轉型。寒門、庶族士子成爲士大夫群體主體成分，並且成爲宋代權力核心的主體成分。政治家、學者兼詩人（文學家）成爲宋代士大夫群體的總體特徵。這一具有平民文化與淑世精神的新的文化主體，使宋代美學出現了一系列的新變：一方面作爲平民文化折光的推崇平淡、平易的審美趣味的思想成爲美學主流。〔註149〕

這裡指出了一個現象，也就是因爲形成士階層的知識份子是來自於社會各角落，屬於平民那種推崇清淡的傾向也在士階層中成爲主流。魏晉南北朝與中唐以前，由於士族門閥還未沒落，所以當時的士階層所流行的生活美學，偏向華麗，與宋代的「清淡」也形成了不同的對比。而「清淡」除了受市民階層興起的影響，另一方面，也與理學的興起有關。故宋代士階層中，在文學、

〔註149〕劉方：《宋型文化與宋代美學精神》（成都：巴蜀書社，2004年8月），頁5。

繪畫、書法甚至飲食方面，都流行著以「清淡」爲基底的美學，生活中，也是以清淡爲尚。而與文人生活密切相關，又和清淡有關者，便是茶、禪，自然較先成爲男女之情以外，又與文人相關的題材，被寫入詞中。

第四節　文人化的創作方式

一、創作主體的內在轉變：文人群的創作主體失位走向復位

詞在五代與宋初，所流行的典型，多半是像以溫庭筠爲代表的類型，是「男子而作閨音」，所以代言性質強大，文人創作者本身的情志，很少出現在詞中，是與作者不切身的「泛意」；題材方面，則以男女之情、風花雪月爲多，是一種「泛題」的「類型性題材」；語言修辭方面，也多爲白描，少用典實；音律方面，更是講求協律。〔註150〕這樣的寫作方式，或稱之爲「花間詞」、「婉約詞」等，多半被認爲是詞之「傳統」或「本色」，具有典範的意義。這種典型的詞作，如果從作者或創作主體的角度去看，會發現其中關於作者本身的情志，是不明顯，甚至被隱匿了。顏崑陽教授認爲：

> 用淺白的日常生活語言描寫非作者個人或時代群體切身經驗的「類型性題材」，尤其是「男女綺怨」，並以之爲應歌娛樂之用。這樣的寫作，所顯示的正是「創作主體失位」，也就是在這種新興「倚調填詞」的寫作活動中，由情性、道德、學識所構成的「創作主體」失去他應有的本位了。而「詞」也只是一種歌樓酒館間供人娛樂的「消費品」而已。〔註151〕

此確實爲早期詞創作的一大特色，也正由於早期詞多只是「倚聲塡詞」的娛樂生產，作者經常不是在有所感發的狀況下去創作，故出現這種「創作主體失位」的情形。

不過，當詞進入文人手中發展一段時間後，或因個人才性、際遇之不同，便可能產生變化，「創作主體」的影子也不見得能夠一直隱匿，如從韋莊的詞中，能夠看出他本人的愛情故事；從李後主的詞中，能看出他國破家亡的憾

〔註150〕見顏崑陽教授：〈宋代「以詩爲詞」現象及其在中國文學史論上的意義〉，頁316。

〔註151〕見顏崑陽教授：〈宋代「以詩爲詞」現象及其在中國文學史論上的意義〉，頁318。

恨哀愁；從柳永的詞中，亦能看見他本人的情事，但是這些部分，多還是圍繞著詞本來的婉約形式以及「泛題」的方式呈現。所以作者本身的情志，還不夠明顯，或僅能呈現出作者片面的情感，例如作者的愛情，或某些模糊的人生哲理（如晏殊、歐陽修之詞，偶然會呈現出他們的人生態度或感悟）。一直到蘇軾較爲大量的「以詩爲詞」以後，創作主體的情志、意識等，才眞正鮮明起來，和溫詞大異其趣，由代言改爲自抒，「泛題」轉向「殊題」，並開始使用典故，對於協律的要求也不再嚴謹。顏崑陽教授說：

> 東坡「以詩爲詞」的「新典範」，正好相反，用來自學識的歷史語言去描寫作者個人或時代群體的切身經驗，並以之抒發自我所感所思之情志。這樣的創作，相對於前者「創作主體失位」，正好是「創作主體復位」。而使得詞這種新體的韻文，回歸到中國傳統詩歌本質、功能上。〔註 152〕

因此，從溫庭筠到蘇軾，有一連串漸變的過程，是從「創作主體失位」走向「創作主體復位」，但蘇軾這樣的「創作主體復位」雖不是突然，卻也是一種大躍進，此中的原因，或可分爲環境因素與文人意識因素兩種。

（一）環境因素

北宋從「慶曆黨爭」以後，黨爭便越演越烈，蘇軾與蘇門詞人也無可避免地牽涉其中。他們在遭遇挫折，或者有了被誤解、打擊的感覺，心中必然有許多情緒需要表達、宣洩，在這個情況下，適合抒情之詞體，便常常成爲創作之選擇。同時，逆境往往是促使創作的動因，蘇軾被貶謫黃州期間，開始大量創作詞；晁補之在被罷湖州和退居故鄉時的詞作，成就較高；黃庭堅被貶黔州後，詞風有了相當大的轉變，不再是早年那種俗豔的詞作；秦觀被貶，詞作則越發淒厲。貶謫也影響了「隱逸」的創作，因而追根究底，正因他們身爲文人，共同面臨了文人階層會遇到的問題，進而變影響了詞作。

（二）文人意識因素

詩歌能夠「吟詠情性」，而我們看到蘇軾與蘇門詞人，將過往只會出現在詩歌中的題材，例如貶謫不遇、隱逸、茶禪等，這種更和一己生活，以及一己身爲文人的生活切身相關的題材，也寫在詞作中了，其實也正是以詞作爲

〔註 152〕見顏崑陽教授：〈宋代「以詩爲詞」現象及其在中國文學史論上的意義〉，頁 318。

「吟詠情性」、「抒情」、自敘之用，這種狀況也可稱爲「以詩爲詞」或「詩化」，而這樣的發展，其中關鍵的因素，與文人的潛在意識有關。顏崑陽教授將「以詩爲詞」這種「創作主體復位」的原因，歸之爲文人的「詩文化母體意識」。所謂「詩文化母體意識」，是將「詩母體」作爲一切韻文形式體製的「正典基型」、一切韻文語言的「正典體式」、一切韻文內容情志的「正典價值」。也就是說，騷、賦、詞、曲等韻文，雖然各爲不同的文體，但一定具備了「詩母體」的「正典基型」，以詩作爲源頭；「正典體式」則是語言要「典雅」；「正典價值」是孔子所謂的「思無邪」，也就是「發乎情，止乎禮義」。〔註 153〕宋人在詩的創作，比唐人有過之而無不及，加以儒學思想重獲重視，「詩教」思想自然也影響了文人，產生「詩文化母體意識」。不過，蘇軾與蘇門詞人在創作的時候，不一定是有意或相當自覺的「以詩爲詞」，因爲他們本身沒有相關的詞論或記載，說明自己的創作理論，即便像李之儀有自己的詞觀，但其內容多是對蘇軾「以詩爲詞」提出評論，進而論述詞體應當有的規範。既無明確的詞論，可以證明蘇軾與蘇門詞人自己是有意的「以詩爲詞」，但此一現象又確實產生了，那麼原因爲何？顏崑陽教授認爲這是「詩文化母體意識」隱性的影響：

> 這種文化意識，依藉傳統的「詩教」深入於人心。當其潛在心靈深處，即成知識份子文化性格的一部份，雖或不自覺，但自然發用於「詩文化行爲」上：我們可稱之爲「隱性詩文化母體意識」，當其浮現在語言、思維的表層，即爲概念性的言說；我們可稱之爲「顯性詩文化母體意識」。宋代「以詩爲詞」，在起始的階段，並沒有理論的提倡，而是在創作實踐中，自然而爲之。何以如此？其動力應是詞人「隱性詩文化母體意識」的發用。以東坡爲例，宋人對於東坡爲什麼會「以詩爲詞」，多從「根於性情」去解釋……作詞而以「自抒情志」的態度爲之，正合於詩此一「正典母體」所涵的精神。但東坡未於概念層言說之，應該是他「隱性詩文化母體意識」的發用。〔註 154〕

〔註 153〕見顏崑陽教授：〈宋代「以詩爲詞」現象及其在中國文學史論上的意義〉，頁 319。

〔註 154〕見顏崑陽教授：〈宋代「以詩爲詞」現象及其在中國文學史論上的意義〉，頁 320。

綜上所述，我們可知北宋文人的處境、創作習慣、潛在的「隱性詩文化母體意識」，都影響了詞作的改變，「以詩為詞」是一種創作的手法，但是促成這種創作手法的產生，卻是由於文人階層的特性使然。

此外，創作主體，也就是作者本身，其自我在作品中是否隱沒或彰顯，也和文人這個階層或群體有關。如龔鵬程認為，在漢代以前，流行的是「神聖性作者觀」，亦即像六經等著述，都是先聖之道，不可輕易更改，後人只是敘述、闡明此一聖賢之道的「述者」，例如「孔子述而不作」這樣的看法。直到荀子、韓非子破除了作品的神聖性以後，要求自己來做新聖，於是作品逐漸被「個人化」，作者也不再具有崇高的神聖性。因此，在漢朝，作者世俗化之後，「文人」這一流品就出現了。此時，作者的創作之源變成了自己，著作也變為相當個人化的東西，這是「神聖性作者」轉變成「著作權式作者」。因此整個文人寫作傳統，大體上是以所有權式作者觀作為主導的。〔註155〕因為漢代以來確立的著作權式作者觀，文人有了獨立創作的能力，這種作者觀又主導著文人階層，那麼在這樣的意識影響下，當一文體進入到文人手中，即便其本來是作者隱匿或代言的性質，也可能向具有作者特性與自抒的性質轉變。因此，從整個詞的發展過程來看，「創作主體復位」或「著作權式作者觀」之「文人化」的轉變或許本來就早晚會出現，而蘇軾與蘇門詞人，身兼文學家與官員，既是做為有能力的作者，又加上黨爭的催化，正好是促成詞「文人化」的關鍵人物。

二、詞作形式的外在轉變：語言修辭和風格的變化

（一）「白描」轉向「用典」

詞的文人化，在修辭上也有很大的改變，特別是在用典這一方面。根據前面顏崑陽教授所提出的溫詞典型與蘇詞典型，其中有一很大的不同，即是白描轉為用典。早期的詞，多為直接的描景狀物、直陳其事，有時運用比喻，但很少運用典故。關於「用典」，亦即將前人所發生過的歷史事實，使用過的古代詞彙等，運用在作品當中，作為修辭或「援古證今」的方式。用典大約是從漢代開始，在南朝蔚為風氣，並在文學中成為一種特殊的修辭方式。李翰認為：「文人制作用典，起因大要不過三端：一是思想上之宗經；二是寫作

〔註155〕見龔鵬程：《文化符號學》，第一卷，第一章，頁23～41。

取源之需要；三是寫作藝術之要求。」〔註 156〕雖然後來文人用典，並不見得與宗經有關，但是廣博的閱讀經史典籍，確實是寫作的取來來源。顏崑陽教授說：

> 詩除了感性，還必須加上理性與知性，才能更具意義。嚴羽《滄浪詩話》:「詩有別材，非關書也；詩有別趣，非關理也；然非多讀書、多窮理，則不能極其治。」作詩的基本能力，雖然要以感性的直覺爲基礎，但在創作之前的預備修養，卻須要知性與理性的訓練，這就是學和才的相濟。如此，才能使作品達到更高的階段。故《文心雕龍》云:「文章由學，能在天資。才自內發，學以外成。」學詩除了要有靈敏的感性之外，還是需要透過讀書學習，使語言及文化素養更豐富。〔註 157〕

也就是說，文學的創作不能僅有感性，也須有理性的思維，和學習前人的作品、知識作爲基礎。雖然鐘嶸《詩品》認爲:「吟詠性情，亦何貴於用事？」但沒有讀書作爲基礎，詩歌也難以發展，故杜甫說:「讀書破萬卷，下筆如有神」即是如此。

如前所述，蘇軾「以詩爲詞」在創作詞上的轉變，是受了「隱性詩文化母體意識」的影響，那麼詩歌中的用典修辭法，自然也會影響到詞，爲詞帶來新的創作方式。同時，用典亦爲文人的特殊修辭方式，相對民間文學，或早期的詞來說，由於讀者是大眾，或是知識程度較不高的歌妓，故創作多以白描爲主，若是用典，可能過於艱澀。但對飽讀詩書的文人而言，用典就像他們約定俗成好的特殊語言，看到典故，便可知作者背後的意涵，或者作爲某種事類、情緒的象徵。前面也提到，宋代文人是注重文學和學術並兼的，受到理學思潮的影響，理性思維也會自然的浸潤在文學創作中。在蘇門詞人中，秦觀的詞作風格偏向傳統，故少用典故，可是蘇軾、黃庭堅、晁補之、李之儀等人，卻是經常用典的。蘇、黃、晁的隱逸詞中，常見陶淵明與其〈歸去來辭〉，這便爲文人間的共同心聲、共同語言。而李之儀的詞作中不乏使用典故，其詞論也推崇用典，他說:「晏元獻、歐陽文忠、宋景文，則以其餘力

〔註 156〕見李翰：〈魏晉六朝用典論及沈約「三易」說的批評史意義〉，收入黃霖、周興錄主編：《視角與方法——復旦大學第三屆中國文論國際學術研討會論文集》（南京：鳳凰出版社，2013 年 8 月），頁 396。

〔註 157〕見顏崑陽教授：〈談詩歌用典的價值與方式〉，《南廬詩刊》第 9 期（1986 年 7 月），頁 21～22。

游戲，而風流閒雅，超出意表，又非其類也。諦味研究，字字皆有據，而其妙見於卒章，語盡而意不盡，意盡而情不盡，豈平平可得彷彿哉！」〔註 158〕李之儀所謂「字字皆有據」包括了化用前人詩句以為己詩的意思，但基本上也包含了使用典故，〔註 159〕並認為「字字皆有據」是促進寫作的好方式。而「少故實」的秦觀，也有〈點絳唇〉（醉漾輕舟）寫陶淵明《桃花源記》之典故，或在〈南鄉子〉（妙手寫徽眞）以宋玉自比，基本上用典是文人不可能避免的修辭方式。

因此，可見「用典」是屬於文人階層的特殊修辭方式、共同的語言，在詞被文人創作已久，蘇軾又「以詩為詞」的情況下，詞的修辭方式又多了「用典」，僅白描的方式逐漸變少，這也是蘇軾與蘇門詞人對詞文人化的一大推進。

（二）類型化風格趨向多元風格

蘇軾之詞，過去往往會提到他的風格一改傳統之「婉約」為「豪放」。然實際上蘇軾之詞並不只豪放一種，且「豪放」只是相對於「婉約」而來，而歷來之詞作，也並非僅有這兩種風格。

顏崑陽教授認為，「風格」分成「人格風格」和「語言風格」，「人格風格」意指「作者的道德精神生命依藉語言所展現的整體人格風貌」、「凡是文學作品由作者以『精神表式』所具現出來的那種風貌」〔註 160〕；而「語言風格」，則是：

> 「語言風格」所指涉的是作品語言本身，由於作者運用修辭技巧、形式結構所書寫的題材，例如景物、事件、情理，從而表現的形色意象，以及音、韻等質素所表現的聲音意象，整合而成的美感形相。……它與作者的精神人格無關，而純是由作品語言的物質形式

〔註 158〕見《姑溪居士全集》（浙江大學圖書館藏《欽定四庫全書》）卷 40，頁 3。

〔註 159〕黃雅莉認為：「『字字皆有據』，即字字有來歷，善用前人語，要求作者將前人詩文中的成語典故，經過一番改造加工，使之成為自己作品中的語言，用來表達一種特定的意蘊。……李之儀評晏、鷗、宋『字字有據』的論述，其實也就是李清照詞『尚故實』的觀點。」見黃雅莉〈李之儀詞學觀在宋代詞論中的位置〉（《東華人文學報》第九期，2006 年 7 月）頁 157～158。

〔註 160〕見顏崑陽教授：〈漢代「楚辭學」在中國文學批評上的意義〉，收入《詮釋的多向視域：中國古典美學與文學批評系論》（臺北：臺灣學生書局，2016 年 3 月），頁 242。

所構成。〔註161〕

確實，由於作家之才性不同，其性情與擅長寫作的方式、類型也不同，這必然也影響了作品呈現出來的面貌，而形成這一作家最凸出的風格；另一方面，某一文體、題材往往也會有一種最凸出的風格，這便是就文學作品本身而言。而作家千百種，文體能呈現之風格也能多元化，故所謂風格，其實也能分成很多類型，例如唐代司空圖《二十四詩品》，就將詩之風格分成二十四種，足見光是詩體能呈現的風格，就非常多樣化。

曹丕《典論・論文》曾說：「蓋奏議宜雅，書論宜理，銘耒尚實，詩賦欲麗」，雖是提出各種作品的規範性質，實際上「雅」、「理」、「實」、「麗」也牽涉到了風格的層面，可以說，這種觀點預設了某一文體適合或應該具備了怎樣的風格。不過這種規範論，往往是一文體發展到成熟階段後，才會產生的。而詞體一開始只是文人的遊戲筆墨，又往往「代言」、「泛題」、「泛意」而作，所以正如本章開頭所說，早期詞人的作品，在風格上往往較爲相似，用最簡單籠統的形容，就是都偏向「婉約」，因而此一時期之「語言風格」明顯，但「人格風格」相對較隱晦。但這只是詞體剛開始創作時的風氣使然，並非詞體已有一種規範論。或者也正因爲沒有規範論，因此也有一些詞人，偶爾有些例外之作，跳脫出男女豔情或遊戲筆墨，「自敘」而「殊題」或「殊意」，直到蘇軾才開始更爲大量的做這些改變。而如前所述，創作主體，也就是「人」之才性，其實往往會影響到作品風格；因而，在「創作主體復位」的「人」的影響，加上「殊題」、「殊意」後，題材、主題變多，所以相對的，就影響了詞作所能呈現出的風格越趨多元，故「婉約」以外，有了「豪放」，然實際上，其實還有更多不同的風格，如蘇軾之詞也可以用「曠放」、「平淡」等形容；而如前所述，黃庭堅之詞也有「堅傲」、「曠遠」之風格；晁補之有「悲憤」或「悲慨」之風格；秦觀則有「悽婉」之風格……等等。這一時期，「人格風格」開始顯著，而受到「用典」等修辭方式的改變，「語言風格」也有所轉變。這些風格之多樣，乃根罩於創作主體情性、學問之不同，因此，也將原本風格類型化的詞體，趨向風格多元化。

這個詞體風格多元化的過程，可以說是環環相扣的，先有「創作主體復位」，「自敘」的「吟詠情性」與寫出文人階層意識，使題材和主題也變得越

〔註161〕見顏崑陽教授：〈漢代「楚辭學」在中國文學批評上的意義〉，收入《詮釋的多向視域：中國古典美學與文學批評系論》，頁243。

來越多樣、個殊，進而使得作品之風格也產生多元化。同時，修辭之方式也會改變作品的風格，故詞體創作由「白描」走向「用典」，自然也會影響風格。因而，在蘇軾與蘇門詞人將詞體「文人化」以後，也影響了詞體風格類型的增加與轉變。

第四章　蘇門詞人對詞體功能文人化的推展

過去對於詞的研究，除了各家作品的研究之外，還有「以詩爲詞」、「詩詞辨體」等議題的探析。這些研究中，其實也隱然涵蓋了詞怎麼「用」，詞的「功能」等部分，只是比較少專章探討。一種文體的功用，顏崑陽教授曾指出應分爲兩種，一種是「自體功能」，一種是「衍外效用」。「自體功能」爲文體本身因其性質、形構所自具的功能；而「衍外效用」即文體在本身的功能之外，所衍伸出其他目的效用，針對某人某事有所諷喻、歌誦、期求、勸戒等，爲使用者主觀的意圖及相應的事物「內容」條件。〔註1〕如果相應到「詞體」上，顏崑陽教授指出：

> 詞的自體功能，宋代論述者不多。大致而言，由於其所依隨者乃隋唐以降的流行燕樂，以及其體製之長短曲折的形構，本身就具有婉轉抒情的功能，……不過，宋代對詞體之功能、效用的論述，比較聚焦在社會文化性的「衍外效用」。此類效用又可分爲二種取向：一是出於「常民意識」的應歌遣興效用；一是出於「士人階層意識」及「言志傳統詩觀」的政教諷喻效用。前者是詞之興起於常民階層，實然如此的效用；後者是士人階層改革、推尊詞體，所期待應然如此的效用。〔註2〕

〔註1〕見顏崑陽教授：〈宋代「詩詞辨體」之論述衝突所顯示詞體構成的社會文化性流變現象〉，收入《詮釋的多向視域：中國古典美學與文學批評系論》（臺北：臺灣學生書局，2016年3月）。頁344～345。

〔註2〕見顏崑陽教授：〈宋代「詩詞辨體」之論述衝突所顯示詞體構成的社會文化性流變現象〉註解36，頁344。

這是較為有系統的整理詞這一文體的功能與效用，並且注意到了詞的「衍外效用」與文人化的關係。然而，若從整個詞史的發展來看，詞的「衍外效用」與「自體功能」其實一直有所變化。事實上，詞的產生與發展，多與音樂有密切關係，本來並非只是一種文體，是為了隋唐時期大量興起的燕樂而配合的歌詞，所以，詞之最初起的功能，簡而言之就是「配樂」、「應歌」、「娛賓」之類的「衍外效用」。雖然在敦煌曲子詞中，有不少即事抒情的例子，但是進入文人手中後，才大部分並更有意的用於歌筵酒席間，以娛賓、遣興。這個時期，文人多半注意到的是詞的「娛賓」「衍外效用」，而「自體功能」，則是在文人的創作中逐漸呈現。

像詞這樣從民間發源的文體，在民間創作時，往往自然產生，不會先有任何創作理論的預設，但是經由文人創作到某一個程度時，自然就「文人化」了，開始喜歡講究規矩，釐清此一文體的價值與功能，以及創作準則，因而發展出一套專屬此文體的理論。這些理論通常會牽涉到文體本質、功能、價值、規範，並往往會以該文體最初形成的範式作為典範，然後用以解釋本質、訂出功能，判斷價值、建立規範。但這一最初形成的「源頭」既然可以作為典範，就表示已具有某種程度上的普遍規則，所以這樣的「源頭」，其實已非該文體初始、實驗的模樣，而應是初具規模，也已有某種程度的「文人化」了。是以本章在探討詞體的功能時，也將從詞初步文人化以後的時間點切入，因為此時的詞，也才真正具有某種目的而被使用，然後再探討詞體在文人化以後，「自體功能」的內涵與「衍外效用」的變化。

至於探討詞體文人化的功能與效用，目的為何？為的是能更具體的明白宋代文人對於詞體「應然」與「本質」等問題，是如何看待與應用？同時，詞的文人化過程，與詞的功能產生演變，其實關係密切，蘇門詞人在此演變中也起了作用，並使詞「究竟是什麼」、「可以作為什麼用途」、「帶來什麼影響」等問題產生更多議論，以下將更詳細的論析。

第一節　詞體最初的「衍外效用」和「自體功能」：娛賓與遣興

詞最一開始被有意使用的功能是什麼？作為什麼之用？這要溯及詞的產生與音樂的淵源，《舊唐書・音樂志》記載：「自開元已來，歌者雜用胡夷、里巷之曲。」〔註3〕在隋唐時，大量的胡樂傳入中國，經過改良或與中國民間音樂結合後，產生了大量的燕樂，尤其是盛唐之時。廣義的來說，燕樂是指胡漢混合的音樂，如《新唐書・禮樂志》以不同民族之音樂分類，列舉「十部伎」:「至唐，東夷樂有高麗、百濟，北狄有鮮卑、吐谷渾、部落稽，南蠻有扶南、天竺、南詔、驃國，西戎有高昌、龜茲、疏勒、康國、安國，凡十四國之樂，而八國之伎，列於十部樂。」〔註4〕等。郭茂倩《樂府詩集》考唐代十部樂爲:「讌樂、清商、西涼、扶南、高麗、龜茲、安國、疏勒、康國、高昌」〔註5〕，其中「讌樂」、「清商」都是中國清樂，「西涼」基本是清樂而雜有邊聲或裔樂，其他皆爲胡樂的範圍。〔註6〕這十部伎也就是胡漢混合交用的燕樂。或如沈括《夢溪筆談》卷五所說:「自唐天寶十三載，始詔法曲與胡部合奏，自此樂奏全失古法，以先王之樂爲雅樂，前世新聲爲清樂，合胡部者爲燕樂。」〔註7〕燕樂最初流傳在民間，後來也流行於宮廷、文人階層之中，這時候基本上是作爲宴飲時的奏樂，所以也稱爲「宴樂」。燕樂還是所謂的「俗樂」，如任半塘說:「唐代音樂應分雅樂與俗樂兩部，俗樂包含朝野所有之燕樂。」〔註8〕這些燕樂需要配詞才可歌，這種配樂的歌詞，也就是所謂的詞。這些音樂在宮廷、民間多有流行，文人對於這種新鮮曲調也好奇、喜愛，試著去創作，逐漸形成風潮。詞在文人圈裡確立了起來，作爲文人宴會場合中的娛樂。最早描述出詞體之「自體功能」與「衍外效用」者，爲陳世脩在《陽春集・序》中所說:「公（馮延巳）以金陵盛時，內外無事，朋僚親舊，或當燕集，多運藻思，爲樂府新詞，俾歌者倚絲竹而歌之，所以娛賓而遣興也。」〔註9〕而後遂逐漸以「娛賓」、「遣興」爲詞體之功用。

像這樣隨著音樂而產生的歌詞，六朝已有，如梁武帝與諸君臣塡〈江南

〔註3〕見（後晉）劉昫:《舊唐書》收入《百衲本二十四史》（臺北：臺灣商務印書館，精裝縮印本）卷30，頁14564。

〔註4〕見（宋）歐陽修等撰:《新唐書》，收入《百衲本二十四史》，頁15944。

〔註5〕見（宋）郭茂倩撰，聶世美，倉陽卿校點:《樂府詩集》（上海：上海古籍出版社，1998年11月）卷79，頁832。

〔註6〕詳見任半塘:《唐聲詩》（上海：上海古籍出版社，1982年10月），頁27。

〔註7〕（宋）沈括:《夢溪筆談》，收入《歷代筆記叢刊》（上海：上海書店出版社，2003年3月），卷5，頁38。

〔註8〕見（唐）崔令欽撰，任半塘箋訂:《教坊記箋訂》（北京：中華書局，2012年5月），頁1。

〔註9〕（宋）陳世脩:《陽春集・序》，見馮延巳《陽春集》（《四印齋所刻詞》）。

弄〉。但也有先有歌詞才配樂的樂府、近體詩等，這類詩歌的文學性自然比較強。故先有音樂才配樂的詞體，在文人手中發展的初期，不被當成文學來看待，創作的動機也和文學不同。若以詩詞做比較，〈詩大序〉說詩是「志之所之也，在心爲志，發言爲詩，情動於中而形於言；言之不足，故嗟歎之；嗟歎之不足，故永歌之；永歌之不足，不知手之舞之，足之蹈之也。」〔註 10〕但詞卻不見得如此，常常是爲了配樂，而非心中有所感悟、體會才去創作。再者，由於〈詩大序〉發展出的儒系詩學觀所造成的影響，詩被認爲可以反映社會問題，諷諫上位者並教化人民，因而其功用都是與個人情志、政教關懷有關，是以詩雖可作爲諷喻之「衍外效用」，也有其「自體功能」，用以表達內心對社會國家關懷的「情志」。但詞不同，其所搭配的多爲宴飲場合的音樂，發展出來的歌詞自然也是娛樂導向，無關個人情志與政治教化，正如朱崇才《詞話學》中所說：

> 詩歌本是歌唱自己心中情志的，（詞）現在相反，自己的情志並不重要，重要的是歌唱本身是否動聽，能否獲得聽眾的喜愛贊賞，而不再是爲了抒情言志。爲自己與爲別人，爲自心之情志與爲他人之美聽，所作之詞，其功能及價值標準，當然是有所不同的。〔註 11〕

因爲詞的產生本就是因應音樂的新興，所以注定在一開始的「衍外效用」就與詩不同，和音樂的關係、音樂所使用的場所等關聯更爲緊密，就詞作內容而言，也多是爲了「娛賓」服務的。但這種「娛賓」，除了期待獲得賓客的喜愛之外，其實也是與文人「遊戲筆墨」的傳統有關，待下文論述。

娛賓之外，詞還有「遣興」之用，由於陳世脩將「娛賓而遣興」連在一起講，所以後世也多認爲，這句話是指娛樂賓客的同時，也能自我遣興。劉慶雲在〈江西派之詞學觀論略〉中說：

> 當然，我們應當承認二者之間常有密不可分的聯繫，但「遣興」不必一定「娛賓」，「娛賓」與「遣興」實際上是兩個不同的概念。娛賓講的是作品和他人之間發生的關係，是作品產生的客觀效應，而遣興講的是創作主體宣洩感情的行爲。〔註 12〕

此處將「娛賓」和「遣興」劃分爲兩種概念，但在陳世脩的語境當中，這兩

〔註 10〕〈詩大序〉，見（西漢）毛亨傳，（東漢）鄭玄箋，（唐）孔穎達疏：《毛詩注疏》（臺北：臺灣商務印書館，1935 年 3 月），卷 1，頁 6。
〔註 11〕朱崇才：《詞話學》（臺北：文津出版社，1995 年 1 月），第五章，頁 254。
〔註 12〕劉慶雲：〈江西派之詞學觀論略〉（《中國韻文學刊》，1999 年第 2 期），頁 64。

者是不能截然分開的。再者，劉慶雲將「遣興」解釋成「創作主體宣洩感情的行爲」，但從陳世脩原文來看，其實也可以說娛樂賓客時，讓賓客獲得消遣興致的效果，可以是一種客觀的效應。所以，「遣興」可以是創作主體與賓客的排遣興致，但未必與嚴格意義下的「抒情言志」相同。以下將更進一步的由詞體「娛賓」、「遣興」功能作論述。

一、詞「娛賓」之「衍外效用」

詞體創作由文人創作之初，多是配合宴會而有「娛賓」導向的「衍外效用」。關於詞之「娛賓」，最能夠統括而具體的描述其情形者，應爲歐陽炯的《花間集・序》所言：

> 鏤玉雕瓊，擬化工而迴巧。裁花剪葉，奪春豔以爭鮮。是以唱雲謠則金母詞清，挹霞醴則穆王心醉。名高白雪，聲聲而自合鸞歌。響遏青雲，字字而偏諧鳳律。楊柳大堤之句，樂府相傳。芙蓉曲渚之篇，豪家自製。莫不爭高門下，三千玳瑁之簪；競富樽前，數十珊瑚之樹。則有綺筵公子，繡幌佳人，遞葉葉之花箋，文抽麗錦。舉纖纖之玉指，拍按香檀。不無清絕之辭，用助嬌嬈之態。〔註13〕

這裡點出詞「娛賓」的一重要方式：在歡宴的場合，男性文人作詞，再交由歌妓演唱。唐宋之時，宴飲中請歌妓助興，是極爲普遍的現象，但一般的歌妓與樂工不諳作詞，便只能靠有文采的文人，在宴席中不斷供應新的歌詞，以新賓客之耳目。但當時的文人，卻不會在詞作中論及自己的情志或政教關懷，主要原因是歌者爲女性，便多以女性的口吻與立場寫詞，或將內容圍繞在女性身上，由於古代女性（特別是歌妓）的生活重心或思想，多不太放在政教關懷上，若模擬她們的立場寫詞，自然就出現更貼近女性的題材：豔情。更何況，席上的男性與這些歌妓，亦有不少風流韻事，寫豔情則更是應景，更能「用助嬌嬈之態」，進而達成娛樂賓客的效果，所以，也就衍生出田同之所謂「男子而作閨音」〔註14〕的情形。

在詞體興盛以前，詩歌就已有「擬代」體，與「自敘」是相對的。「自敘」便是「創作主體在位」的，文人抒情言志都與自己相關，是自己的切身經驗

〔註13〕歐陽炯：《花間集・序》，見（後蜀）趙重祚編，沈祥源、傅文生注：《花間集新注》（江西：江西人民出版社），頁1。

〔註14〕見（清）田同之：《西圃詞說・詩詞之辨》，收入唐圭璋編《詞話叢編》（北京：中華書局，1986年1月），頁1449。

與主觀情志。「擬代」則剛好相反，以假擬、想像的方式來幫他人發言。「假擬」與「代言」實際上有差別，一個是在內容情感、外在形式都要求類似某人之作；一種是代別人發言。但實際上兩者都不是創作主體自己的話語，而是揣度他人或站在他人立場，模仿其發言或代爲發言。〔註 15〕「擬代」又可分爲兩種，一種是代特定對象說話，如曹丕〈寡婦詩〉；一種則是泛題式的創作，如沒有特定指涉對象的閨怨詩、宮情詩等等，除非有所比興寄託，否則都是與創作主體無關的書寫。

「男子而作閨音」只是基本型態，文人還需考慮到另一個層次，即歌詞能否配合著音樂與歌妓很好的表現出來，文采又能否博得賓客的欣賞，這樣的創作，幾乎是「聽眾導向」，而非創作者本身想說什麼就說什麼。這點也如田同之所說：「若詞則男子而作閨音，其寫景也，忽發離別之悲；詠物也，全寓棄捐之恨。無其事，有其情，令讀者魂絕色飛，所謂情生於文也。」〔註 16〕點出了這樣的創作乃是「爲文而造情」，故自己的情志不重要，娛樂他人才是眞正的目的。所以，黃雅莉也指出：「詞人往往爲適應『應歌』的需要，實際上成了『秀幌佳人』的代言人，其自身的情性往往被隱去，其主體精神往往被淡化，詞中的主角與詞人事實上存在著不同程度的錯位和分離。」〔註 17〕正是因爲聽眾的導向與代言性質，導致個人的情志與人品，未能鮮明地呈現在作品當中。

這類隱去創作主體情志，以聽眾爲導向的作品，和漢代以來文人階層即有的遊戲筆墨傳統也有關。所謂「遊戲」，多當成玩耍之意，《說文解字》解釋「遊」之本義時說：「旌旗之流也」，段玉裁注說：「引申爲出遊、嬉遊」；「戲」的本義，《說文解字》云：「三軍之偏也。一曰兵也。從戈䖒聲」，此字本與軍事有關，段玉裁注則說：「一說兵械之名也。引申謂爲戲豫，爲戲謔。以兵杖可玩弄也，可相鬥也，故相狎亦曰戲謔」；所以此二字都帶有玩耍的意義。遊戲是一種玩耍，這種玩耍包含了對生活中各種事物的模仿、模擬，例如裝扮

〔註 15〕梅家玲〈論謝靈運〈擬魏太子鄴中集詩八首并序〉的美學特質〉（臺大中文學報第 7 期，1995 年 4 月），頁 10～11。

〔註 16〕梅家玲〈論謝靈運〈擬魏太子鄴中集詩八首并序〉的美學特質〉，頁 10～11。田同之《西圃詞說・詩詞之辨》所謂「全寓捐棄之恨」如涉及政治之比興寄託之作，則是詞文人化以後的情形。

〔註 17〕黃雅莉：《宋代詞學批評專題研究》（臺北：文津出版社，2008 年 4 月），頁 529。

遊戲、演戲等，像「戲劇」之「劇」字，也有「戲弄」之意，如李白〈長干行〉說：「郎騎竹馬來，折花門前劇」，所以戲劇本身也帶有遊戲的意味，而「戲」又是「以兵杖可以玩弄也，可相鬥也」，說明這種玩要其實也是一種模仿戰爭的行爲，所以擴大來說，遊戲具有模擬的性質。胡伊青加說：

> 遊戲的最主要的特徵，即遊戲是自願的，是事實上的自由。第二個特徵與此緊密相關，即遊戲不是「日常的」或「眞實的」生活。相反，它從「眞實的」生活跨入了一種短暫但卻完全由其主宰的活動領域，每一個兒童都清楚地知道，他「只是假裝的」，或者這「只是爲了好玩」。〔註18〕

這裡點出了「遊戲」一個很強烈的性質，就是暫時的脫離了眞實生活，形成一種模仿的行爲，也可能創造出一種虛擬的情境，在這種模仿行爲或虛擬情境中，現實生活中的「自我」也可能暫時的隱蔽不見，但這種隱蔽不見是自願的，遊戲者通常也清楚這一情形。

另一方面，「遊戲」二字也有對抗、競賽的意思，正如「戲」字的本義就與軍事、戰爭有關，也有對抗的意思在。《體育大辭典》中對遊戲一詞的定義如下：

> 遊戲一詞，係從盎格魯薩克遜（Amglo-saxon）的 Rlega 而來，具有（Game）及（Sport）的意義在內。意含有戲戰（Skirmish）、對抗（Fight Battle）的意思。就今日所謂遊戲一詞，應具有兩個定義：一是指無一定形式的虛構性活動；一是指有一定形式的正式活動。〔註19〕

故遊戲除了虛擬之外，還具有對抗的性質。這說明了遊戲往往不是獨自一人的活動，而是兩人以上，或兩個團體以上的競爭、競賽。

當然，上述兩種「模擬」、「對抗」是遊戲中的行爲概念，這種行爲的最終目的是爲了獲得心理上的某種滿足。孩童遊戲，多半沒有任何實質上的獎勵，但他們仍樂此不疲，就是爲了獲得樂趣、快樂；成人的遊戲，可能是各種競賽，除了從中能獲得成就感、優越感之外，有時候實質的獎勵如獎牌、

〔註18〕見（荷）胡伊青加：《人：遊戲者——對文化中遊戲因素的研究》（貴陽：貴州人民出版社，1998年1月）頁10。

〔註19〕見教育部體辭編會主編：《體育大辭典》（臺北：臺灣商務印書館，1998年5月）頁18。

獎金也是一種目的。漢代開始的遊戲筆墨傳統中，其創作的動機與行爲就已和「模擬」、「對抗」行爲以及「獲取心理或實質的某種滿足」等遊戲特質相合了。漢代流行賦體，賦又有大賦、小賦之分。司馬遷、班固等人認爲大賦在鋪陳之餘，往往具有諷諫的作用，如司馬遷評〈子虛賦〉說：「其卒章歸之於節儉，因以風諫。」〔註 20〕但揚雄卻認爲過於誇張鋪陳的描述，實際上不能起諷諫之作用，如《漢書・揚雄傳》記載：

> 雄以爲賦者，將以風也，必推類而言，極麗靡之辭，閎侈鉅衍，競於使人不能加也，既乃歸之於正，然覽者已過矣。往時武帝好神仙，相如上《大人賦》，欲以風，帝反縹縹有陵雲之志。由是言之，賦勸而不止，明矣。〔註 21〕

這裡的問題在於賦體被期許之諷諫「衍外效用」，與實際上有落差，所以引發了不同的看法。賦體可以透過誇張的鋪陳作爲反諷之用，但如果沒有看出當中的諷諫意味，便使人迷失於賦中華麗的世界，造成反效果。這個現象確實是賦體中常見的矛盾，張峰屹指出，這是受到西漢的政治環境影響，特別在漢武帝皇權強盛以後，這時期的士人，失去了先秦游士的優勢，也無法像漢初的士人一樣可以正言直諫，但他們又缺乏政治敏感，不像汲黯那樣曉得「陛下內多欲而外施仁義」，總以爲會有一線希望可以施展抱負，卻往往抑鬱不得晉用。這使士人形成了退縮、內斂、幽怨卻又心存幻想的處世心態，這一心態下，他們既不願喪失士人品格而欲盡士人之責，就傾心於大賦的創作，把滿腹才學和滿腔幽怨轉化爲遊戲文字，極盡鋪排誇飾，但又想在這其中安排、隱藏一些諷喻文字，可惜這點美意早已被華麗的文字淹沒。故大賦的根本特色是它的逞才和遊戲文字傾向。而這種情形下創作的大賦，具有「喪失眞實情感」的特質，看不到作者的心情與對人生、社會的切身感受，與讀者一樣置身於作品的情境之外。〔註 22〕從張峰屹的論點，可見漢代士人作大賦有逞才的傾向，其內容中常可見作者創造出的誇張情境，但看不見創作主體，所以是一種遊戲筆墨的行爲。但另一方面，也可以說這種遊戲的最終目的，在於獲得某種心理上的滿足，可能是逞才之後的優越感、滿足感，也可能是期

〔註 20〕見《史記・司馬相如列傳》。（漢）司馬遷：《史記》，收入《百衲本二十四史》卷 117，頁 949。

〔註 21〕見（漢）班固：《漢書》，卷《百衲本二十四史》，卷 87，頁 2315～2316。

〔註 22〕張峰屹：《西漢文學思想史》（臺北：臺灣商務印書館，2013 年 4 月），第三章，頁 125～128。

望受到上位者的重用。

而後這種遊戲筆墨的情形越來越多，包含了酬贈唱和、擬代、各種文字遊戲等，多帶有社交的社會功能，也有展示才能的意味。此一情形到了六朝更爲顯著，當時有許多文學團體，團體中的文人彼此間酬贈、唱和、同題共作、公讌賦詩等，很多都帶有娛樂和遊戲的性質。其寫作目的不在於「載道」或「抒情言志」，很多時候是爲了娛樂和享受，六朝還流行著以豔情爲主的宮體詩，這類詩和邊塞詩是一體兩面的題材，和詞體剛開始一樣，都有著「泛題」與「代言」的情況，這也是一種筆墨遊戲，祁立峰認爲：

> 豔情詩的寫作動機不盡然出於遊戲，但作者想像閨閣空間、擬代女性的扮裝與語言，仍有十足的遊戲況味。……過去認爲南朝的宮體或豔情詩淪爲情色墮落，認爲它是一種沒有深刻意涵與寄託的題材。但這種「輕」正是來自於它逃避了現時生命的沉重，進而選擇了一種輕盈、輕浮的觀看視角，而這樣的策略正巧與遊戲非常類似。〔註 23〕

如果把「輕浮」或「遊戲」與「嚴肅」作爲兩種對立，雖然如胡伊青加所說，遊戲不一定都與嚴肅無關，但一般來說，遊戲、發笑、愚蠢、風趣、詼諧、玩笑、滑稽等等，都具有遊戲的特徵。〔註 24〕可見遊戲的心態可以與輕浮、輕鬆連結，而其目的是爲了有趣、消遣、娛樂等等。五代、北宋初期的文人作詞，特別是在宴會場合，須由歌女來唱詞，又爲了娛樂，特別是期待「賓主盡歡」之下，在在都促成了遊戲筆墨傳統的承繼與發展，尤其是擬代女性的這一點，像溫庭筠〈菩薩蠻〉、馮延巳〈長命女〉等，男女擬女子口吻作詞，與現代所謂「扮裝遊戲」有著異曲同工之妙。對詞人來說，這是用平日擅長的文字來進行想像、揣摹，然後獲得娛樂、「輕快情緒」的一種遊戲。

除此之外，遊戲中競賽的特質，在詞的寫作過程中也可見。文人宴集，有時三五好友聚會，聯絡情感、娛樂或社交，而社交的目的，自然是在於讓文人有更多顯現自己或發揮長才的機會，除了同儕間可能互相競才之外，也有博得上位者欣賞的意圖。喜愛詞的皇帝，從唐代以來就不少，如李德裕〈玄貞子漁歌記〉說：「德裕頃在內庭，伏覩憲宗皇帝寫眞，求訪玄眞子〈漁歌〉，

〔註 23〕祈立峰：《遊戲與遊戲以外：南朝文學題材新論》（臺北：政大出版社，2015 年 6 月），〈導言〉頁 13。

〔註 24〕見胡伊青加：《人：遊戲者——對文化中遊戲因素的研究》，頁 7～8。

嘆不能致。余世與玄眞子有舊，早聞其名，又感明主賞異愛才，見思如此，每夢想遺跡，今乃獲之，如遇良寶。」從這段文字，便可看出李德裕欲以詞討好皇帝之心。再據《太平廣記》記載：「宣宗愛唱〈菩薩蠻〉詞，令狐相國假其（溫庭筠）新撰密進之，戒令勿他泄，而遽言於人，由是疏之。」〔註25〕這些情況都與遊戲中競賽的層面相合，也有為了獲得某些實質獎勵的目的在。

總結上述，五代北宋初期的詞，因為場合與歌女演唱的關係，所作多為「泛題」式的豔情題材，少自敘而多代言，這也和漢代以來文人遊戲筆墨的傳統有相關性，遊戲中「模仿」、「虛擬」、「對抗」等特質都呈現在宋人創作詞體的現象中，目的以聲色娛樂、物色情趣為重，「衍外效用」則大抵以「娛賓」為主，也可自娛，具有社交的作用。所以我們可以說，詞具有「娛賓」的「衍外效用」，其背後正有一個文人「遊戲」心態的呈現，故塡詞是為了獲得某種樂趣、獎勵。這種遊戲筆墨的狀況，除了反映在北宋初期宴席間的「娛賓」以外，接下來以詞「酬贈唱和」的風氣也是受此影響。不過在傳統來說，特別是宋代也有這一偏見，便是認為這類作品不具價值。如果說「為情而造文」是種創作主體的情志表現，其目的可能是抒發情感、表明志向，這是主觀意志的作用，且不限於文體和該文體本身的功能；但「為文而造情」則明顯的是該「文」所指涉的文體有某種功能，為了這種功能並達成某種目的時，「為文而造情」的情況就產生了，但也因為「衍外效用」取向的關係，令人覺得少了眞摯的情感，故為人所詬病。劉勰《文心雕龍・情采》提出這些觀點時，對時下過於「為文而造情」的作品，也不予認同。但是站在詞這一文體效用的立場來看，則「聽眾導向」的「娛賓」之「衍外效用」，與「主體導向」的「遣興」或「抒情言志」之「自體功能」，其實同為詞體的功用，而孰優孰劣，則受到每一個文學批評家或者時代風氣的影響，但不能因為認為某一種「衍外效用」不具有價值，就抹煞了它其實應當為這一詞體本質的意義。

二、詞體中「遣興」與「吟詠情性」之義涵

「遣興」一詞，從字面意義來說，根據《說文解字》：「遣，縱也」〔註26〕；《正韻》：「逐也，發也」。故後來又引伸出「排遣」、「排解」之意。「興」，《正

〔註25〕見（宋）李昉：《太平廣記》（浙江大學圖書館藏文瀾閣本《欽定四庫全書》）卷199，頁8左。

〔註26〕見（漢）許愼撰，（清）段玉裁注：《說文解字注》（臺北：洪葉文化，1999年11月），頁73。

韻》說：「悅也」，也可以引伸有「興致」、「趣味」、「情致」等義。故「遣興」可說是排遣內心的情緒，抒發情感，以獲得樂趣、興味等，有「消遣趣味」、「排遣情致」、「排憂解悶」等意思。

陳世脩所描述之詞可以「遣興」，又該怎麼解釋？如前所述，在其語境中，「娛賓而遣興」是連在一起的，是以不宜作截然的切割，可以解釋成「以詞娛樂賓客，讓賓客得到消遣的趣味」，這是從創作主體以外的角度說，也可以是一種詞的「衍外效用」。但是，陳世脩接下來又說：

> 噫，公以遠圖長策翊李氏，卒令有江介地，而居鼎輔之任，磊磊乎才業何其壯也。及乎國已寧，家已成，又能不矜不伐，以清商自娛，爲之歌詩以吟詠情性，飄飄乎才思何其清也。核是之美，萃之於身，何其賢也。〔註27〕

這裡提到「自娛」、「吟詠情性」，則是從創作主體的角度來說，因此也有人認爲「遣興」就是「吟詠情性」，如劉慶雲說：

> 這裡的「興」也就是通常所說的感興，「觀物有感焉，則有興」。關於這一點，陳世脩的《陽春集・序》中實已指明，他說馮氏「以清商自娛，爲之歌詩以吟詠情性，飄飄乎才思何其清也」。他所說的「遣興」即是吟詠情性。〔註28〕

劉慶雲解釋的「遣興」，與唐代詩人已有以「遣興」作爲詩題者有關，如杜甫和元稹皆有爲數不少的〈遣興〉詩，而觀其內容，則憂懷國事、感時傷世等主題都有，大致應是爲了排遣內心的某一種感受而寫的，也未限定要寫哪一種主題。此時因爲沒有指向詞人以外的人事物和目的，故「遣興」可以算是一種文體的「自體功能」。但畢竟陳世脩並未進一步解釋何謂「遣興」，只能說在他的語境下，要將「遣興」視爲創作主體的排遣，或是賓客的消遣，兩者皆可。但劉慶雲此處又將「遣興」視同詩義下的感興，有些過度詮釋，從現存五代、北宋初之詞來看，眞正能看得出創作主體吟詠情性的詞，比例上並不多；宴飲的場合中，能夠抒寫懷抱、見物起興的機會或情緒也不多，因此「遣興」之「興」是否爲詩六義，還有待商榷。此外，無論「遣興」所「遣」者爲主體還是賓客，功用是「自體功能」還是「衍外效用」，由於陳世脩未說明，也不用過於拘泥；但他又提出「吟詠情性」一詞，這顯然是從創作主體

〔註27〕（宋）陳世脩：《陽春集・序》，見馮延巳《陽春集》（《四印齋所刻詞》）。
〔註28〕劉慶雲：〈江西派之詞學觀論略〉，頁64。

去說的，認為詞可以「吟詠情性」，涉及到詞之「自體功能」，此部分卻是可以進一步分析。

如前所述，娛賓雖是遊戲筆墨，遊戲雖然是「模仿」、「虛擬」的，主體可能暫時脫離了眞實自我，但畢竟「眞實自我」根深蒂固在人心中，所以遊戲過程中，主體的性情仍可能不經意流露出來，正如葉嘉瑩所說：「由於詞之寫作既已落入了士大夫的手中，因此他們在以遊戲筆墨塡寫歌詞時，當期遣詞用字之際，遂於無意中也流露了自己的性情學養所融聚的一種心靈之本質。」〔註29〕這時期的文人，創作既是遊戲心態，場合又是娛樂的社交場合，自然也不可能抱持著嚴肅的態度來創作，與詩所謂「吟詠情性」或「言志」的創作心態不同。但另一方面，隨著詞不斷被創作，主體情性仍可能流露於作品中。

「吟詠情性」，從字面意義看來，是指「藉由詩歌抒發情志」。但由於〈詩大序〉曾提到此一詞彙，並且在其語境中，「情性」是與政教有關的，指的是人民對於「治世」和「亂世」所產生的感受，而宣之於詩中，是「包涵國史（或詩人）個己與百姓群眾之情」，〔註30〕進而達到「風其上」的功效。又或者，《論語．為政》中說：「《詩》三百，一言以蔽之，思無邪。」、〈詩大序〉說：「發乎情，止乎禮義。」也差不多是這樣的意思，即指《詩經》中所內含的各種「情」，是合乎教化，有助民心風俗的，顏崑陽教授在〈詩大序〉論及儒系詩學中的「情」，認為：

> 「發乎情」是自然感性之動，故感之「政和」，則反應「安以樂」之「情」；感之「政乖」，則反應「怨以怒」之「情」；感之「困」境，則反應「哀以思」之「情」，皆出於自然而無所矯飾，並且其內容都必然與「政教」經驗有關，非一般喜春悲秋，吟風弄月之「情」——此為關鍵處，不可不辨。〔註31〕

所以「吟詠情性」一詞，在〈詩大序〉的語境中，本來是與政教相關。

但是，「情性」發展到六朝以後，儒學的沒落，個人意識的興起，就有了

〔註29〕葉嘉瑩：《中國詞學的現代觀》（臺北：大安出版社，1991年7月）第二部分，頁7。

〔註30〕見顏崑陽教授：〈從〈詩大序〉論儒系詩學的「體用觀」〉，收入《第四屆漢代文學與思想學術研討會論文集》（臺北：新文豐出版社，2002年5月）頁305。

〔註31〕見顏崑陽教授：〈從〈詩大序〉論儒系詩學的「體用觀」〉，收入《第四屆漢代文學與思想學術研討會論文集》，頁305。

變化。陸機〈文賦〉說：「詩緣情而綺靡」，指出詩歌爲人內心情感的抒發，並開展出「詩緣情」這一說，對於個人的情感開始抱持覺醒、肯定的態度，如蔡英俊《比興物色與情景交融》：「造成魏晉名士特殊生命情調最重要的原因，更在於漢魏之際生死問題的愴痛所帶給人自我生命的醒悟與自覺……中國的文學傳統也得以推衍出「緣情」的創作理念，進而完成抒情傳統的典範。」〔註32〕因此「緣情」已不再是群己融合之情，也不再和政教相關，更沒有群眾性了。在這樣的轉變下，「情性」自然也是指每個人不同的感情、才性，如《文心雕龍・體性》中說：「才力居中，肇自血氣，氣以實志，志以定言，吐納英華，莫非情性。」〔註33〕這是劉勰認爲每個人的情性不同，所以能造就不同的思想和情感，呈現在作品中便形成差異與個殊性。這種「情性」之論，發展到五代，基本上都差不多是這樣的內涵。

回到陳世脩《陽春集・序》語境中，「吟詠情性」不是與政教相關，而純粹是抒發個人懷抱，這種抒發，有自娛、排遣之用。不過，後代詞評家對馮延巳的「情性」，還是有解釋成與政教相關者，如馮煦《陽春集・序》說：

> 翁俯仰身世，所懷萬端，謬悠其辭，若顯若晦，揆之六義，比興爲多。若〈三台令〉、〈歸國遙〉、〈蝶戀花〉諸作，其旨隱，其詞微，類勞人思婦、羈臣屏子鬱伊愴怳之所爲。翁何致而然耶？周師南侵，國勢岌岌。中主既昧本圖，汶闇不自強，強鄰又鷹瞵而鶚睨之。而務高拱，溺浮采，芒乎芴乎，不知其將及也。翁具才略，不能有所匡捄，危苦繁亂之中，鬱不自達者，一於詞發之。其憂生念亂，意內而言外，蹟之唐五季之交，韓致堯之於詩，翁之於詞，其義一也。世亶以靡曼目之誣已。善乎劉融齋先生曰：「流連光景，愁悵自憐，蓋亦易飄揚於風雨者。」知翁哉！知翁哉！〔註34〕

或者陳廷焯《白雨齋詞話》：

> 馮正中詞，極沉鬱之致，窮頓挫之妙，纏綿忠厚。〔註35〕

吳梅《詞學通論》：

〔註32〕蔡英俊：《比興物色與情景交融》（臺北：大安出版社，1986年5月），頁36。

〔註33〕（梁）劉勰撰，周振甫注：《文心雕龍注釋》（北京：人民文學出版社，2002年1月），頁308～309。

〔註34〕馮煦《陽春集・序》，見馮延巳《陽春集》（《四印齋所刻詞》）。

〔註35〕（清）陳廷焯撰，屈興國校注：《白雨齋詞話足本校注》（濟南：齊魯書社，1983年11月）卷1，頁38。

> 正中詞纏綿忠厚，與溫、韋相伯仲。其〈蝶戀花〉諸作，情詞悱惻，可群可怨。張皋文云：「忠愛纏綿，宛然〈騷〉、〈辨〉之義。」〔註36〕

這些詞評認爲馮延巳之詞有其政治寄託，主要是因爲他能自然而然地將內心受到事物的情感、感觸發之於詞，並常寓生命的憂患意識，苦人生的美好易逝，以及在命運的悲劇之下，仍不得不奮鬥、掙扎的精神，如〈鵲踏枝〉：「誰道閒情拋擲久。每到春來，惆悵還依舊。日日花前常病酒。不辭鏡裏朱顏瘦。」這其實可以聯想到他在政治上的處境，面對著國家有強敵環伺，只憑一己之力不見得能抵抗，但身爲宰相，即使知道無力改變，也不能夠放棄。正由於他的生平，以及他所流露在詞中的情感，讓人產生了如此的聯想。但嚴格來說，馮詞中雖然有讓人聯想到政教關懷的可能，卻仍無法明顯地看出詩歌中的「比興寄託」，也未見任何詩教下諷喻美刺的主旨或目的，屬於他個人懷抱情性的抒發、排遣。故所謂「吟詠情性」，其實仍屬於詞體之「自體功能」，在陳世脩《陽春集・序》之語境，和馮詞實際的創作當中，都是此一情形。

再放諸其他詞家，以詞「吟詠情性」者，也並不只有馮延巳，韋莊、李後主等人亦然，例如韋莊的詞作，內容雖不脫風花雪月，但基本上有兩個重要的轉折，一是寫愛情時，開始使用自己的口吻作敘述，不再只單純站在女子的立場代言了；二是如李後主一般，也有去國懷鄉之情。第一種作品，像〈浣溪紗〉（夜夜相思更漏殘）這類作品，寫和他的愛妾分離之傷，可明顯看出他的愛情故事。第二種作品，則是像組詞〈菩薩蠻〉五首，雖寫對於過去曾有一段感情的女子的思念，但詞裡提到「江南」、「洛陽」，其實暗有故國之思。至於李後主，其詞也寫了個人的愛情，如〈玉樓春〉（晚妝初了明肌雪）、〈子夜歌〉（尋春須是先春早）等，自然也是吟詠個人的情性。至於他寫國破家亡之恨的作品，例如〈破陣子〉（四十年來家國）、〈虞美人〉（春花秋月何時了）等，相較於其他詞人，「殊題」性更加明顯，所以從馮、韋、李等詞人一路下來，其作品已經有「代言」轉向「自抒」，「泛題」轉向「殊題」的傾向，不再侷限與創作主體無關的愛情，開始寫自己切身的經驗，因此「主體性」也逐漸呈現在詞作中。其後晏殊、歐陽修、柳永等人亦然，如晏殊之〈破陣子〉（憶得去年今日）、〈浣溪沙〉（一曲新詞酒一杯），皆寫自己的經驗或人生體悟；歐陽修之〈臨江仙〉（記得金鑾同唱第）寫送別，並感慨自己仕途上

〔註36〕吳梅《詞學通論》（北京：新世界出版社，2012年10月），頁65。

一事無成；柳永〈雨霖鈴〉（寒蟬淒切）則寫離別之傷感，〈八聲甘州〉（對瀟瀟暮雨灑江天）則不僅寫離別，亦藉「悲秋」透露不遇之悲哀。不過，這類還未像蘇軾這樣，將主體性更明顯的表現出來，比例上也比較少。同時，蘇軾之前的詞人，在寫「主體」自己的時候，往往都是「個別主體」的情感，也多是「常民意識」之表現，蘇軾以後，才有較多的「普遍主體」經驗，也就是在他所處的那一時代下「文人群體」、「文人階層」等會遭遇的經驗、產生的情志懷抱等。

總括上述，陳世脩注意到詞的初起階段，已有「娛賓」的「衍外效用」，或「吟詠情性」的「自體功能」，而所謂「遣興」，其實從「自體功能」或「衍外效用」來講都可。觀唐代到宋代，「娛賓」之「衍外效用」一直都有，但到了蘇軾與蘇門，則又開出另一種「衍外效用」，也就是「酬贈唱和」，其中包含了文人的遊戲筆墨，也可以從中看出文人間交往的情誼；至於「自體功能」的部分，從馮、韋等人便已有個人抒情的傾向，但比例較少。到了蘇軾及蘇門，才將這一功能更爲擴大，甚至不只抒情，也有了「言志」，使詞之「自體功能」除了「抒情」之外又有「言志」；且其「抒情」的部分，較之前的詞人，也有了不同的轉變。

第二節　詞「自體功能」的開拓：抒情與言志

一、蘇門擴展的詞自體功能：抒情

（一）蘇軾詞「情」的改變

關於詞之「情」，如從其一開始的發展來看，則多半指的是泛泛的風月之情、男女之情。但從前面的分析，則從馮延巳開始，已有將詞作爲個人抒情、吟詠情性之用，只是此一階段，漸變者尚不明顯，所書寫、吟詠之情，也是比較片面的。到了東坡以後，這「情」就有了轉變。蘇軾早期之詞，當然仍受傳統的作詞方式影響，可是後來的詞作風格卻多有不同，這些轉變的原因也有許多個。一般多認爲，當時柳詞的俗豔與流行，使他感到不滿，進而有想要改變此一風氣，在作品上革新的念頭，如〈與鮮于子駿三首〉：「近卻頗作小詞，雖無柳七郎風味，亦自是一家，呵呵！數日前，獵於郊外，所獲頗多，做得一闋，令東州壯士抵掌頓足而歌之，吹笛擊鼓以爲節，頗壯觀也，寫呈取笑〔註37〕。」或俞文豹《吹劍續錄》所云：「東坡在玉堂，有幕士善謳，因問：『我詞比柳詞如何？』對曰：『柳郎中詞，只好十七八女孩兒，執紅牙拍板，唱「楊柳岸，曉風殘月」；學士詞須關西大漢，執鐵板唱「大江東去」。』公爲之絕倒。」這兩個記載可以看出蘇軾有意的與柳永比較，並且用與風花雪月完全不同的內容作爲對照。但此種比較，不一定是不滿，也可能是將柳永視爲一家模範，才有意比較。再據趙令畤《侯鯖錄》記載，東坡曾評柳永說：「世言柳耆卿曲俗，非也。如〈八聲甘州〉云：『霜風凄緊，關河冷落，殘照當樓。』此語於詩句不減唐人高處。」〔註38〕可見東坡其實有肯定柳永之處。那麼，是何原因讓東坡之詞有所轉變？若觀東坡創作，可知其經常「破體」而作，亦即能打破文體間的規範和界限，恣意創作。這與他天才橫溢有關，故能不拘於文體的表面形式，直接看到文體內在的功用，於詞體也是，能有新的認知，認識到詞體與詩一樣，可以作「抒情」之用。

從東坡早期的詞作如〈華清引・感舊〉、〈一斛珠〉（洛城春晚）等詞作來看，本就較無脂粉香澤之氣，而有清新或蒼逸之感，劉少雄認爲「東坡早期詞的題材雖有多種，大抵不離『人生有別』、『歲月飄忽』的主軸，期間東坡有所陷溺，也能自省，情理之間轉折出許多動人的意韻」〔註39〕，這可能就是他的情性所影響。再者，詞體在配合迴環反覆的音樂時，特別適合抒婉轉幽深的情感，這與詩的「溫柔敦厚」、「沉鬱」是有共通之處的。東坡擅長寫詩，又被音樂所感，便進一步的發覺詞其實可以抒情，也不見得都要寫風花雪月。而後，在他流離顛沛的仕途中，爲抒發宣洩，以詞寫人生的感慨、省思，且出之於一種文人士大夫的情懷，就更常見了。

東坡在「抒情」方面除了是更有意識的認識這一功能之外，他也把詞之「情」從迴環幽深擴大出來。顏崑陽教授指出，東坡詞中「豪放」爲比較凸顯的特色，但他還有其他風格多變的詞，例如清麗、奧衍、平淡、豪宕、超曠、沉鬱等。〔註40〕之後再經過辛棄疾、陳亮、劉過等人，可以發現，詞不

〔註37〕見（宋）蘇軾：《蘇軾全集・文集》（上海：上海古籍出版社，2000年5月），中冊，頁2021。

〔註38〕見（宋）趙令畤：《侯鯖錄》（上海：商務印書館，1959年10月），卷7，頁69～70。

〔註39〕劉少雄：《會通與勢變——東坡以詩爲詞論題新詮》（臺北：里仁書局，2006年3月），頁21。

〔註40〕見顏崑陽教授：《蘇辛詞選釋》（臺北：里仁書局，2012年9月），頁12～14。

僅能寫細微婉轉的感情，也能寫豪邁激昂之情了，進而使得詞的題材、主題擴大，因此雖然歷來對他這種作詞的方式多有爭議，但是對他之後的詞壇依舊造成很大的影響。

當然，如果東坡所做的擴展，只是把詞之「情」用粗獷叫囂的方式宣洩出來，那麼也只是所謂的「豪放派」末流而已，由於東坡本人的才氣性格，他所抒發的「情性」相當文人化，所以這種「情」具有雅正、理性的特質。葉曾在《東坡樂府・敘》中說：「東坡先生以文名於世，吟詠之餘，樂章數百篇，樂而不淫，哀而不傷，眞得六義之體」〔註 41〕、吳騏《宋南郊詞・序》中也說：「子瞻、稼軒以經濟之材，抑鬱挫折，忠愛怨悱，寄情小詞，尤象蹴蹈，何暇計步植木哉？」〔註 42〕這些都是在說明東坡之「情」有雅正的特質。

除此之外，劉熙載《詞概》說：

> 詞家先要辨得情字，〈詩序〉言發乎情，〈文賦〉言詩緣情，所貴於情者，爲得其正也。忠臣、孝子、義夫、節婦，皆世間極有情之人，流俗誤以欲爲情。欲長情消，患在世道。倚聲一事，其小焉者也。〔註 43〕

此亦頗能解釋東坡詞之「情」，所謂雅正，也就是能「發乎情，止乎禮義」，而非順從欲望，寫詞時當然是大從與政教相關，小至個人男女之情都可以寫，可是所寫的「情」必須是雅正的，而不應走向情欲，破壞禮教。這固然是讓詞走向和詩靠攏的道路，有些人病其詩詞不分，或失於本色，但如此就是不好的詞作嗎？反之，如果沒有東坡此一改變，而詞仍不脫艷情、婉約等本色，也許才是眞正讓詞繼續走在狹路之中。因此，東坡讓詞的「抒情」功能有所擴展，無形中也是讓詞這一文體得以用嶄新的方式開展。

因此，從馮、李諸詞人，一路到晏、歐，他們一部分延續豔情傳統，作「泛題」、「擬代」之作，一部分自抒情性。及至東坡，「泛題」、「擬代」作品的數量變少，在比例上有了很大轉變，「殊題」、「自抒」之作增多，所寫之「情」或「情性」，也變得多元化。這是擴大了「情」的類型與題材，故其作品特色

〔註 41〕見（宋）蘇軾《東坡樂府》（上海：古典文學出版社，據元延七年葉曾雲間南阜草堂刻本影印，1957 年 8 月）

〔註 42〕見孫克強編：《唐宋人詞話》（天津：南開大學出版社，2012 年 8 月）上冊，頁 324。

〔註 43〕（清）劉熙載：《藝概・詞曲概》（上海：上海古籍出版社，1978 年 12 月），頁 123。

也有清麗、婉約、沉鬱等，詞人的主觀情意更加明顯。在此之前，韋莊、柳永或敘寫了自己的情事，抒發自己的情愛，但是「情」的題材並未擴充；而韋莊與馮延巳的部分詞作，或許透露出政治的聯想，李後主詞的家國之痛，對於「情」之內容稍有擴充，馮、晏、歐等人在詞中所透露出的某些人生經驗和傷懷，也是一種擴充，卻都不如東坡「無意不可入，無事不可言」這樣的寬闊，舉凡悼念亡妻、手足之情、友朋之誼也都可以寫了。因此詞可以專門用以抒發自己的情感，同時這種「情」還具有文人崇尚的雅正之特質。當然，這樣的抒情方式也就讓詞與詩產生了相同之處，可是因爲詞本來在寫「情」的時候，特別婉轉低迴、曲折有韻，所以東坡「抒情」的方式並非直抒無餘，也常出以眞摯的情感，但又有深遠的意境，因此這種「情」更具有他個人的特色，並非泛題式的情感。

（二）蘇門詞「抒情」的繼承與發展

東坡以後，蘇門弟子也跟進了以詞抒情，能在作品中看到創作主體個人的情感，而且比起前人，也更爲明顯。蘇門詞人如黃庭堅、晁補之受到蘇軾的影響，是一直以來都有的說法，如王灼《碧雞漫志》：「東坡先生以文章餘事作詩，溢而作詞曲，高處出神入天，平處尙臨鏡笑春，不顧儕輩。或曰，長短句中詩也。爲此論者，乃是遭柳永野狐涎之毒。詩與樂府同出，豈當分異。若從柳氏家法，正自不分異耳。晁無咎、黃魯直皆學東坡，韻製得七八。」〔註44〕這裡是對黃庭堅與晁補之繼承東坡「以詩爲詞」的肯定。而元好問〈新軒樂府引〉則說：「坡以來，山谷、晁無咎、陳去非、辛幼安諸公，俱以歌詞曲稱，吟詠情性，流連光景，清壯頓挫，能起人妙思。亦有語意拙直，不自緣飾，因病成妍者，皆自坡發之。」〔註45〕則是從黃、晁等人能和東坡一樣以詞「吟詠情性」這點來說，可見在蘇軾的影響下，黃、晁二人之詞也向個殊化發展，並以之作爲「抒情」之用了。

至於秦觀，雖然他的詞還是以婉媚綺豔爲主，但李清照《詞論》說：「秦即專主情致，而少故實」〔註46〕，注意到了秦觀的詞作中蘊含著深刻的情感，

〔註44〕見（宋）王灼：《碧雞漫志》（知不足齋本），卷2，頁2。
〔註45〕見（元）元好問：《遺山先生文集》（《四庫叢刊初編》，據景烏程蔣氏密韻樓藏明弘治刊本影印）卷36，頁16。
〔註46〕見（宋）李清照撰，徐培均箋注：《李清照集箋注》（上海：上海古籍出版社，2005年5月），頁267。

而像〈踏莎行〉(霧失樓台)、〈千秋歲〉(水邊沙外)等，詞中之「情」不只有男女之間的豔情，也有寄寓身世之感的作品。因此，若不從作品表面上的風格與藝術手法來看，則蘇門詞人對於詞的「抒情」之用皆是有所繼承的。不過，每個創作主體的情性不同，所以呈現出的作品面貌自然不大相同，故使得詞之「自抒」、「殊題」情形也更加明顯，以下試分析蘇門詞人所呈現出的不同情性。

黃庭堅之詞，大抵有兩種類型的作品，一種較爲粗俗，且白話俗語處更是較柳永有過之而無不及，如〈沁園春〉(把我身心)〔註47〕、〈歸田樂引〉(對景還銷瘦)〔註48〕等，內容也以豔情爲主，這些大抵作於山谷年輕時，如他在〈小山詞序〉中說的：「余少時，間作樂府，以使酒玩世，道人法秀獨罪余以筆墨勸淫，於我法中當下犁舌之獄。特未見叔原之作品耶？」〔註49〕可見黃庭堅年輕之時，多抱著「使酒玩世」的心情在寫詞，鄧子勉說：「前期黃庭堅的精力主要在於詩歌創作的出奇出新，驚世駭俗，詞則偶一爲之，多是飲宴佐賓遣興所需，未必在意雕琢」〔註50〕；馬興榮《山谷詞校注・前言》說：「黃庭堅年少時也有放浪的生活……他的豔歌小詞中有些是他年少時的生活寫照也是自然的」〔註51〕，這些大抵能說明黃庭堅年輕時作詞的情形，還是以傳統豔情詞爲主，觀其內容，也多是「泛題」、「代言」的模式。而另一種作品，則多作於紹聖元年(1094)被貶之後，或許因爲貶謫所帶來的衝擊，黃庭堅對於作詞的態度不同了，所謂的「喜造纖淫之句」〔註52〕、「諢褻不可名狀」〔註53〕的詞作，開始有了轉變，數量上也比之前多出許多。可能被貶的遭遇使他「不復齒於士大夫」〔註54〕、「謫官寒冷，人皆掉臂而不顧」〔註55〕，

〔註47〕見(宋)黃庭堅撰，馬興榮、祝振玉校注：《山谷詞校注》(上海：上海古籍出版社)，頁1。

〔註48〕見(宋)黃庭堅撰，馬興榮、祝振玉校注：《山谷詞校注》，頁53。

〔註49〕見(宋)黃庭堅撰，鄭永曉整理：《黃庭堅全集》(南昌：江西人民出版社，2008年9月)，上冊，頁619。

〔註50〕鄧子勉：〈論山谷詞〉，收入黃君主編：《黃庭堅研究論文集》(南昌：教育出版社，2005年10月)，第二卷，頁911。

〔註51〕見(宋)黃庭堅撰，馬興榮、祝振玉校注：《山谷詞校注》，頁6。

〔註52〕見(清)李調元：《雨村詞話》，收入《詞話叢編》，頁1397。

〔註53〕見《四庫全書・山谷詞提要》(臺北：臺灣商務印書館，據文淵閣四庫全書影印本《山谷詞》)，頁1。

〔註54〕見黃庭堅〈答王補之書〉，《黃庭堅全集》，頁1013。

〔註55〕見黃庭堅〈答瀘州安撫王補之〉，同前註。

嘗盡人情冷暖故心境有所變化，而詞既可作爲抒情之用，故以詞來抒發心境，這也影響了詞作的質與量。同時，因這時期的詞有承襲東坡「以詩爲詞」之處，並能抒發自己較爲眞摯的心情、心境，故能得到好評。而在詞作有兩種不同的情況下，其評價歷來也是毀譽參半。

從前一章，可知黃庭堅有許多貶謫詞作，寫其被貶後的心情，這也是他在將詞作轉型成「自抒」、「殊題」後，最具有代表性的作品。如〈醉蓬萊〉兩首，當中「萬里投荒，一身弔影」、「杜宇催人，聲聲到曉，不如歸是」等句，正道出初被貶之孤苦惆悵；而後山谷在黔州待到紹聖四年（1097），或許對於貶謫的生活已有了體悟，故其〈定風波・次高左藏使君韻〉云：「莫笑老翁猶氣岸。君看。幾人黃菊上華顚。戲馬臺南追兩謝。馳射。風流猶拍古人肩」所透露出的自得之感，頗爲豪放傲氣，已不復初被貶時的惴慄悲苦，也是山谷個性的展現，最能展現黃庭堅的性情與品格。從山谷堅傲性情在詞中的表現來看，可知他延續了蘇軾的抒情方式，詞本來多用來抒婉媚之情，但亦可用爲抒相反的堅傲、豪放等情感。而這種情感，也不再僅是詩可以抒發，詞體也能有此「自體功能」。

至於晁補之，喬力《晁補之詞編年箋注》曾說：「檢視晁詞，則被罷湖州任、以寄祠官退居金鄉故里階段的作品最具代表性，因爲這期間作者的創作熱情驟然旺盛，且明顯地反映出其人生價值取向和對詞這種新興文學樣式的審美界定。」〔註 56〕說明了晁補之也因爲貶謫的遭遇，轉而以詞抒情的情形。不過觀晁補之早年的詞，其實已頗能反映其性格，再者，晁補之不少詞作是延續傳統詞的題材，但是很少狹邪俗豔，如〈下水船・廖明略妓田氏〉寫女子睡起匆忙梳妝之情態，和與自己暗中的情意；〔註 57〕〈感皇恩・海棠〉雖詠花，但也能顯出文人之多情。〔註 58〕而不論何種題材，則像蘇軾一樣拓展出的自我抒情也是常見的。

從前一章探討之晁補之作品，可見其「悲己之憤」，也常在仕隱抉擇間徘徊，壯志未酬的悲憤感成了他詞中明顯並特殊的情調。這也是他所開拓出來的詞體抒情之用，亦即可以抒悲憤這種具有張力的情感，而後南宋有許多士

〔註 56〕（宋）晁補之撰，喬力校注：《晁補之編年箋注》（濟南：齊魯書社，1992 年 3 月），頁 6。

〔註 57〕見（宋）晁補之撰，喬力校注：《晁補之編年箋注》，頁 1。

〔註 58〕見（宋）晁補之撰，喬力校注：《晁補之編年箋注》，頁 10～11。

人，特別如辛棄疾，也往往有壯志難酬的悲憤之感，正因爲詞體亦可作爲這種抒情之用。

秦觀之情，最凸顯的是被貶的孤苦愁怨，沉重而淒厲。特別是如第三章曾說過的「淒婉」。他以詞抒情，能出之以傳統婉約的詞風，這點和五代詞人、柳永等相像，可是「悽婉」、「哀怨」等情卻比傳統婉約詞人的作品來得深刻。五代詞人多是片面情感的抒發，而柳永之抒情，則常常過於淺白，如果相較於過去婉約詞人之情的「片面」或「淺顯」，秦觀之貶謫詞，則是讓人覺得「用情至深」，所抒之情著力、深刻，因而使得詞體之抒情，又有了另一種拓展。

綜上所述，可見蘇軾與蘇門詞人在藉詞抒情時，展現出了不同的品性與心境，東坡超曠、山谷堅傲、無咎悲憤、淮海淒婉，正是其情的眞摯之處。爲身爲文人的理性與學養，又促使他們在抒情時呈現出情理兼具的一面，可見詞體的功用在他們手中，不僅開展了，這開展也更促進了詞的文人化。

蘇門擴大的以詞「吟詠情性」，能寫創作者「常民意識」的部分，也能寫受到「文人、士人階層的意識」影響之情。蘇軾以前的作者，有許多詞作是以「常民意識」的抒發爲主，「文人、士人階層意識」的部分，未必是有意識的，創作者常常是在詞中作一種自然地、偶然地流露，而不是用發奮著述的態度去寫。因爲基本上來說，無論是作爲代言、娛賓的作品，或個人的小情小愛，本就難登大雅之堂，加上詞人也視詞爲小道，不是正經用來寫政治抱負的。但是以這些文人的文采來說，也未必不能寫出雅的作品，流露出其性格的一面，這些可能是身爲一個常人的情感，也可能是身爲一個文人的情感，和其個性所堅持、在意的部分。這些人生的態度或理念，可能決定了其「情性」，並且都是經由文化知識薰陶所形成的，是以多少會有特殊性和雅的那一面。但礙於詞在文人手中作爲「代言」、「娛賓」已久，因此透過「遣興」而成的作品，雖然在風格上多少不脫代言體的形式，或總出之於風花雪月、男女艷情，還是能造成每個詞家不同的典型，而隨著這種「吟詠情性」情況的發展，詞人也能更進一步的發現，詞可以抒發個人的情感與表明志向。

二、蘇軾與蘇門詞人對詞「自體功能」的擴展：言志

朱自清《詩言志辨》最早將「詩言志」這一論題做了較爲詳細周全的研究，他分成四個部分來說明：「獻詩陳志」、「賦詩言志」、「教詩明志」、「作詩言志」，並認爲「志」就是與政教相關的懷抱發之於歌詩，當然也點出了

詩歌有「言志」這樣的功能，以詩美刺諷上，移風易俗，則可達到教化的效應。〔註 59〕再更進一步說，由於「詩言志」是從儒系詩學體系發展出來的，且與政教相關，因此詩歌內容的詮釋和價值取向，是與國家社會大眾有關的崇高理想，和魏晉南北朝以後，個人意識的醒覺所導致的自我抒情，也就是「詩緣情」不同。顏崑陽教授對於這兩個傳統，曾經從創作主體的意向去詮釋，認為「詩言志」是「集體意識」的發用，是「一個人對於生命實存與行為價值的認知，是將個體視為集體的一員，只服從集體所共有的最高價值，個體自身不獨立實存，在行為上亦無個殊的價值意向」，並「具有儒家淑世之理想性」〔註 60〕；「詩緣情」則是「個體意識」的發用，是「一個人對於生命實存與行為價值的認知，是強調個體不可共有之特性，將個體視為獨立而相對於其他個體，而不必去服從超越個體以上的集體共有之更高價值。」〔註 61〕可見「詩言志」的傳統之下，作品所呈現的價值觀，或者詮釋作品的方式，往往是有共同性的，其「志」也多半是儒家崇高的淑世精神，而非一般對功名或前途有所求的志向。

若說「詩言志」傳統下的詩作乃是為了美刺諷喻，那具體呈現在作品中又是什麼情形呢？我們可以看到，在《詩經》與漢樂府中，有不少是直接描述民間生活狀況的作品，這類作品用意很明顯，亦即以這類作品反映現實，而期望上達天聽，獲得改善，同時表達出深厚的同情心，間接展現出淑世的精神。另一類作品，則以屈原的《楚辭》為代表，屈原不斷地在作品中展現對國君的忠心，期望透過感動昏庸的君主，來達到改善國家的目的，顏崑陽教授指出：

> 屈原實將「悟君」與「改俗」視為一事，故忠君的終極理想，乃在於改革社會。孟子所提出的「忠君」觀念，除了游士的時代政治處境之外，背後另有一套「民為貴、社稷次之、君為輕」的政治理念為依據。而屈原在「小一統」的政治格局中，無法選擇國君，一國之事繫於一人（君）之身，故欲「改俗」必須「悟君」，遂將「忠君」

〔註 59〕朱自清：《詩言志辨》，收入《朱自清全集》（江蘇：江蘇教育出版社，1990 年 7 月），頁 132～175。

〔註 60〕顏崑陽教授：〈論唐代「集體意識詩用」的社會文化行為現象——建構「中國詩用學」初論〉（《東華人文學報》第 1 期，1999 年 7 月），註解 11，頁 46。

〔註 61〕顏崑陽教授：〈論唐代「集體意識詩用」的社會文化行為現象——建構「中國詩用學」初論〉，註解 15，頁 47。

與「改革社會」視爲同一件事。〔註 62〕

所以在《楚辭》中，經常能看到屈原個人的心志，無論是他的不平、悲痛、不遇之感，都相當明顯。這類作品與《詩經》或漢樂府那種反映現實的不同，但是殊途同歸，目的一樣，只是一種是用客觀的現實來提醒在上位者，一種是透過主觀情感來感動在上位者，並都是「詩人覽一國之意，以爲己心」〔註 63〕。而詩發展到魏晉南北朝，雖然朝著「個體意識」的「情」去發展了，但是這類「集體意識」的「言志」詩並未消失，並隨著社會制度由九品中正制變爲科考制度，故在唐代又興起一波高峰。顏崑陽教授認爲這類「集體意識」的詩是復古的表現，並且可以分成兩個類型：承繼「風雅」而爲變體的「向下實指型」。這類作品多描述社會的下層階級生活，並且直接切實的指涉，明示了自己的創作動機；另一類型是承繼「騷」的變體「向上虛喻型」，這類作品的政教動機會透過比興符碼呈現，並且指向在上位者的施政是否正當，進行諷刺性的批判，同時也帶有因不遇而「悲己」甚至「自我抒情」的色彩。〔註 64〕

像《楚辭》或者「向上虛喻型」這類的作品，因爲個人主觀色彩較重，所以在定位爲「集體意識」的「言志」詩，還是「個體意識」的「緣情」詩，往往會有些爭議，這時候可能就要看作品中究竟孰輕孰重，或者由作者的生平來看他是否具有淑世精神。倘若他的最終目的和屈原一樣，是希望透過悲己、不遇之感來喚醒國君，同時能對國家有所裨益，那麼也還是能夠「群己不二」，具有「集體意識」了。

當然，上述狀況都是發生在詩歌這一文體中，而詞受到詩的影響，甚至被認爲是詩的延續，是否也有此現象？首先，由於唐五代與宋代文人，對於詞這一文體的看法與詩是不同的，詞本爲小道，文人（特別是淑世精神蓬勃發展的宋代文人）並不以作詩的精神來作詞，直到詞的內容題材擴大了，功用上與詩靠攏了，也才有文人開始以詞來寫他的淑世精神，或者在政治上的抱負。可是詞的「自體功能」本是「抒情」，就本色來說，是出之以婉約的筆調，並以寫豔情爲主，其是否適合做「言志」的功能？或更進一步說，是否

〔註 62〕顏崑陽教授：〈論漢代文人「悲士不遇」的心靈模式〉，見《詮釋的多向視域：中國古典美學與文學批評系論》（臺北：臺灣學生書局，2016 年 3 月）。頁 170。

〔註 63〕見（西漢）毛亨傳，（東漢）鄭玄箋，（唐）孔穎達疏：《毛詩注疏》，孔穎達疏文，卷 1，頁 16。

〔註 64〕見顏崑陽教授：〈論唐代「集體意識詩用」的社會文化行爲現象——建構「中國詩用學」初論〉，頁 43～68。

可以完全和詩的功能相同？這些歷來也都是有爭議的問題。但其實詩歌的發展既然有「言志」的「集體意識」轉向「緣情」的「個體意識」，那詞本來以「抒情」的「個體意識」為主，轉向「言志」的「集體意識」，其實也有可能。但是當詩人把詞做為「言志」之用時，其目的是否和「詩言志」相同？而其所呈現出的面貌又究竟是像《詩經》還是像《楚辭》，抑或有其他不同的類型出現？由於蘇軾與蘇門詞人的詞作中，有少部分是展現出自己淑世精神的作品，且與前人相比，是明顯不同的特徵，也能夠看出借鑑詩歌「言志」的痕跡。因此下文欲就這些作品與現象進行分析，研究以詞「言志」這個功能的延伸，和所造成的效應。

（一）蘇軾的「以詞言志」

蘇軾〈沁園春・赴密州早行馬上寄子由〉：

> 孤館燈青，野店雞號，旅枕夢殘。漸月華收練，晨霜耿耿，雲山摛錦，朝露團團。世路無窮，勞生有限，似此區區長鮮歡。微吟罷，憑征鞍無語，往事千端。　當時共客長安。似二陸初來俱少年。有筆頭千字，胸中萬卷，致君堯舜，此事何難。用舍由時，行藏在我，袖手何妨閒處看。身長健，但優游卒歲，且鬥尊前。〔註65〕

此詞作於熙寧七年（1074）十月，由杭州通判轉知密州，途經海州所寫。此詞是寄給子由之作，故直抒胸臆，詞中「致君堯舜，此事何難」，顯露出報效國家之志，另一方面又說「用舍由時，行藏在我，袖手何妨閒處看」，意識到自己的命運不是操之在我，但是需曠達面對。這首詞也是蘇軾第一首與「言志」相關的詞。

隔年的熙寧八年（1075），蘇軾已在密州，此時他又寫了〈江城子・密州出獵〉：

> 老夫聊發少年狂。左牽黃。右擎蒼。錦帽貂裘，千騎卷平岡。為報傾城隨太守，親射虎，看孫郎。　酒酣胸膽尚開張。鬢微霜。又何妨。持節雲中，何日遣馮唐。會挽雕弓如滿月，西北望，射天狼。
>
> 〔註66〕

根據傅藻〈東坡紀年錄〉說：「寧熙八年乙卯，冬，祭常山回，與同官習射放

〔註65〕見《蘇軾詞編年校注》，上冊，頁134～135。

〔註66〕見《蘇軾詞編年校注》，上冊，頁146

鷹作詩〈和梅戶曹會獵鐵溝行〉……又作〈江神子〉。」〔註67〕可知此詞作於密州常山出獵時。而蘇軾〈與鮮于子駿三首〉說：「近卻頗作小詞，雖無柳七郎風味，亦自是一家，呵呵！數日前，獵於郊外，所獲頗多，做得一闋，令東州壯士抵掌頓足而歌之，吹笛擊鼓以為節，頗壯觀也，寫呈取笑。」〔註68〕所指便是此詞，蘇軾有意為之，頗為明顯。「持節雲中，何日遣馮唐。會挽雕弓如滿月，西北望，射天狼」幾句，以漢文帝時抵禦匈奴有功的雲中太守魏尚自比，再以象徵貪殘、侵略的天狼星比喻北宋當時的外患西夏，展現自己有替國家抵禦外侮的志向。除此之外，蘇軾還有一首詩〈祭常山回小獵〉，當中說：「聖明若用西涼簿，白羽猶能校一揮」〔註69〕大約也是同一時期之作，朋九萬《東坡烏臺詩案》曾記載蘇軾說此詞：「意取西涼主簿謝艾事，艾本書生也，善能用兵，故以此自比，若用軾為將，亦不減謝艾也。」〔註70〕所展現的志向與〈江城子・密州出獵〉相同。雖然蘇軾為文人，但北宋時，西夏這個外患確實是一個相當嚴重的問題，文人身兼武將而對抗西夏者，如范仲淹，也不少見，蘇軾出獵歸來，挾著豪放之情，故而發豪壯之志，欲報效國家。

不過，以上蘇軾所言之志，雖關乎政教，還不是群體意識之志，而是個人之志，與諷喻政治得失、反映百姓疾苦不同。故非風雅，也非楚騷一路，主要是表達個人的抱負，欲建功立業、報效國家之志。但前人未有以詞寫自己志向者，所以蘇軾是一個明顯的轉變。創作主體開始抒情、吟詠情性以後，所寫之情也逐漸由男女之情拓展到其他題材。這一漸變的過程中，除李後主之作與國破家亡之恨有關，關乎政教以外，便是蘇軾了。詞體一開始的「衍外效用」為「娛賓」，「自體功能」為「抒情」，其實本來都無關乎政教。李後主之作，由於表面還是用傳統婉約的方式來寫，所以和蘇軾相比，變化性比較小，也較為偏向抒情之作；再者，蘇軾所處之時代，正是士階層意識高漲、凝聚之時，這種時代氛圍，也比較容易使得士人在創作時，融入更多士的意識，這或許也是蘇軾開始以詞言一己志向的原因。雖說蘇軾這種「言志」仍是屬於文體之「自體功能」，與「詩言志」之文體的「衍外效用」，有所不同，

〔註67〕傅藻：〈東坡紀年錄〉，見《四庫叢刊初編・東坡先生詩》（上海：上海書店，1989年3月）

〔註68〕見《蘇軾全集・文集》，中冊，頁1753。

〔註69〕見《蘇軾全集・詩集》，上冊，頁150。

〔註70〕（宋）朋九萬：《東坡烏臺詩案》（上海：商務印書館，1939年12月），頁30。

但蘇軾擴充了詞的「自體功能」仍屬無疑。是以，詞之「自體功能」除了能抒一己之情外，亦能言一己之志，這便讓詞從風花雪月的「小道」，更向地位崇高，能關乎政教的其他文體靠攏。

（二）黃庭堅、晁補之的「以詞言志」

黃庭堅之〈蝶戀花〉說：「要識世間平坦路。當使人人，各有安身處。黑髮便逢堯舜主。笑人白首耕南畝〔註 71〕。」也有爲國家社會效力之意；還有〈水調歌頭〉（落日塞垣路）寫「漢天子，方鼎盛，四百州。玉顏皓齒，深鎖三十六宮秋。堂有經綸賢相，邊有縱橫謀將，不減翠蛾羞。戎虜和樂也，聖主永無憂」〔註 72〕，則以漢代如此強盛，卻仍用和親政策爲恥，但是畢竟還是要「戎虜和樂」了，才能「聖主無憂」，因而又呈現出憂國的情懷。至於〈驀山溪〉（山明水秀）寫「玉關遙指，萬里天衢杳。筆陣掃秋風，寫珠璣、琅琅皎皎。臥龍智略，三詔佐昇平，煙塞事，玉堂心，頻把菱花照」〔註 73〕，則呈現出年輕時，有像諸葛亮能爲賢臣一樣的志向，但如今老了只能頻頻照鏡感嘆，雖然悲己，但仍心繫君主。

至於晁補之，他的詞作中經常出現「功名」一詞，但往往言及「功名」時，並非抒發雄心壯志，而是無法求取的感傷無奈，如〈八聲甘州・歷下立春〉:「功名事，算何如此，花下尊前」〔註 74〕、〈好事近・中秋不見月，重陽不見菊〉:「月期花信尚參差，功名更難卜」〔註 75〕、〈行香子・東皋寓居〉:「何妨到老，常閒常醉，任功名、生事俱非。衰顏難強，拙語多遲」〔註 76〕、〈驀山溪・亳社寄文潛舍人〉:「古來畢竟，何處是功名」〔註 77〕等等。當然，此處晁補之所希求的功名，如第三章曾提及的，不僅是個人的功名，另一方面，也是期待能有一番作爲的。

由蘇軾、蘇門詞人以詞「言志」的情形來看，並未出現前述延續《詩經》直接揭露現實的作品，多是抒發個人懷抱志向的特色。這是由於詞本身適合抒情，故即便詞發展到南宋，文人以之「言志」時，也甚少用直接反映現實

〔註 71〕見（宋）黃庭堅撰，馬興榮、祝振玉校注：《山谷詞校注》，頁 98。
〔註 72〕見（宋）黃庭堅撰，馬興榮、祝振玉校注：《山谷詞校注》，頁 29
〔註 73〕見（宋）黃庭堅撰，馬興榮、祝振玉校注：《山谷詞校注》，頁 40～41。
〔註 74〕見（宋）晁補之撰，喬力校注：《晁補之詞編年箋注》，頁 38。
〔註 75〕見（宋）晁補之撰，喬力校注：《晁補之詞編年箋注》，頁 187。
〔註 76〕見（宋）晁補之撰，喬力校注：《晁補之詞編年箋注》，頁 128。
〔註 77〕見（宋）晁補之撰，喬力校注：《晁補之詞編年箋注》，頁 67～68。

的方式，如有直接描述民生疾苦或情形者，多半都還是以詩寫作。再者，蘇門詞人這類「言志」的詞，也不全然與《楚辭》或唐代「向上虛喻型」的詩作相同，「悲己」的時候無奈的成份較多，也不敢如唐人，對於高層進行諷刺性的批判，畢竟唐代的言論自由度較高，而宋代黨禍屢興，士人本身受儒家思想影響又重，自然是不敢對君主有明目張膽的怨言或批評。

此外，雖然從宋代開始，便一直有對於「以詩爲詞」不以爲然的言論，認爲詞自有「本色」，不應成爲「句讀不葺之詩」，也確實當詞可以「抒情」、「言志」後，在內容上就更向詩靠攏了。但從此節論及他們以詞言志時，仍偏重抒發的是個人的懷抱，而非反映民間現實，隱去了作者本身的情志，就大概可知，他們在改革詞體時，仍是適度的尊重詞體本身的功能與適合的寫作方式，尤其在選體表現反映民間疾苦這類題材時，幾乎還是以詩爲主的。從這點便可知所謂「詩詞有別」還是存在的，兩者之間的背後仍是有一條隱性的界線。故詩之「言志」有其「衍外效用」，而詞之「言志」，一開始則重在「自體功能」，到南宋鮦陽居士等人提倡的「復雅運動」以後，才逐漸有「諷喻」等「衍外效用」的產生。

第三節　詞體之「衍外效用」：贈答與唱和

《論語・陽貨》中曾說：「子曰：『小子！何莫學夫詩？詩，可以興，可以觀，可以群，可以怨。』」〔註 78〕其實已點出詩之社會效用，一是可以興發情感，二是可以借來觀察萬事萬物，三是作爲文人群體中交流、切磋之用，四則可刺諷在上位者之用。而其中的「詩可以群」，與酬贈詩最有關係，而何爲「詩可以群」？孔安國認爲是「群居相切磋」，也就是一群懂得詩的人，可以藉詩來彼此切磋才能和交流想法。至於實際的運用情況，朱自清《詩言志辨》曾提出詩可「賦詩言志」，也就是在外交場合中，可以藉著賦詩來言諸侯之志或一國之志。但由於這種場合中有時需要較爲靈活的運用，因此往往會「斷章取義」的取用某幾句詩作爲即興之用，並只取字面上的意思，一般懂詩的人，都大概能夠理解這些意思。〔註 79〕而且，「賦詩」的時候，多半也是

〔註 78〕見（魏）何晏注《論語注疏》（浙江大學圖書館藏《摛藻堂四庫全書薈要》），卷 17，頁 7 左。
〔註 79〕見朱自清：《詩言志辨》，收入《朱自清全集》，頁 144～148。

採一來一往的形式，形成交流，可是這種交流大概還停留在「集體意識」的階段，所以焦循《論語補疏》解釋「詩可以群」時，用了教化的層面去說：「詩之教溫柔敦厚，學之則輕薄嫉妒之習消，故可群居相切磋」，〔註 80〕他認爲學詩能夠感化人心，進而得成群體和諧。可見在先秦時期，詩已成爲了文人的「另類語言」，而成爲一種獨特的應酬、交流方式，且這種交流方式具備著美善、教化的特質，也大約是這個時候，奠定了詩可以作爲溝通應酬之用的基礎。

詩在魏晉南北朝由「集體意識」轉向「個體意識」發展後，個人的意識、自我的抒情就成爲了詩歌的重點。此時期，贈答之詩作也開始發展，詩之用不再是作爲外交或政教諷喻，而轉變爲個人抒發情感或交流情感。同時，「唱和」詩也開始有了發展，雖然這與贈答的形式不同，但也可以交流、應酬，顏崑陽教授認爲這是「個體意識詩用」，並界定其意義爲：「『詩』的社會效用在於表現個體的存在經驗與實現個體特有的價值意向。」〔註 81〕因爲詩之贈答與唱和都必然有特定的對象，或許是應酬場合中贈與特定的對象、與特定對象唱和，也可能是與親朋好友間的酬贈唱和。以前者來說，也可視爲是先秦時「賦詩」的延續變化，而後者則多半是受到「個體意識」的影響，多了抒發與交流情感的目的。

贈答唱和之詩，一直延續到唐宋還絡繹不絕，而詞本來是應酬場合中的產物，那麼和詩之贈答唱和產生連結，並且一樣用以贈答唱和，似乎也是相當自然的。只不過，一般多認爲贈答唱和類的作品，是因應酬或某些目的而作，所以價值並不高，但若從社會學的角度切入，則可發現這些作品中保留了不少古代文人在生活中的面貌，顏崑陽教授指出：

> 我們可以穿過文獻而想像到中國古代社會中，宗教祭祀需要詩，朝廷慶典需要詩，君臣宴饗需要詩，政教諷喻或感化需要詩，文人雅集需要詩，婚喪喜慶需要詩，親友送別、迎歸、期約、過訪、勸勉需要詩，男女示愛需要詩……在中國古代，「詩」從未脫離知識階層的生活，只當它自身言語形構的「作品」去觀賞。〔註 82〕

〔註 80〕（清）焦循：《論語補述》（臺北：藝文印書館，1986 年）

〔註 81〕見顏崑陽教授：〈論唐代「集體意識詩用」的社會文化行爲現象——建構「中國詩用學」初論〉，註解 16，頁 47。

〔註 82〕見顏崑陽教授：〈用詩，是一種社會文化行爲模式——建構「中國詩用學」初論〉，收入《反思批判與轉向——中國古典文學研究之路》（臺北：允晨文化，2016 年 4 月），頁 260。

而龔鵬程則認爲文學與世俗必須互相參與，本就難以分割：

> 文人高自標置，瞧不起流俗，但其生命形態卻常是世俗化的。又說文學在中唐以後，力辨雅俗，以求高格，爲其主要趨勢，發展至北宋中葉，遂有「詩到無人愛處工」之說，希望做到「若不食人間煙火語」、「筆下無一點俗塵」。然事實上，文學之世俗化亦同時在進行著。在文學家寫作活動中數量最多的，如墓志、贈序、書啓之類，也全是應世諧俗的東西。應接酬酢，往往連篇累牘。這不也都顯示了世俗與絕俗的兩重性嗎？……世俗必須參與文學，文學也必須要能讓世俗參與到、體驗到。這也就因爲世俗都努力地去參與、熱衷於體驗文學經驗，文學活力才能持續，文學崇拜才能深入社會各個階層與角落。〔註83〕

因而贈答唱和類的作品，其實也包羅萬象，從社會學的角度，它們反映了當時文人階層的生活樣貌、人際關係、意識形態等；從文學的角度，則反映了人與人之間美善、眞誠的情感，故並未眞正沒有價值可言。

一、贈答詩、唱和詩之源流

（一）贈答詩之源流

關於贈答，一般認爲最早的淵源可以追溯到周朝的吉甫送給申伯之詩，如《詩經・大雅・嵩高》:「吉甫作誦，其詩孔碩」與《詩經・大雅・烝民》:「吉甫作誦，穆如清風」之記載，但這僅是「贈詩」的始祖。而後有來有往的「賦詩」則開始有了類似贈答的形式，梅家玲認爲：

> 「吉甫作誦」、「以贈申伯」的贈詩活動，側重於「臨別」時的「贈詩」，「微言相感」、「稱詩言志」的賦詩風氣，則側重於即席、當下以「詩」進行人我之間的情志溝通。前者以自作之詩爲行者壯行，後者則具備了「以詩言志」和「往來」的特質。此二者的基本性質固不相侔，但比合而觀，正可見贈答詩作的源起。降及兩漢，詩歌中亦偶見具「贈答」性質的篇什。其爲數雖寡，然贈答詩歌的醞釀、開展之跡，卻於此可見。如桓帝時的桓麟與客答之作、蔡邕的〈答卜元嗣〉二首、秦嘉與徐淑間的往返贈答，就都是贈答傳統中兼具

〔註83〕龔鵬程：《文化符號學》（臺北：臺灣學生書局，2001年2月）第三卷，第一章，頁365。

傳承與創變性的作品〔註84〕。

這裡簡要的敘述了贈答詩的源起和演變，接著梅家玲還認爲秦嘉與徐淑的贈答詩，因爲側重於個人情感的抒發，所以把贈答詩做了另一方向的拓展，而眞正爲贈答詩建立典範者，則是建安詩人的贈答詩。〔註85〕建安詩人的贈答詩，在題材上，有許多和友情相關，情感較爲眞摯；而晉代的贈答詩，則以應酬、恭維居多，但就數量而言，自然已經能形成一種類別，所以《文選》下便有「贈答」一類，贈答詩發展至此，大致已經有了規模，也比較能夠做嚴謹一些的定義。大抵來說，可以分成兩個部分，「贈」就是以詩贈給特定對象，「答」就是同樣以詩來回應別人所贈之詩，不過有「贈」不一定有「答」。所以，由先秦發展到魏晉，贈答詩從一種賦詩言志以外交的行爲，變成作者自己創作，送（答）給特定對象，表現出某些特定情感或訴求的行爲。而顏崑陽教授歸納詩作爲「社會文化性功用」的三種次類型，認爲其中兩種「感通」與「期應」，都和贈答詩有關，「感通」是「行爲發生於個體交往場域中，彼此感發、溝通內在的情志，春秋時代，大夫交接鄰國的『賦詩言志』，或歷代文人之間、男女之間以詩喻示情志的『贈答』行爲，歸入此類」；「期應」則是「個體交往場域中，一方以詩喻示某項利益的『期求』，而另一方則以詩喻示或迎或拒的『回應』，含有這種意向性的『贈答』行爲歸入此類」，〔註86〕也說明了贈答詩的在「衍外效用」的類型。

綜上所述，其實贈答詩源遠流長，並且具有高度的社交功能，可以說不論於公於私的場合，都能發揮傳遞情感、意向的功用，而當贈詩有了答詩的回應後，則又多了互相交流的功用。梅家玲更認爲「其中對『人我』、『群己』關係的著意關注，反映出當代社會的種種面相，它的存在，對文學和社會兩方面，都應該具有一定的意義。」〔註87〕

（二）唱和詩之源流

唱和原與音樂有關，也就是一人唱，其他人跟著和的意思，作爲一種前

〔註84〕梅家玲：〈論建安贈答詩及其在贈答傳統中的意義〉，見《漢魏六朝文學新論——擬代與贈答篇》（北京：北京大學出版社，2004年11月），頁106。

〔註85〕同前註。

〔註86〕見顏崑陽教授：〈用詩，是一種社會文化行爲模式——建構「中國詩用學」初論〉，收入《反思批判與轉向——中國古典文學研究之路》，頁262～263。

〔註87〕梅家玲：〈論建安贈答詩及其在贈答傳統中的意義〉，收入《漢魏六朝文學新論——擬代與贈答篇》，頁101。

後呼應。鞏本棟認爲唱和的淵源，可以追溯到原始人的勞動，勞動中的前呼後應，就是唱和詩詞的最原始形態。〔註 88〕而後歌曲漸漸地發展出來，有樂有詞，因而一人先唱，其他人跟著和，逐漸形成了風氣，但一開始的「和」還屬於一種跟著唱同一首歌，或像今天「和聲」的層次，並未像「贈答詩」那樣有意義或情感上的互相交流。最早有了以詩歌互爲應答的例子，是《尚書・虞書・益稷》中，關於舜與皋陶互相唱和的記載：

> 帝庸作歌，曰：「勑天之命，惟時惟幾。」乃歌曰：「股肱喜哉！元首起哉！百工熙哉！」皋陶拜手稽首颺言曰：「念哉！率作興事，愼乃憲，欽哉！屢省乃成，欽哉！」乃賡載歌曰：「元首明哉，股肱良哉，庶事康哉！」又歌曰：「元首叢脞哉，股肱惰哉，萬事墮哉！」〔註 89〕

這又稱爲「虞廷賡歌」，也是後世君臣間以詩唱和行爲的始祖。

眞正嚴格意義的唱和詩，如鞏本棟所言：「所謂唱和，就是以詩詞爲形式進行的引發、應和，稱爲詩詞唱和，原唱與因原唱誘導、觸發而創作的能夠在內容和形式上與其構成相互照應關係的詩詞」，〔註 90〕約莫東晉才開始。例如陶淵明的〈和劉柴桑〉、〈和郭主簿〉等，此時的唱和詩已不一定要和音樂有關，主要只是一種呼應，並且以「和意」爲主，也就是詩歌內容上的呼應。而後南北朝也流行唱和詩，特別是在君王與臣子之間，到了唐朝，唱和依舊盛行，同時還發展出更多形式，例如依韻、用韻、次韻等，明代吳喬在〈答萬季埜詩問〉中說：

> 和詩之體不一：意如答問而不同韻者，謂之和詩；同其韻而不同其字者，謂之和韻；用其韻而次第不同者，謂之用韻；依其次第者，謂之步韻。步韻最困人，如相毆而自縶手足也。蓋心思爲韻所束，而命意布局，最難照顧。今人不及古人，大半以此。〔註 91〕

故和韻是指和詩與原詩之韻腳，需在同一韻部；用韻則是韻腳的字需相同，

〔註 88〕鞏本棟：《唱和詩詞研究——以唐宋爲中心》（北京：中華書局，2013 年 9 月）頁 5～6。

〔註 89〕見（漢）孔安國《尚書注疏》，（浙江大學圖書館管藏乾隆預覽本《四庫全書薈要》）卷 4，頁 24。

〔註 90〕鞏本棟：《唱和詩詞研究——以唐宋爲中心》，頁 5。

〔註 91〕（清）王夫之等人撰，丁福保編：《清詩話》（臺北：明倫出版社。1971 年）。頁 25。

但次序可更改；至於步韻就是次韻，最爲嚴格，不僅韻腳字要完全相同，次序也不能更改，故作法更加困難了，也較不容易寫出超越原作，或者是水準較好的作品。而次韻之風，清代趙翼在《甌北詩話》裡曾提到：

> 古來但有和詩，無和韻，唐人有和韻，尚無次韻；次韻實自元、白始。依次押韻，前後不差，此古所未有也。而且長篇累幅，多至百韻，少亦數十韻，爭能鬬巧，層出不窮。此又古所未有也。他人和韻，不過一二首，元、白則多至十六卷，凡一千餘篇，此又古所未有也。〔註92〕

可見次韻在元稹、白居易的手中開始發揚光大，並且往後的和韻詩，就多以次韻爲主了，這影響一直到了宋代，蘇、黃兩位詩壇最具影響力的人，他們和詩時，也多爲作次韻之詩。

最後，需分辨「贈答」與「唱和」之間的異同，褚斌杰認爲兩者是相同的：

> 古人用詩歌相互酬唱、贈答，稱爲唱和，或稱倡和。梁蕭統《昭明文選》立「贈答」詩類，收王粲以下至齊梁贈答詩八十餘篇，可見當時贈答體已很發達。「贈」是先作詩送給別人，「答」是就來詩旨意進行回答，前者即稱「唱」，後者即稱「和」。但若只有贈詩而無答詩，那麼前者也就不能稱「唱」了。贈詩在詩題上一般標出「贈」、「送」、「呈」或「寄」等字樣，而不標「唱」；而答詩則標「答」、「酬」或直接標「和」字。〔註93〕

但黃智群則持不同看法，認爲：

> 贈答詩可有贈不必有答，如吳均〈周承未還重贈詩〉，從詩題可推想吳均早先有贈詩，但因對象尚未歸返而沒有答詩，故再次寫詩相贈。另外，《文苑英華》詩體中，有「寄贈」無「贈答」的分類方式，亦可作爲佐證。〔註94〕

其實「贈答」與「唱和」確實應非完全相同的類型，首先正如黃智群所言，贈答詩可以有贈無答，但是唱和必然要建立在有相應的關係之下；第二，如

〔註92〕（清）趙翼：《甌北詩話》，（北京：人民文學出版社，1963年），卷4，頁38。

〔註93〕褚斌杰：《中國古代文體概論》（北京：北京大學出版社，1990年），頁260。

〔註94〕黃智群：《南朝贈答詩與士人文化研究》（中壢：中央大學中國文學研究所碩士學位論文，2009年），頁12。

鞏本棟所說：「贈答雙方所處時代相同。唱和詩詞不一樣，詩人們作詩，往往並非先有一個贈送對象在心裡，只有和作才有明確的和作對象，而且，你不贈我，我也可以和，還可不受時間空間的限制〔註95〕」，可見唱和與贈答有時會出現創作動機、目的之不同。而且通常贈答間的雙方對象是固定的，甲贈與乙，乙答覆甲，唱和的對象卻沒有限制，甲寫了一首詩，乙丙丁或其他人皆可呼應，因此，贈答與唱和雖有時有相似，卻也有許多差別之處。

二、贈答詞與唱和詞之源流

詞之贈答，其實北宋才開始，但一開始，有一部分常是贈與歌妓，如晏殊〈山亭柳・贈歌者〉、張先〈醉垂鞭・贈琵琶娘，年十二〉、蘇軾〈減字木蘭花・贈小鬟琵琶〉、黃庭堅〈驀山溪・贈衡陽妓陳湘〉、晁補之〈江城子・贈次膺叔家娉娉〉等，由於唱詞者幾乎是歌妓，因而詞人贈詞予歌妓，大約也是當時的風氣使然，也有許多逢場作戲、遊戲筆墨的成分。張先可以說是較早將詞作爲贈別之用的詞人，由他的〈漁家傲・和程公闢贈別〉、〈熙州慢・贈述古〉可見，並展現出了離情依依的情感，而後如蘇軾、蘇門詞人等，也受到影響，雖有贈與歌妓之詞，但除此之外，也開始有贈別、贈與友人、祝壽之詞，甚至蘇軾還有〈殢人嬌・贈朝雲〉，是送給已過世的愛妾朝雲。大抵這種贈詞，和贈答詩之用一樣。但由於是否爲贈答之作，往往需從題目判斷，而詞又只能由詞序來判斷，以這樣的條件檢視北宋初期與蘇門詞人之詞，會發現贈詞居多，但同時有「贈答」者較少，然而若和張先、蘇軾以前的詞人相比，蘇軾與蘇門詞人的贈詞，在同時期的詞人中，數量比較多。

至於詞之唱和，可以追溯到詞體最初的發展，黃文吉認爲：「當某個文人填了一首詞之後，其他的文人聽、或唱、或讀了這首作品之後，受到感動，也興起『和』的念頭，便依曲拍填上文字，於是同一詞調有不同的人來填它。」〔註96〕黃文吉並舉白居易的〈憶江南〉爲例，說劉禹錫亦曾填了〈憶江南〉，並自注：「和樂天詞，依〈憶江南〉曲拍爲句。」而白、劉的〈憶江南〉內容也和曲調名相關，由此來說明這是早期和詞的例子，只是尚在根據詞牌名「和題」或「和曲拍」的階段，沒有依韻或次韻，這是因爲當時所強調的重點在

〔註95〕鞏本棟：〈關於唱和詩詞研究的幾個問題〉，《江海學刊》，2006年第3期，頁162。

〔註96〕黃文吉：〈唱和與詞體的興衰〉，收入《黃文吉詞學論集》（臺北：臺灣學生書局，2003年11月），頁25。

配合音樂歌唱而已。〔註 97〕根據這樣的說法，我們可知，詞本來就是一種配合音樂的文體，早期的音樂性很強，唱和本來又與音樂有關，故詞早期的發展，會有這種和同一個曲調及詞牌名的行爲，也是自然。

但奇特的是，詞出現如詩之「和意」、「和韻」等現象時，卻幾乎是直接只以「次韻」爲主了，最早開始寫次韻詞的人，也是張先，他共作了八首唱和詞，其中〈好事近〉(燈燭上山堂）與鄭獬的〈好事近·初春〉僅爲和意，未有次韻現象，從詞序亦看不出唱和之先後，但張先與鄭獬常有往來，此二詞可能是同席時互相唱和之作；而〈勸金船·流杯堂唱和翰林主人元素自撰腔〉、〈木蘭花·和孫公素別安陸〉則非和韻之作。〔註 98〕除此之外，其他五首則都爲次韻之作，分別是：〈少年游·渝州席上和韻〉、〈漁家傲·和程公闢贈別〉、〈好事近·和毅夫內翰梅花〉、〈定風波令·次韻子瞻送元素內翰〉、〈定風波令·再次韻送子瞻〉。而〈少年游·渝州席上和韻〉，據吳熊和、沈松勤之《張先集編年校注》，是第一首唱和之作，且用的是次韻。〔註 99〕後蘇軾跟進，亦有不少唱和詞，並以次韻爲主。而蘇門詞人亦跟進互相唱和，數量上也比同時代詞人要來得多，故今天所見之唱和詞，也幾乎都是次韻詞了。不過，雖是次韻詞，但在內容上還是要有「和意」，多要和原唱之作有所呼應。

三、蘇門詞人對詞之唱和、贈答的推展

以詩贈答與唱和，在形式上與對象有些不同，那麼以詞贈答和唱和又有何不同呢？前面說到，贈答詞與唱和詞，最早大約都是張先有比較多的數量，由於詞都是由歌妓來演唱，所以贈詞有一部分是寫給歌妓，繼起的蘇軾、黃庭堅、晁補之等人也都一樣。但是唱和詞卻從未出現過與歌妓唱和的情形，這或許如同前面所說，贈詞不見得要有對方的回應，而歌妓們不見得有文采能夠與詞人相應，所以僅單方面由詞人贈詞是很正常的事；而唱和中「次韻」

〔註 97〕黃文吉：〈唱和與詞體的興衰〉，收入《黃文吉詞學論集》，頁 25～26。

〔註 98〕黃文吉認爲：「〈勸金船·流杯堂唱和翰林主人元素自撰腔〉只是和曲拍而已，蘇東坡也有一首〈勸金船〉，題注云：『和元素韻，自撰腔命名。』蘇東坡的〈勸金船〉既註明和韻，張先的〈勸金船〉與東坡所用韻腳不同，故只是和曲拍而已。〈木蘭花〉只是註明『和孫公素別安陸』，孫公素作品未見，故無法確知是否次韻。」見黃文吉：〈唱和與詞體的興衰〉，收入《黃文吉詞學論集》，頁 30，註解 19。

〔註 99〕見（宋）張先撰，吳熊和、沈松勤校注：《張先集編年校注》（杭州：浙江古籍出版社，1996 年 1 月）

這種特殊的形式，更能展現出詞人的文才，同時比較具有雙向的溝通，所以和贈答比起來，唱和詞反而比較流行在文人的群體當中。另一方面，本來贈答是有比較嚴肅的主題，往往涉及到作者雙方的情感，唱和則相對較多遊戲筆墨之作，題材也可以是與創作主體本身無關的經驗，而是客觀、類型化、泛題化的題材。詞體起於社交場合，本來就多遊戲筆墨，故唱和之作也往往多於贈答之作。

從蘇軾與蘇門來看，據蒲政的統計，蘇軾的唱和詞（包含和自己詩的自和詞）共有 40 首；〔註 100〕而黃庭堅的唱和詞約有 20 首。其他蘇門詞人如晁補之有 23 首，李之儀 22 首。再看蘇門之間相和的詞，蘇軾有一首，黃庭堅有 5 首，晁補之 3 首，李之儀 3 首，秦觀雖無唱和詞，但有一首〈千秋歲〉，卻引起了蘇軾、黃庭堅、晁補之、李之儀等人的和韻。可見他們在以詩唱和之餘，亦能以詞唱和，且與同時代之詞人相比，其唱和詞數量多出了不少。〔註 101〕至於贈答詞，蘇軾約有 36 首贈詞，1 首答詞；黃庭堅有 15 首贈詞，4 首答詞；晁補之 8 首贈詞，3 首答詞，數量都比唱和詞還少。其中還有若干與唱和詞重疊者，像是先有贈詞，而後受贈者以次韻的方式進行應答，如黃庭堅〈離亭燕・次韻答廖明略見寄〉、〈鷓鴣天・坐中有眉山隱客史應之和前韻，即席答之〉、晁補之〈滿庭芳・次韻答季良〉、〈一叢花・十二叔節推以無咎生日於此聲中爲辭，依韻和答〉、〈虞美人・用韻答秦令〉等等；也有像黃庭堅的〈南歌子・東坡過楚州，見淨慈法師，作南歌子。用其韻贈郭詩翁二首〉，可見唱和在蘇門間較受歡迎。而這種以唱和形式之詞送人，或結合唱和與贈答的方式，這在當時算是創舉，在他們之後，以和詞作爲一種贈答，也成爲了一種常見的方式。

唱和在蘇門間較受歡迎，大約也是受到他們常以詩唱和的影響，元祐年間，蘇軾與其門人受到重用，在寫作上較無顧忌，加以常需要聯絡感情，所以經常有詩作往來，數量多到可以集結成《坡門酬唱集》。邵浩在其序中說：「詩人酬唱，盛於元祐間，自魯直、後山宗主二蘇，旁與秦少游、晁無咎、張文潛、李方叔馳騖相先後，萃一時名流，悉出蘇公門下，噫其盛歟。」

〔註 100〕蒲政：《蘇軾唱和詞研究》（四川：四川師範大學博士論文，2010 年），頁 32。

〔註 101〕同時代之詞人，如勝甫、韓維、王安中、王安石等人，唱和詞作大多僅一、二首，而蘇軾之政敵舒亶，則有十四首左右，是唯一蘇門以外唱和詞數量較多的人。

〔註 102〕主要也是在說明當時蘇門文人間以詩唱和的風行。這其中又以蘇、黃二人的唱和詩最爲凸出，徐宇春在《蘇軾唱和詩研究》中說：「其二人唱和詩『以韻相難』、『示才過人』的競爭因素不僅激發了他們在藝術上創新求奇的熱情，同時也對元祐詩壇的繁榮起到了一定的促進作用。」〔註 103〕這種現象，當然多少也影響到詞，也許也是唱和比贈答要更興盛的原因，況且唱和本身就可以具有贈答之功用。

再觀宋詞的詞序中，標明「和」、「和韻」、「次韻」、「用韻」、「依韻」者（其中所包含者有和人與自和之詞），約有 2075 首左右，而標明「贈」、「呈」、「獻」、「答」則約有 613 首，但其中與唱和重疊者則有約 98 首，故總的來說，唱和比贈答要來得更流行在宋代。

如前所述，贈答唱和類的作品，大致可從社會交際與文學兩個面向來看，因爲這二者共同具有互相交流、表達情感的「衍外效用」，故以下分從應酬社交與交流情感兩個面向來談。

（一）蘇門贈答詞、唱和詞在文人應酬間的「衍外效用」

每個階層、圈子必然形成某種文化，這些團體中群體的應酬，也必然有某種文化，有共同的默契語言或行爲模式，而詩是文人的語言，比興、符碼、典故，都是文人圈子裡幾乎約定俗成、眾所皆知，那麼文人的應酬中，出現詩的酬贈、唱和也是自然而然的行爲。同時，詩的語言凝鍊，篇幅較簡短，適合用於交際應酬的場合，無須長篇大論，又能具有語言之美，由於詞也能使用比興、符碼、典故，其功用近似於詩，而贈答詞以及唱和詞皆是由張先發端，似乎也並非偶然。張先一生富貴，也頗有文名，常與文士交遊，互相吟唱酬贈，這些聚會中，有的是餞別，有的是好友、文友間的聚會，當筵席間唱詞助興時，便可能自然而然的以詞交流了。以人際交往來說，這類詞可能寫給需要應酬的人，因而稱誦對方的內容居多。即便是寫給歌妓，也都是以稱讚其才貌爲主，或者某人生日，以詞祝壽。這類贈答之作，或者是席間唱和之作，都有逞才競文之意，但更進一步說，爲何這樣的聚會以及文字遊戲會如此在文人群體中盛行？其實正如龔鵬程解析唐代文人應酬活動時所說的：

〔註 102〕（宋）邵浩：《坡門酬唱集》（浙江大學圖書館藏文瀾閣本《欽定四庫全書》），頁 1。

〔註 103〕徐宇春：《蘇軾唱和詩研究》（陝西：陝西師範大學博士論文，2006 年），頁 104。

> 這種文人遊戲譃諧，充分發揮了文學的娛樂遊戲（語言遊戲與心靈遊戲）功能，也使得文學作品脫離了「作者感物吟志」的傳統結構，而必須放在文人階層的活動中來了解。……此類作品及行爲，本身即爲一儀式化的舉動，藉著參與這類活動，人可成爲文人階層中的一份子。而文人階層的同儕意識，也要寄此類活動來培養。〔註 104〕

關於這個「儀式化的舉動」，當然也是由先秦時的「賦詩」發展而來。顏崑陽教授認爲「賦詩」是一種在人際互動關係脈絡中的「社會行爲」，〔註 105〕梅家玲也認爲「春秋饗宴之時，卿大夫往往以『詩』來喻『志』，並以此作爲別賢不肖與觀盛衰的依據，這是當時社交場合中必然且必須的一種禮儀活動，也是一種特殊的『對話方式』。」〔註 106〕詩從先秦時期就是文士階層在外交時的特殊交際方式，那麼自然要能夠懂得這種交際方式的人，才能夠成爲這個群體的一份子。而後因爲制度的改變，這種外交方式不再，但像這樣的「儀式行爲」或「社會行爲」卻保留了下來，成爲一種文士身份的認可。

而我們看到，贈答與唱和之詞，在一開始除了張先，就是蘇軾與蘇門詞人有較多的創作，而他們都是經常燕集、聚會，並有一關係較爲緊密的團體，自然就會需要這樣專屬於文士的交流媒介、特定語言。除了詩以外，詞就也跟進成爲新的交流媒介和特定語言，特別是詞體的形式又比詩要複雜一些，也更適合當時的宴會、交際場合。所以從張先開始，到蘇軾與蘇門詞人對贈答唱和的接力創作，算是爲宋朝的文人們，開出了一種新的儀式。此外，漢代以後，文人遊戲筆墨之作形成了一種傳統，「唱和」也可以用遊戲的方式，更增加了文人間競相逞才，或較量文藝的情形。

（二）蘇門贈答詞、唱和詞在情感交流方面的「衍外效用」

從文學來說，首先從創作層面而言，贈答與唱和的風氣能夠刺激更多的創作，甚至可能促成流派的產生；從內容層面而言，蘇軾與蘇門詞人的贈答唱和詞（特別是唱和詞），對於詞體的發展，或說「以詩爲詞」的過程，其實起了很重要的作用，也是「以詩爲詞」的一種具體表現，就是更加促使詞從

〔註 104〕見龔鵬程：《文化符號學》，第三卷，第一章，頁 365。

〔註 105〕顏崑陽教授：〈論詩歌文化中的「託喻」觀念〉，收入於《魏晉南北朝文學與思想研討會論文集（第三輯）》（臺北：文津出版社，1997 年），頁 211～253。

〔註 106〕見梅家玲：〈論建安贈答詩及其在贈答傳統中的意義〉，收入《漢魏六朝文學新論——擬代與贈答篇》，頁 105。

「泛題」轉爲「殊題」，「代言」轉爲「自敘」。如張先〈山亭燕慢・有美堂贈彥猷主人〉、〈少年游・渝州席上和韻〉、〈漁家傲・和程公闢贈別〉等，是贈別之作，但是以內容來說，不脫傳統代言、軟媚的詞風；而如〈定風波令・次韻子瞻送元素內翰〉、〈定風波令・再次韻送子瞻〉等，則是和蘇軾的〈定風波・送元素〉，這也是贈別之作。此三首詞皆作於熙寧七年九月，當時楊繪（字元素）以翰林侍讀學士知杭州，但沒多久即被朝廷召回，回京途中，於湖州與張先、蘇軾、劉孝叔、李公擇、陳令舉等人相會，此即爲有名的「前六客會」。蘇軾作〈定風波〉，寫送別之情贈與同爲四川人，又曾知杭州的楊繪。此詞算是蘇軾較早期的作品，但他將楊繪比擬爲阮籍，又寫「千里遠來還不住」、「記取明年花絮亂，看泛，西湖總是斷腸聲」等句，來切合楊繪匆匆離杭之事，已脫離了傳統的婉媚詞風與代言體。或許因爲如此，張先在和詞時，爲了使內容有所呼應，達到「和意」，便也脫離了原本的創作模式。兩首〈定風波令〉一首送楊繪，一首送蘇軾，但其所寫之內容，都能切合楊、蘇二人之生平，並以自己的立場道出對他們的不捨之情，實與先前亦爲送別之詞的〈少年游・渝州席上和韻〉、〈漁家傲・和程公闢贈別〉不同。

黃庭堅和晁補之的唱和詞，則是受了蘇軾影響。兩人的第一首唱和詞〈南柯子・東坡過楚州，見淨慈法師，作〈南歌子〉。用其韻，贈郭詩翁二首〉、〈八聲甘州・揚州次韻，和東坡錢塘作〉都是和蘇軾之詞，也都是在元祐時期，蘇門以詩唱和的高峰期間所作。但元祐黨禍後，爲了避禍，蘇軾與門人的詩作皆大幅減少，更不用說是唱和，只敢偶然以和詞表示對蘇軾或者同門的懷想。例如紹聖四年（1097）黃庭堅以〈點絳唇・重九日寄懷嗣直弟。時再遊涪陵，用東坡餘杭九日〈點絳唇〉舊韻二首〉，次韻蘇軾〈點絳唇・已巳重九和蘇堅〉、〈點絳唇・庚午重九再用前韻〉等詞，表示對東坡以及共同好友蘇堅的追念。蘇堅字伯固，據陳慶容〈蘇軾與蘇堅之情誼研究〉的說法，兩人之交遊是從何時開始難以考證，但最早可見之證據，即是〈點絳唇・已巳重九和蘇堅〉這首詞，元祐四年（1089）蘇軾自請外放杭州，蘇堅則在杭州監商稅，兩人應是此時認識，〈點絳唇・已巳重九和蘇堅〉大約也作於此時期。在杭州時，兩人一同治水救災，建立起深厚的共患難情感。〔註 107〕元祐六年，蘇軾離杭入京，蘇堅一路陪伴他離杭，並在吳興與張弼、曹輔等人聚會宴飲，是爲「後六客」。分離之後，兩人的情誼也未減少，常有書信往來或詩詞酬贈，

〔註 107〕陳慶容：〈蘇軾與蘇堅之情誼研究〉，（《新亞論叢》第 12 期，2001 年）。

及至蘇軾晚年被貶儋州，也沒有斷絕音信。而黃庭堅與蘇堅也爲好友，《施注蘇詩》:「坡歸自海南，伯固在南華相待，有詩。黃魯直謫死宜州，至大觀間，伯固在嶺外，護其喪歸葬雙井。其風義如此。」〔註 108〕可見其情誼深厚，雖然蘇堅原唱以不得見，但蘇軾之和詞，以及黃庭堅後來追和之詞，都共同表達了深厚的友情，以及對仕途不順、人生無常的感慨。而後幾年，黃庭堅又陸續作〈南鄉子・重陽日寄懷永康彭道微使君，用東坡韻〉、〈鵲橋仙・次東坡七夕韻〉，也都具有對蘇軾的懷念，和傾訴人生感觸。

晁補之〈八聲甘州・揚州次韻，和東坡錢塘作〉作於元祐六年，當時黨禍未興，不過此詞還是替東坡感嘆了烏臺詩案以後起伏的仕途，並表明了自己與蘇軾的的師生之情，不會因人事歲月的遷移而有所改變。〈滿庭芳・用東坡韻，題自畫《蓮社圖》〉等詞，則作於十年後的崇寧元年（1102），晁補之退居金鄉東皋以後，當時東坡已過世，晁補之遙和蘇軾的〈滿庭芳・元豐七年四月一日，余將自黃移汝，留別雪堂鄰里二三君子。會李仲覽自江東來別，遂書以遺之〉，由於蘇軾相當仰慕陶淵明，與晁補之在揚州時，兩人寫了不少的和陶詩，還以和陶詩再互相唱和，如蘇軾〈和陶飲酒二十首〉、晁補之〈飲酒二十首同蘇翰林先生次韻追和陶淵明次其韻〉等。而蘇軾〈滿庭芳・元豐七年四月一日，余將自黃移汝，留別雪堂鄰里二三君子。會李仲覽自江東來別，遂書以遺之〉中便用了陶淵明〈歸去來辭〉的典故，晁補之追和此詞時，同樣抒發了自己任眞、物我相忘的胸懷，也透露出過去和東坡那般投契的追懷。

此外，秦觀雖不寫唱和詞，卻有一首〈千秋歲〉（水邊沙外），引起了黃庭堅、晁補之、李之儀的唱和，就連雖寫過不少唱和詞，卻未和過蘇門詞人的蘇軾，都和了這首詞。紹聖元年（1094），秦觀被元祐黨禍牽連，加以被指修《神宗實錄》時詆毀先帝，被貶爲處州酒稅。而此詞之創作年代，據徐培均的考察，應是作於紹聖三年（1096）春，秦觀還在處州時，而後在衡陽遇孔毅甫（平仲）時才抄錄呈出。〔註 109〕這首詞寫了秦觀的被貶心境，蘇軾、黃庭堅、李之儀等人則是在秦觀過世後，先後以哀悼的心情追和了這首詞，

〔註 108〕（宋）蘇軾撰，鄒同慶、王宗堂：《蘇軾詞編年校註》（北京：中華書局，2012 年 6 月），中冊，頁 610。

〔註 109〕見徐培均：《淮海居士長短句箋注》（上海：上海古籍出版社，2008 年 8 月），頁 85。

內容都表現出被貶的共同心境，以及對秦觀過世的深切懷念。

蘇軾與蘇門之贈答唱和詞，奠基於深厚的情感，因此寫來也情意眞摯，具有「感通」之「衍外效用」。蘇軾與其他人的唱和詞，以及蘇門詞人與他人之唱和詞，有時亦有此現象。如蘇軾在熙寧十年（1077）所作的〈水調歌頭・余去歲在東武，作水調歌頭以寄子由。今年子由相從彭門百餘日，過中秋而去，作此曲以別。余以其語過悲，乃爲和之。其意以不早退爲戒，以退而相從之樂爲慰云〉，是和蘇轍〈水調歌頭・徐州中秋作〉，詞中藉謝安、許汜之事，來說明自己有退隱之心，也表現出對子由與家鄉的懷念之情。黃庭堅〈滿庭芳・雪中獻呈友人〉，作於初入仕之時，有和友人分享喜悅之感和年輕時的得意；〈離亭燕・次韻答黎功略見寄〉則感嘆與黎功略的聚少離多。晁補之〈驀山溪・和王定國朝散憶廣陵〉，表達了對他與蘇軾的共同好友王鞏的友情；〈安公子・和次膺叔〉，則於詞中回憶和晁端禮年輕時遊京師的情景。這些詞，都是針對特定的對象，以及贈答唱和者彼此之間特定的情感而寫，且多半有眞人眞事可考，可以說是詞體「自敘」、「殊題」、「殊意」的具體呈現，這是詞在內容與題材上的擴充，也是功用的開展。藉由這種文人間的交際方式，來寫特定的情感，更帶動了元祐以後用詞贈答唱和的風氣。

第五章　蘇門詞人之詞論對「文人化」的意義

「文人化」體現在詞中，除了使詞的題材、作法、用途有所改變外，由於文人自覺是社會上的特殊階層，嚮往崇高的精神與理念，這些觀念發用在創作文藝時，對文藝便也發展出一套審美理論、創作準則。故詞在文人手中逐漸受到重視、逐漸變化後，詞體究竟「應然」如何，也是自然會發展出來的一個問題。在蘇軾以前，已有文人能在詞中展現出自己的情志，卻鮮少對詞的創作有所評論，這個時期有關詞作的詞話，多半是與詞人或作品相關的本事。不過有一個現象，與文人看待詞體的價值觀有關，如魏泰《東軒筆錄》：

> 王荊公初為參知政事，閒日因閱讀晏元獻公小詞而笑曰：「為宰相而作小詞，可乎？」平甫曰：「彼亦偶然自喜而為爾，顧其事業豈止如是耶！」時呂惠卿為館職，亦在坐，遽曰：「為政必先放鄭聲，況自為之乎！」平甫正色曰：「放鄭聲，不若遠佞人也。」呂大以為議己，自是尤與平甫相失也。〔註1〕

關於「為宰相而作小詞」，在宋代常為文人所詬病，有時不僅是宰相，而是身為士大夫也不該作小詞，因為這些風花雪月的內容，與對風俗有影響的鄭聲無異，這是長久以來存在文人階層意識的道德觀使然。但宋代文人，常一邊作詞，一邊又輕視詞，這種矛盾現象該當何解？謝桃坊認為，人在國家、宗

〔註1〕見（宋）魏泰撰，李裕民點校：《東軒筆錄》（北京：中華書局，1983年10月），卷5，頁52。

族、禮教等社會結構和規範下，自然性受到嚴重的破壞、扭曲，但中唐以後，長期受到壓抑扭曲的人性有所萌發與覺醒，花間、北宋詞人從詞中獲得娛樂與滿足，表現了人們對情欲和審美感性的追求。〔註2〕但如果將作詞視爲一種人性對政教或封建制度的解放，與北宋文人「以天下國家爲己任」的精神其實有所牴觸，也彷彿將創作主體視爲人格分裂，不見得能全面解釋這一矛盾現象。

葉淑音則從現象學的角度切入，認爲眞實的作者是「作品的形象中的作者」，並非經驗世界中的人，再指出：「王安石質疑『爲宰相而做小詞』的正當性，其盲點在於混淆了現實中的作者（宰相）和作品中的作者（詞人）。就晏殊創作時的心理結構而言，他是以詞人的身份塡詞，而非宰相的身份。」〔註3〕這裡點出了晏殊創作詞的時候，還未有「文人階層意識」的發用。不過，如果把「詞人的人格」，和「宰相的人格」全然分開割裂，也不完全符合詞體的文學現實。在蘇軾「以詩爲詞」前，雖然像晏殊已有部分詞作能看出他個人的情感或經驗，但如顏崑陽教授所說，這些多是「常民意識」的呈現；〔註4〕再如前一章所說，文人作這種「類型化」的作品時，也有許多遊戲筆墨的成份在，所以晏殊其實也仍有「創作主體失位」的作品，而其「創作主體復位」的作品，在比例與表現上也比較少。因而在這個情況下，晏殊是否自覺的用「藝術家」或「詞人」，甚至「文學家」的心態與身份作詞，其實還有待商榷，因爲在他的作品中，呈現的是「常民意識」或未能見主體意識的代言性詞作，創作心態並不嚴肅。若放諸此一時期的其他文人，塡詞也多半是這樣的心態，這也是爲何詞被稱爲「小詞」、「小道」的原因。但在詞文人化以後，蘇軾與蘇門詞人的「文人階層」、「士階層」意識開始發用，到南宋初年鮦陽居士等人的「風雅運動」後，以一意識更爲顯覺。這些意識發用於詞作中所導致的結果，就是詞體的地位獲得了提升，創作態度也趨向嚴肅，已不再只是「小詞」、「小道」了。

〔註2〕見謝桃坊《中國詞學史》（成都：四川人民出版社，2015年2月）第一章，頁28～30。

〔註3〕見葉淑音：《晏殊、歐陽脩的選體心理與詞情特質探論》（臺北：國立臺灣師範大學國文學系碩士論文，2010年6月），第一章，頁24。

〔註4〕見顏崑陽教授：〈宋代「詩詞辨體」之論述衝突所顯示詞體構成的社會文化性流變現象〉，收錄《詮釋的多向視域：中國古典美學與文學批評系論》（臺北：臺灣學生書局，2016年3月）頁335～338。

在詞還是「小詞」的階段時，可見以上文人對其價值性的批判。但蘇軾「以詩爲詞」後，文人對詞體的價值觀，已不再是道德上的爭論，反而回歸到詞體本身，討論關於其「應然」與「本質」的問題，這顯然已是初步將詞視爲一種文學來看待。這一現象也首度出現在蘇軾與蘇門詞人中，蘇軾本人偶有不成體系的詞話或詞評，受到詩歌觀念的影響，黃庭堅亦然；而蘇門詞人中，如晁補之、張耒、李之儀等人的詞論更多，並有不少針對「以詩爲詞」所發，此一情形大致如鄧子勉《宋金詞話全編》所說：

> 本書所輯北宋人詞話六十餘家，共計五百四十餘則。就內容而言，詞話多以記本事爲主。價值較高的當屬蘇軾及蘇門弟子的言論，本書輯錄諸人詞話情況如左：蘇軾，四十餘則；黃庭堅，五十則；李之儀，十四則；……蘇軾及蘇門弟子論詞的話不僅多，而且多能從學理的角度展開討論。除秦觀、李廌外，其他人詞話中亦多有可圈點處。北宋中期，詞壇上發生了一次論爭，主導者就是蘇軾，其核心問題是如何爲詞定位。〔註5〕

鄧子勉指出這次論爭的核心問題在「如何爲詞定位」，這個「定位」就是與詞體的「本質」和「應然」有關。由於蘇軾「以詩爲詞」，打破詩詞兩種文體的界線，所以讓其他人開始思考這樣的創作所帶來的問題，詞究竟是可以作得像詩，具有詩歌的功能；還是應該保持詞體本身應有的特點、「本色」？這又牽涉到評論者有不同的文體觀。

有關宋人對詞體「本質」或「應然」之論爭，常在詩詞辨體的議題中進行，顏崑陽教授將這種詩詞辨體的論爭，分爲「同源」與「分流」兩種脈絡：

> 詞體的本質，即是詞之爲詞而可與其他類體區分，所必須具備的性質，而它可以是外現的語言形構、樣態，也可以是內含的性能。……「辨體論述」也就是在爲詞體的「本質」進行觀念的規創定義，以做爲創作實踐的依據。其路數大致有二：（一）、從詞體本身的語言形構或樣態，即體製或體式，進行「分流」的論述；（二）、從詞之社會文化性的「衍外效用」，進行詩詞「同源」的論述。〔註6〕

〔註5〕 見鄧子勉編：《宋金元詞話全編》（南京：鳳凰出版社，2008年12月），上冊，頁3～4。

〔註6〕 見顏崑陽教授：〈宋代「詩詞辨體」之論述衝突所顯示詞體構成的社會文化性流變現象〉，收錄《詮釋的多向視域：中國古典美學與文學批評系論》，頁339。

在蘇軾與蘇門詞人之間對詞體的爭論，主要在於「分流」的論述，以下將分論之。此外，有關「同源」論述，蘇軾與門人論詞時，雖未談到這一點，但如前一章所述，其實在他們的詞作中，很常能看見向詩之「自體功能」或「衍外效用」方面的相同。在這一方面，雖未成爲文字言說，卻已在作品中成爲現象，其實可說是一種隱性的文體觀念。

第一節　蘇軾與蘇門詞人論詞之分歧

一、詩詞是否有別

蘇門詞人論詞之相異，主要在於詞體「本質」、「應然」究竟爲何。蘇軾、黃庭堅等人作詞時，往往打破詩詞之界限，而使詞體和詩體在「體製」〔註 7〕、「體貌」〔註 8〕功用等方面，與詩體越來越像。但也有如晁補之、李之儀，認爲詞體應保有自己的本色，因此產生了見解上的分歧。以下，將先比較蘇軾與蘇門詞人的詞體觀念，先從詞體是否可以趨同詩體之分歧而言，再細部探究他們對於「以詩爲詞」這種破體創作的論述脈絡。

文人作詞之初，因爲不是用「創作文學」的心態，故多半也不將其視爲一種文學、文體。在蘇軾「以詩爲詞」後，其文學性、文學價值提高了，卻很有趣的，在詞體快要類似詩體時，出現了應該維護「詞體」本色的聲音，因此，「詞體」之「本質」、「應然」，在很多時候，是因爲與詩體的比較得出的。當然，比較之結果或有不同，有人肯認其「同」處，故接受「以詩爲詞」，也有人認爲「異」處才重要，詩詞不當混爲一談，詞自有獨立性。

在蘇軾與蘇門詞人中，贊同「以詩爲詞」，詩詞的本質或者創作可以相同

〔註 7〕顏崑陽教授說：「體裁、體製（或作『體制』）二詞，其義相近。……當指文體之『形構』，並且多繫屬某一特定文類而言，爲『基模性形構』之義。」、「指先於個別作品而既定的形構，我們稱之爲『基模性形構』，例如『四言體』之詩，每句四個字，隔句押韻，這是詩體發展到『規範階段』，形成既定格式而爲詩人們所共同遵循的『基模性形構』。」本文之「體製」定義，即借用此說。見顏崑陽教授：〈論「文體」與「文類」的涵義及其關係〉（《清華中文學報》第 1 期，2007 年 9 月）頁 22～23；16。

〔註 8〕「體貌」指「用以指涉一篇作品或一家詩文所表現的整體樣態」、「融合了語言形式與題材內容所形成之『美感形象』，可用各種形容性語彙加以描述，例如典雅、清麗、雄渾、平淡等。」見顏崑陽教授：〈論「文體」與「文類」的涵義及其關係〉，頁 26、18。

者，當屬蘇軾、黃庭堅。蘇軾有幾則較爲零星的詞論，與「以詩爲詞」有關，例如：

> 又惠新詞，句句警拔；此詩人之雄，非小詞也。〔註9〕
>
> 頒示新詞，此古人長短句詩也，得之驚喜，試勉繼之。〔註10〕
>
> （張先）清詩絕俗，甚典而麗，搜研物情，刮發幽翳。微詞婉轉，蓋詩之裔。〔註11〕

這些分別是對他人的評論，可見蘇軾不僅自己「以詩爲詞」，在當時也有其他文人，由於「文人意識」、「詩文化母體意識」等的發用，而不自覺的作出與原本的詞不同，較近似於詩的作品。可見在北宋時，除了歐陽修等人有「以詩爲詞」的傾向外，可能其他文人也多少有此現象，只是蘇軾發揮得最爲徹底。再由蘇軾說「得之驚喜」來看，可知他對詞作得像詩是肯定的，甚至認爲這類詞「非小詞」，因爲它們爲「古人之長短句」或「詩之裔」，可見詞能作得像詩，在蘇軾心中是一種肯定。也可以確定他並不認爲詩詞應當要有明顯的分界。

黃庭堅作詞，扣除早年的作品，後來也出現了「以詩爲詞」的現象，他也肯定這一做法，例如〈小山詞序〉中評晏幾道說：「獨嬉弄於樂府之餘，而寓以詩人之句法，清壯頓挫，能動搖人心。」〔註12〕「寓以詩人之句法」雖然是模糊的說法，黃庭堅此處也未加以說明，但基本上可以視爲對「以詩爲詞」的一種肯定。另外，他在評詞的時候，也會受到自己詩歌理論的影響，特別是強調吸收古人作品精華的重要。如〈答洪駒父書〉：「自作語最難。老杜作詩，退之作文，無一字無來處，蓋後人讀書少，故謂韓杜自作此語耳。古人之爲文章者，眞能陶冶萬物，雖取古人陳言入於翰墨，如靈丹一粒，點鐵成金也。」〔註13〕這個觀念在〈跋東坡樂府〉中也出現：

> 「缺月掛疏桐，漏斷人初靜。誰見幽人獨往來，縹緲孤鴻影。　驚起卻回頭，有恨無人省，揀盡寒枝不肯棲，寂寞沙洲冷。」東坡道

〔註9〕見蘇軾：〈與陳季常〉，收錄（宋）蘇軾撰：《蘇軾全集・文集》（上海：上海古籍出版社，2000年5月），卷53，頁1761。

〔註10〕見蘇軾：〈與蔡景繁書〉，收錄《蘇軾全集・文集》，下冊，卷55，頁1824。

〔註11〕見蘇軾：〈祭張子野文〉，收錄《蘇軾全集・文集》，下冊，卷68，頁2146。

〔註12〕見（宋）黃庭堅撰，鄭永曉整理：《黃庭堅全集》（南昌：江西人民出版社，2011年9月），上冊，頁619。

〔註13〕見《黃庭堅全集》，中冊，頁733。

> 人在黃州時作，語意高妙，似非吃煙火食人語，非胸中有萬卷書，筆下無一點塵俗氣，孰能至此？〔註 14〕

還有〈答徐甥師川〉：

> 杜子美云：「讀書破萬卷，下筆如有神。」此作詩之器也。然則雖利器而不能善其事者，何也？無妙手故也。所謂妙手者，殆非世智下聰所及，要須得之心地。老夫學道三十餘年，三四年來方解古人語，平直無疑。……謾寄樂府長短句數篇，亦詩之流也。〔註 15〕

這兩則內容都說明了「讀萬卷書」對作詩或作詞皆有裨益，這就是受自己詩歌理論的影響，這一點也可以說是黃庭堅論詞時的「文人化」，因爲他強調了「創作主體」的「學問」很重要，「學問」往往代表一個文人的才能，也是他之所以成爲文人的關鍵。另一方面，黃庭堅還提到「所謂妙手者，殆非世智下聰所及，要須得之心地」，更是強調創作主體本身，要如何以用心去運用和融會學問，所以學問要博深，也須具有個人之融會貫通，方能有創意。再者，黃庭堅直接稱自己所做的詞「亦詩之流」，可見對「以詩爲詞」這種破體的創作，和蘇軾一樣，都持肯定態度。

但另一方面，晁補之和李之儀，卻認爲詞體應自爲一家。晁補之說：「黃魯直間作小詞，固高妙，然不是當家語，自是著腔子唱好詩。」〔註 16〕李之儀則認爲：「長短句於遣詞中最爲難工，自有一種風格，稍不如格，便覺齟齬。」〔註 17〕晁補之所謂「當家」，意義與「本色」相同，皆指詞之本來「應然」的樣子；李之儀所謂「自有一種風格」亦然，兩人都強調的是詞體當有自己的獨立性，不該與詩混爲一談。

因此，詩詞到底該不該劃清界線，在蘇軾與蘇門詞人中，產生了兩派不同看法。不過，蘇、黃認同「以詩爲詞」，但沒有作具體概念的說明，這一情形可能有兩個原因：第一，這是詞被視爲文體，且開始給予創作論或規範的時期，所以看法零星而片段，自然不會過於深入；第二，詩歌理論在一般文

〔註 14〕見《黃庭堅全集》，下冊，頁 1526。

〔註 15〕見《黃庭堅全集》，中冊，頁 1038。

〔註 16〕見晁補之：〈評本朝樂章〉，（宋）胡仔：《苕溪漁隱叢話》引《復齋漫錄》文，收錄《中國古典文學理論批評專著選輯》（北京：人民文學出版社，1962 年 6 月），後集，卷 33，頁 253。

〔註 17〕見金啓華、張惠民、王恒展、張宇聲、王增學等編《唐宋詞序跋匯編》（臺北：臺灣商務印書館，1993 年 2 月），頁 36。

人心中，多半都已形成共識，是以不待說明，也能讓人大致理解這一概念，況且詞與詩都能相似了，自不必過多著墨於詞體的理論。但是認爲詞體有獨立性的晁、李二人，自然要在詩體之外找出詞體本身固有的特色，所以立論就較爲詳細。他們分辨詩詞的論點，主要是從「協律」、「風格」方面，進行詩詞不宜打破界限的「分流」論述。

二、詞應「協律」

蘇軾「以詩爲詞」打破了詩詞界限，最主要體現在「自敘」、「抒情」的「吟詠情性」，題材和主題也由類型化轉變爲個殊化，這大爲增加了詞體的文學性；但詞本是音樂文學，在取材和安排意境之餘，也須考慮協律的問題，特別是詞之句數、句子長短，以及用字之聲、韻等外在形構的「體製」，必須配合音樂，若詞之文學性越強，如取材、主題越多，風格由婉媚變爲更多元的豪放、堅傲等，以及意境之安排改變，甚至修辭手法也改變，由白描轉爲用典，那麼與原本適應男女豔情的曲調，可能就有所衝突，在「協律」方面，也會出現更多問題，例如一首詞，應當要以「文意」爲先，還是配合「音律」爲先？這是詞從音樂文學逐漸轉向單純文學的過程中，很常碰到的問題，「協律」也逐漸是詩詞分界判定的一個重要爭點。

不協律的問題，最早大概也是出現在東坡的詞中，晁補之〈評本朝樂章〉曾說：「東坡詞，人謂多不諧音律」〔註 18〕，李清照也說東坡詞是「句讀不葺之詩，往往不協音律」〔註 19〕。詞作爲音樂文學，一開始都是配樂歌唱的，如今卻不協律，可以說是「體製」上的一大轉變。東坡之不協律，並非平仄之問題，而在於不協音律，故可歌性降低。晁補之與李之儀便分別對詞之「協律」提出看法。晁補之〈評本朝樂章〉中說：

> 東坡詞，人謂多不諧音律，然居士詞橫放傑出，自是曲中縛不住者。
>
> 黃魯直間作小詞，固高妙，然不是當家語，自是著腔子唱好詩。〔註20〕

表面上，晁補之認爲「曲中縛不住者」無傷大雅，但接下來又說黃庭堅「故

〔註 18〕見晁補之：〈評本朝樂章〉，（宋）胡仔：《苕溪漁隱叢話》引《復齋漫錄》文，收錄《中國古典文學理論批評專著選輯》，後集，卷 33，頁 253。

〔註 19〕見（宋）李清照著，徐培均箋注：《李清照集箋注》，收錄《中國古典文學叢書》（上海：上海古籍出版社，2002 年 4 月），卷 3，頁 267。

〔註 20〕見晁補之：〈評本朝樂章〉，（宋）胡仔：《苕溪漁隱叢話》引《復齋漫錄》文，收錄《中國古典文學理論批評專著選輯》，後集，卷 33，頁 253。

高妙，然不是當家語，自是著腔子唱好詩」，便有認爲「以詩爲詞」並非詞之本色的評價意義了。「著腔子唱好詩」，雖未必是說黃庭堅詞不協律，但是黃庭堅詞風與詩多有相像之處。因此，雖然晁補之並未進一步說明何爲詞之「當家」，但從這裡可以看出他認爲詞之所以爲詞，並不應該與詩毫無分野，而第一個問題就是詞的協律。雖然他對東坡不協律的批評是委婉的，或許因爲蘇軾是他的老師，其師生情誼又深，但論及蘇軾、黃庭堅時都提到音樂的問題，可見協律應仍是他所重視的一部份。

李之儀〈跋吳思道小詞〉：

> 長短句於遣詞中最爲難工，自有一種風格，稍不如格，便覺齟齬。唐人但以詩句，而用和聲抑揚以就之，若今之歌陽關詞是也。至唐末，遂因其聲之長短，句而以意塡之，始一變以成音律。大抵以《花間集》中所載爲宗，然多小闋。〔註21〕

此處開頭便提出詞「自有一種風格」，這與「當家」、「本色」之論有異曲同工之妙，但他更進一步地指出詞最難工，與音樂的關係密切，要求是否能很好的配合音樂，若不合樂，唱起來自然不順。然後李之儀略述了唐詩與宋詞和樂方式之不同，還將詞之源頭推至《花間集》，並以其爲效法對象。由這些論述，可以看出他非常重視詞與音樂的關係，所以推崇的是《花間》那個年代的塡詞方式。

三、詞之風格應「婉約」

晁補之曾評蘇軾：「眉山公之詞短於情，蓋不更此境也」，〔註22〕意指蘇軾之詞缺少情意，雖然接下來他又說「蓋不更此境」來替蘇軾說話，但實際上「短於情」還是他所認爲的一個問題。首先，晁補之所謂「情」，是指詞本身是適合抒情的，只是這一「情」原本爲泛題式的男女之情，一直發展到蘇軾，才比前人更多的拿來寫自己的情感。而以詞寫自己的情感，在晁補之詞中也不少見，可見他並不排斥用詞抒一己的情感，因而此處的「短於情」，並不是說蘇軾不以詞抒情，應當是指蘇軾所寫之情，通常較爲豪放或曠放，而非像傳統豔科之詞般幽深婉曲。因此，晁補之所認爲的「當家」，應還有指維

〔註21〕見金啓華、張惠民、王恒展、張宇聲、王增學等編《唐宋詞序跋匯編》，頁36。
〔註22〕見（金）王若虛：《滹南詩話》引文（北京：中華書局，1985年），卷2，頁10。

護詞能抒幽深婉曲之情，這一「體貌」上的特色。

晁補之在〈評本朝樂章〉中也說：

> 張子野與柳耆卿齊名，而時以子野不及耆卿，然子野韻高，是耆卿所乏處。近世以來作者，皆不及秦少游，如斜陽外，寒鴉萬點，流水繞孤村。雖不識字，亦知是天生好言語。〔註23〕

由於柳永之詞，往往鋪敘過多，過於明白，因而不如張先之「韻高」，可見他認爲詞應當要含蓄委婉，富於韻味。再觀晁補之詞作，雖有不少類似東坡「以詩爲詞」的作品，其內容不寫男女之風花雪月，且用事用典，這或許是不免仍受東坡之影響，且這類作品，還常帶有他自己強烈的情感，例如對於「不遇」的悲憤，或對功名的企求；但另外也有大半詞作仍保留著婉約的特色，符合他自己所謂的「當家」〔註24〕。此外他又特別推崇秦觀，說「近世以來作者，皆不及秦少游」，又舉其情景交融之「斜陽外，寒鴉萬點，流水繞孤村」爲例，亦能說明他認爲詞應能言幽微婉曲之情的「當家」特色。故張惠民說：「蘇門的晁補之和陳師道，他們則更注重詞作爲一種特殊的文藝體式應具自身的美的特質，以保有詞體獨有的風姿。」〔註25〕這也是注意到晁補之對於詞體的獨立性，有建立於「體貌」之「美感形象」上。所以，過於直白或豪放所形成的風格，都不是詞體之正宗。

李之儀也有類似的論點，他在〈跋吳思道小詞〉中說：「至柳耆卿，始鋪敘展衍，備足無餘，形容盛明，千載如逢當日。較之《花間》所集，韻終不勝，由是知其爲難能也。」、「而其妙見於卒章，語盡而意不盡，意盡而情不盡」〔註26〕此處他也強調了「韻」，認爲像柳永這樣過於鋪敘，是「韻終不勝」、「語盡意盡」，認爲詞中所寫的情感要幽深迴環，令人從中感到無盡的情味，而非清楚明白，一目了然。

綜上所述，詞之體製應「協律」，與風格應「婉約」等，是晁補之和李之

〔註23〕見晁補之：〈評本朝樂章〉，（宋）胡仔：《苕溪漁隱叢話》引《復齋漫錄》文，收錄《中國古典文學理論批評專著選輯》，後集，卷33，頁253。

〔註24〕喬力說：「檢視其全部詞章，傷春惜別、相思憶舊之類傳統題材的作品仍占約半數之多，並頗具清新蘊藉韻味與柔麗綿邈情調，合乎詞的當行本色。」見（宋）晁補之撰，喬力校注：《晁補之邊年箋注》（濟南：齊魯書社，1992年3月），頁12。

〔註25〕見張惠民：〈蘇門論詞與詞學的自覺〉，收錄《宋代詞學資料匯編》（廣東：汕頭大學出版社，1993年）頁158。

〔註26〕見金啓華、張惠民、王恒展、張宇聲、王增學等編《唐宋詞序跋匯編》，頁36。

儀詮釋詞「本色」的重點。故蘇軾「曲子縛不住」，也就是不以音律作爲塡詞之優先，以及風格多變，不以婉約爲主，都是不符他們「詞自有一種風格」、「當家」的標準。黃庭堅詞是「著腔子唱好詩」，詞作也較少幽微婉曲之情，確實也不符晁、李之標準。這種分歧立論在詩、詞應從體製、體貌等部分有所區別，從而建構出詞之理想「體式」〔註 27〕，與詩之體式不同，詩詞「分流」的論述自此而明顯。

第二節　蘇軾與蘇門詞人論詞之共相

一、皆肯認「創作主體復位」

從前述可看出蘇軾與蘇門詞人對詞體看法的差異，但他們畢竟是一個關係密切的團體，在作詞方面也都有文人化的傾向，所以對於詞體的觀念或看法，也必然還是有相同之處。並主要體現在肯認「創作主體復位」這一點。

「創作主體復位」的作品，最明顯的便是可以從作品中看到創作者的情志、學識等，蘇軾和蘇門詞人，基本上在創作時都是「主體復位」的，也就是能將自身的情感、志意寫入詞中。蘇軾與蘇門詞人在創作上如此，反映於詞論或詞評時，也受到這點影響。故黃庭堅以「知人論世」的方法評論晏幾道，其〈小山詞序〉中說：

> 余嘗論叔原，固人英也，其痴亦自絕人。愛叔原者，皆慍而問其目，曰：「仕宦連蹇，而不能一傍貴人之門，是一痴也；論文自有體，不肯一作新進士語，此又一痴也；費資千百萬，家人寒飢而面有孺子之色，此又一痴也；人百負之而不恨，己信人終不疑其欺己，此又一痴也。」至其樂府，可爲狹邪之大雅，豪士之鼓吹。其合者，〈高唐〉、〈洛神〉之流；其下者，豈減〈桃葉〉、〈團扇〉哉！〔註 28〕

黃庭堅以晏幾道的情性，以及詞中如何抒發了他的情感作爲評論，因而除了在「寓以詩人句法」之外，對這種能抒發主體情性的作品，也持以肯定態度，這種「知人論世」的方法，是完全就「創作主體」的立場而言。還有前述所

〔註 27〕顏崑陽教授指出，「體式」是指文體具有「範型」性的「樣態」，是直觀而致的整體美感形象，並可作爲創作之法式。見顏崑陽教授：〈論「文體」與「文類」的涵義及其關係〉，頁 29。

〔註 28〕見《黃庭堅全集》，上冊，頁 619。

提到的注重學問，也是對「創作主體復位」的肯認。同時，這一論點在之前未有人提過，故對於作詞應注重「創作主體」這點而言，黃庭堅可說是宋代詞話中的先驅。

再來要提張耒的詞評，他也是蘇門四學士之一，但由於其現存詞作太少，故很難就其作品來論「文人化」的部分，但他有〈東山詞序〉一文論詞，且內容與詞之「文人化」相關，故在本章節中，另外加進來討論，亦可作爲蘇軾與蘇門詞人論詞的參照。

張耒〈東山詞序〉說：

> 文章之於人，有滿心而發，肆口而成，不待思慮而工，不待雕琢而麗者，皆天理之自然，而性情之至道也。……余友賀方回，博學業文，而樂府之詞，高絕一世。攜一編示余，大抵倚聲而爲之，詞皆可歌也。或者譏方回好學能文，而惟是爲工，何哉？余應之曰：是所謂滿心而發，肆口而成，雖欲已焉而不得者。若其粉澤之工，則其才之所至，亦不自知也。夫其盛麗如游金、張之堂，而妖冶如攬嬙、施之祛，幽潔如屈、宋，悲壯如蘇、李，覽者自知之，蓋有不可勝言者矣。〔註 29〕

張耒的詞評，和黃庭堅一樣，都是用「知人論世」的方式。這當中雖沒有提到詩歌，但所謂「滿心而發，肆口而成」者，其實正指出詞也可以如詩歌「吟詠情性」、「抒情」、「自敘」等。這亦爲肯定「創作主體復位」，更肯定文學作品貴在「抒情」，當創作主體本身具有深厚或濃烈的情感時，自然能夠感動人，故創作詞時，並非爲了協律而求工整，也不是爲了娛賓而求雕琢辭藻，即便作品工整而雕琢，那也是因爲創作主體自然流露出來的特色。

至於晁補之和李之儀，雖然在「詩詞辨體」這方面與其他人相反，但是對「創作主體復位」這點，已有自覺意識並肯認。從《花間》一直到蘇軾以前，各詞家所寫的詞，由於多半是泛題式的男女情感，甚少有作者本身的情志，因而在風格上與內容上，呈現出比較相像的情形。但大抵來說，由於各家才性不同，故以整體而論，還是具有個人的特色，且在到蘇軾「以詩爲詞」的過程中，仍有漸變的情形，故如溫庭筠詞善用意象、馮延巳詞纏綿執著、晏殊詞圓融，歐陽修詞豪宕等，仍可看出各家之不同，也逐漸有「創作主體

〔註 29〕見（宋）張耒撰，李逸安等點校：《張耒集》，收入《中國古典文學基本叢書》（北京：中華書局，1990 年），下集，卷 48，頁 755。

復位」的趨向。至蘇軾「以詩爲詞」呈現出截然不同的體貌後，這種文學史中「家」的概念就更明顯浮出了，如蘇軾自己也曾與柳永比較，然後說自己與柳詞比「別是一家」；再觀黃庭堅的詞論，如〈小山詞序〉、〈跋東坡樂府〉等，已是針對不同的作者下不同的評論；晁補之的〈評本朝樂章〉中，更評論了許多詞家：

> 歐陽永叔《浣溪沙》云：堤上遊人逐畫船，拍堤春水四垂天，綠楊樓外出鞦韆。要皆絕妙，然只一出字，自是後人道不到處。東坡詞，人謂多不諧音律，然居士詞橫放傑出，自是曲中縛不住者。黃魯直間作小詞，固高妙，然不是當家語，自是著腔子唱好詩。晏元獻不蹈襲人語，而風調閒雅，如舞低楊柳樓心月，歌盡桃花扇影風。知此人不住三家村也。張子野與柳耆卿齊名，而時以子野不及耆卿，然子野韻高，是耆卿所乏處。近世以來作者，皆不及秦少游，如斜陽外，寒鴉萬點，流水繞孤村。雖不識字，亦知是天生好言語。〔註 30〕

這些評論，簡單扼要的評出各家之特色，並且還進行比較，最後再點出最理想的「體式」是秦觀之詞。雖然晁補之本意在規範詞體的創作，但是從他綜合評價各家之詞看來，他有意識到每個「創作主體」的情性或學問不同，也有點出他們詞作的優點，是而雖然不如黃庭堅、張耒較爲明顯的贊同「創作主體復位」，但基本上也是肯認的。

李之儀〈跋吳思道小詞〉則說：

> 至柳耆卿，始鋪敘展衍，備足無餘，形容盛明，千載如逢當日。較之《花間》所集，韻終不勝，由是知其爲難能也。張子野獨矯拂而振起之，雖刻意追逐，要是才不足而情有餘。良可佳者，晏元獻、歐陽文忠、宋景文，則以其餘力遊戲，而風流閒雅，超出意表，又非其類也。〔註 31〕

李之儀也是透過對各家長短的比較，欲彰顯詞體理想的「體式」，和晁補之一樣，都是很明顯地意識到「詞家」的概念。而他提到張先「才不足而情有餘」，又在接下來提到作詞應「字字皆有據」，這和黃庭堅重視才學一樣，屬於對創作主體學問的要求，也可證明李之儀對「創作主體復位」有自覺，也加以肯認。

〔註 30〕見《苕溪漁隱叢話》，後集，卷 33，頁 253。

〔註 31〕見金啓華、張惠民、王恒展、張宇聲、王增學等編《唐宋詞序跋匯編》，頁 36。

因此，蘇軾與蘇門詞人，其實對於「創作主體復位」，都是認同的，雖然這些論點或顯在「知人論世」的詞評中，或隱在分辨詞家的詞論中。詞「文人化」發展的最終進程，在於發展出屬於文人對這一文體的審美、創作理論，蘇軾與蘇門詞人開始發展出這些觀點或理論，其中不約而同的，都肯認了「創作主體」對詞體的重要性。雖說這些論點，還尚未如南宋「復雅運動」的理論一樣，明顯的從士大夫的政教觀念去規範詞體，但與魏泰《東軒筆錄》中的記載相比，詞體到此時，地位已經提高了，也是在被文人所肯定的情況下，才會有相應的文體評論或理論產生。

二、皆對詞體採「尊體」態度

所謂的「尊體」，意指對於一種文體的推崇、尊重。以早期的詞來說，詞人抱持著「小詞」、「小道」、「遊戲」等心態作詞，對詞體自然不注重，只視爲一種娛樂。但隨著詞在文人手中創作越久，詞體不再只有娛樂，有時亦可排遣、抒發情感，再加上蘇軾「以詩爲詞」後，詞體就逐漸因爲有了文學性而受到文人的注重。蘇軾「以詩爲詞」，打破詩詞界限，黃庭堅也繼之，表面上來看，這種「破體創作」的行爲，彷彿消滅了詞的特性與獨立性，因而受到批評；但實際上，蘇、黃這種讓詞體向詩體靠攏的方式，也造成了詞體地位的提升，因爲詩在文人心目中，一直是神聖崇高的，並如同顏崑陽教授「詩文化母體意識」之理論一樣，蘇軾這種「變體」的內在動因，在於詩教早已是文人內心深厚的意識，詩歌也是所有韻文的「正典體式」，因而創作上也有將韻文「歸源」於詩歌的趨向。〔註 32〕假如詞體向「正典體式」歸附，也能具有詩歌的典範性質，那麼地位當然就提升了，甚至長此發展下去，也可能像詩歌一樣崇高。

晁補之、李之儀雖然反對詩詞沒有界線，認爲詞體應該是獨立的，所以反對「破體創作」，從「體製」與風格去區別、建立出詞體的文體規範，但因爲皆肯認了「創作主體復位」的情性或學問，所以從「文學本質」來看，他們仍沒有否認詩與詞在本質上都可以自敘、抒情，也隱然有「詩文化母體意識」的存在。這樣既讓詞找到了其屬於文學的本質，又能不抹滅詞體之所以爲詞體的獨立性和特色，雖然路數與蘇、黃不同，但目的也一樣是推尊詞體。

〔註 32〕見顏崑陽教授：〈宋代「以詩爲詞」現象及其在中國文學史論上的意義〉，收錄《詮釋的多向視域：中國古典美學與文學批評系論》，頁 295～296。

另外，像張耒論詞的「滿心而發」說，也暗示了詞體地位的提升。朱崇才說：

> 蘇軾論文藝，提倡「如萬斛泉源，不擇地而出」、「如行雲流水，初無定質，但常行於所當行，常止於所不可不止」的「自然」說，但他在論詞時卻更得意於自己的「雄壯」，也許這是因爲，對於這一點，除了蘇軾自己，別人包括他的門生都並不特別推崇，因而他要親自表明一下。但張耒以蘇軾的這一「自然說」用於詞評，卻直接了當地把「粉澤」、「盛麗」、「妖冶」等在時人看來多少有點問題或至少也不宜提倡的東西也說成是「天理之自然」、「性情之至道」，是「雖欲已而不得」、「不自知」、「不可勝言」，從而在理論上爲豔情詞存在的合理性，找到了比較有力的證據。〔註 33〕

朱崇才看出了張耒論詞背後的潛在意識，據此，可以再更進一步探究這潛在意識的根源。張耒以創作主體的情性作爲創作依歸，並說明之所以有豔情詞的存在，也是「情性」的關係，確實解釋了北宋以來「爲宰相而作小詞」那種「情欲」與「道德」的矛盾。而根據顏崑陽教授提出文學家有「三重性」的歷史存在與社會存在，也分別有「常民意識」、「社會階層意識」同時存在於創作主體當中，〔註 34〕張耒的說法也是類似的意思，故創作主體作「夫其盛麗如游金、張之堂，而妖冶如攬嬙、施之袪」之作品，與「幽潔如屈、宋，悲壯如蘇、李」都是根於性情，只是前者爲「常民意識」，後者則接近士、文人之「階層意識」。雖然張耒並未明顯分出「常民意識」與「士人階層意識」，可是已隱然有此脈絡可循。總的來說，張耒的目的是從肯定創作主體抒發情性這點，進而肯定詞體創作的合理性，甚至將之與屈、宋、蘇、李之作比擬，也大有提升詞體地位的意味。

以上這樣的尊體論述，歸根究底，背後都是由於「文人／士人階層意識」的影響，因此無論是根植於文人心中的「詩文化母體意識」，使得蘇軾與蘇門詞人在創作論上，多少都受到詩歌影響，還是替詞體找到創作的合理性，都顯示出他們已不將詞視作「小道」，反而肯定了詞體的文學性與地位。從這個層面而言，詞體之「文人化」，已不僅呈現在改變了詞作的題材與功用，也影

〔註 33〕見朱崇才：《詞話學》（臺北：文津出版社，1995 年 1 月），頁 95。

〔註 34〕見顏崑陽教授：〈宋代「詩詞辨體」之論述衝突所顯示詞體構成的社會文化性流變現象〉，收錄《詮釋的多向視域：中國古典美學與文學批評系論》，頁 334。

響了文人對詞體地位的改觀，以及其文體規範。這一相關於詞體規範的「文人化」，一直到南宋，都還存在著影響。

第三節　蘇門詞論對後來詞體規範之影響

一、「創作主體復位」後引領了「典範」與「類體」論述

蘇門詞人之詞論，首度出現對詞家的評論，還有對詞體「應然」的看法與爭議，可以說開啓了接下來一直到南宋晚期，有關詞論的話題。接下來對詞家分別作出評論，並較爲詳細者，有如李清照的〈詞論〉，評論了柳永詞「詞語塵下」，歐陽修、蘇軾等人之詞是「句讀不葺之詩」，還有晏幾道「苦無鋪敘」、賀鑄「少典重」、秦觀「少故實」、黃庭堅「尚故實」等問題。〔註35〕

《樂府指迷》中也有評論周邦彥、柳永、姜夔、吳文英等人之詞的得失，可見這種分家論述的情形，從蘇門詞人以後，更爲普遍。這種評論方式，顏崑陽教授稱之爲「典範論述」與「類體論述」：

> 中國古代文學、藝術中，往往視人與作品爲一，而稱之爲「家」，故「典範」一詞即指以「家」爲單位的文化創造物。宋代詞論中，頗多針對歐陽修、柳永、蘇軾、秦觀、周邦彥等一「家」之詞的詮釋及評價，以論定其「典範」特徵，我們稱之爲「典範論述」；另一取向則針對詞之體製、體式或體源而進行論述，我們稱之爲「類體」論述。……以詞而言，所謂「婉約」之體式，沒有溫韋晏歐等「典範」之作，此一體式即不存在。準此，我們可以推衍而說，沒有「典範」之作，「類體」就不存在；而任何「典範」之作，也必可歸屬於某一「類體」。藉《文心雕龍・通變》的論述來說，一種「文類」之「名理相因」的「常體」，是所有作品必須共同遵循的規範；而相對的，此一「常體」的建構，則須依賴具有「文辭氣力」的「典範」之作去示現，故云「名理有常，體必資於故實。」準此，上列二種論述思路往往互濟，以「典範論述」支持「類體論述」的切當性；反之，以「類體論述」支持「典範論述」的切當性。〔註36〕

〔註35〕見（宋）李清照著，徐均培箋注：《李清照集箋注》，卷3，頁267。
〔註36〕見顏崑陽教授：〈宋代「詩詞辨體」之論述衝突所顯示詞體構成的社會文化性流變現象〉，收錄《詮釋的多向視域：中國古典美學與文學批評系論》，頁340～341。

從黃庭堅、張耒知人論世的評詞，和晁補之、李之儀綜合論述了各家之詞的情形看來，他們已經很明顯地使用了「典範論述」，並隱然也帶有「類體論述」，而這些能被分出類型的詞家與詞作，自然是詞文人化以後，「創作主體復位」使然。創作如此，評論亦趨隨此一創作情形而生。蘇門以後論各個詞家的評論，也都差不多是這個路數，但基於對詩詞辨體不同的立場，可作爲典範的詞家與作品，也就各自有了不同的批評。在創作者與評論者皆意識到「創作主體復位」，且將詞作爲一種文學看待，並依據各自所認同的文體意識、審美觀念等，產生不同的詞論，而此皆爲文人階層的審美觀，也可以是詞文人化的一種例證。

二、從「音樂文學」走向「文學」

晁補之、李之儀注重詞之協律，並認爲這是詞體之獨立性，不可失去音樂文學這一特性。但是到了南宋，有另一派不以協律爲重者，則是偏重詞的文學性，甚至認爲文學性當優於音樂性。如王灼《碧雞漫志》：

> 或問歌曲所起，曰：天地始分，而人生焉，人莫不有心，此歌曲所以起也。……故有心則有詩，有詩則有歌，有歌則有聲律，有聲律則有樂歌。永言即詩也，非於詩外求歌也。今先定音節，乃制詞從之，倒置甚矣。〔註37〕

他認爲爲古代「聲依永」、「律和聲」的方式才是正確的，批判了傳統「倚聲填詞」的模式。也因此，他認同作詞時能「意在律先」的蘇軾：

> 東坡先生以文章餘事作詩，溢而作詞曲，高處出神入天，平處尚臨鏡笑春，不顧儕輩。或曰，長短句中詩也。爲此論者，乃是遭柳永野狐涎之毒。詩與樂府同出，豈當分異。〔註38〕

> 長短句雖至本朝盛，而前人自立，與眞情衰矣。東坡先生非心醉於音律者，偶爾作歌，指出向上一路，新天下耳目，弄筆者始知自振。〔註39〕

這種說法，其實與蘇軾「詩之裔」說有關聯，基本上就是肯認詩詞同源，並認爲詞應像古代樂府一樣，先有詞之內容才有相應的音樂，也就是說，文學

〔註37〕（宋）王灼：《碧雞漫志》（知不足齋本），卷1，頁70。
〔註38〕（宋）王灼：《碧雞漫志》（知不足齋本），卷2，頁83。
〔註39〕（宋）王灼：《碧雞漫志》（知不足齋本），卷2，頁85。

與音樂相較，應當以文學爲優先，如果皆以音樂爲先，作品內容的品質，或創作主體想要抒發的情感，反受限制。

其實，從蘇門開始，無論是哪一派，從根本上來說都不反對詞「協律」這件事，只是「協」的原則必須堅持到什麼程度。蘇軾本人並非故意不協律，但以爲爲了詞意、詞境，而和協律有所衝突時，音律是可以先放棄的。這其實也可以說是文人創作以後，很可能出現的問題，因爲文人擅長創作，卻不見得都擅長音樂，不懂曲調、樂理的文人很多，如果創作時能不受音樂限制，自由度也大爲提升。但這還只是表面的原因，實際上到了王灼的理論，已經是很明顯的將詞向詩歸源，是「詩文化母體意識」的顯性發用。

三、對「雅」的崇尚

文人對於「雅」都是嚮往的，因而詞之文人化，也不免會是一種「雅化」。這種「雅」，除了內容方面，也可以是語言形式方面，例如黃庭堅講究讀萬卷書，李之儀認爲作詞要「用字有來歷」，皆爲講究創作時的語言形式需有學問語、典故。而後李清照講究詞需有適當的「故實」，甚至在張炎《詞源》中講「用事」，認爲「詞用事最難，要體認著題，融化不澀」、「不爲事所使」，這些關於用事用典的理論，都延續了這一脈絡。

大抵在蘇軾以前，詞人用典較少，若是有用，通常也是常見的典故或人名，偶然作爲比擬之用，或用前人詩意等等，如柳永的〈雪梅香〉:「更休道、宋玉多悲，石人也須下淚」，自比爲宋玉。蘇軾以後，包括蘇門詞人，以及稍晚的周邦彥，用典於詞中便很常見了。而後姜夔、吳文英等人，被認爲是承襲周邦彥一派，他們對於典故的運用也相當講究。而張炎則認爲:「古之樂章、樂府、樂歌、樂曲，皆出於雅正。」「雅正」是來自詩教的觀念，不過，張炎借「雅正」的觀念，是用來規範詞本身語言、音律的「純正典雅」的藝術性。〔註 40〕可見在蘇軾與蘇門詞人以後，從「用典」到音律，都有對於「雅」的追求，也成爲了詞體規範的一環。

綜觀前述，可知蘇軾的「以詩爲詞」引起了蘇門詞人對詞體「本質」、「應然」等的思考，進而有了與詞體相關的論述，包含了評論各個詞家的得失，以及詞體的本質應該爲何，還有如何創作詞等的理論。評論各家得失的「典

〔註 40〕見顏崑陽教授：〈宋代「以詩爲詞」現象及其在中國文學史論上的意義〉，收錄《詮釋的多向視域：中國古典美學與文學批評系論》，頁 295～296。

範」、「類體」論述，與論及詞是否「協律」等部分，蘇門詞人抱持著不同看法，也開啓了北宋末期一直到南宋、清代都在討論這些問題。但基本上，無論看法有何差異，都仍是在「尊體」的立場去立論的，肯定詞的文學價値，並且不同程度、面向的接受詩體理論，這也可以說是詞文人化之後的現象。

第四節　蘇門詞論在「文人化」中的意義

一、促使文人意識提升詞體內涵

歸結前述，蘇門詞人在詞的文人化中，初步完成了發展出屬於文人審美觀的階段。他們的詞論環繞著蘇軾的「以詩爲詞」而發，有同有異。同者主要呈現在：1、肯認詞的「創作主體復位」；2、詞在藝術手法的呈現應該要「雅」；3、都受到詩歌理論的影響。而嚴格來說，蘇門詞人並未成爲一個嚴格定義下的文學團體，也就是並非因爲有同樣的詞文學理念，才集結而成，因此在詞論方面，必然有同有異。而使他們不約而同者，則是由於他們共同具有的文人身份，這一階層身份所形成的「文人意識」或「士階層意識」，會因爲外在如社會思潮、教育方式等，產生共識，於文學也不例外。詞體新興之時，本來就無所謂規範，民間創作時，基本上也很少遵循什麼準則，但文人凡事喜講究法則，當詞體進入文人手中創造到某一程度之時，自然會從模仿民間轉變爲發展出一套文人的規範，顏崑陽教授提出「詩文化母體意識」，解釋了東坡等人爲何會「以詩爲詞」，主要在於詩是知識份子普遍反覆操作並自覺其價値的模式化行爲，且詩爲一切韻文的正典母體的文化意識，從漢代以來就已成型，這種文化意識依藉傳統詩教深植人心，成爲知識份子文化性格的一部份，自覺或不自覺的發用出來。不自覺者，是「隱性詩文化母體意識」，自覺者，則是「顯性詩文化母體意識」。而東坡「根於情性」的「以詩爲詞」，以及未曾於語言、思維的表層形成概念式的言說，便是「隱性詩文化母體意識」的發用。〔註41〕而在蘇門詞人的詞論中，肯認了「創作主體復位」，講求詞要雅，並且都受到詩歌理論影響，還發爲概念式的言說，雖然不成系統，也較爲片面，但卻可以作爲「詩文化母體意識」由隱性走向顯性的一個例證。

〔註41〕見顏崑陽教授：〈宋代「以詩爲詞」現象及其在中國文學史論上的意義〉，收錄《詮釋的多向視域：中國古典美學與文學批評系論》，頁320。

再觀蘇門以後的詞論，即便是認為詩詞有別者，也仍不免都肯認了「創作主體復位」，認同詞的用事用典，也認同詞應該要雅，這說明了詞文人化的過程，已經很難避免本來就深植於文人心中的「詩文化母體意識」。顏崑陽教授還認為是「精神性」的回歸，是一種生命存在價值朝向「理想」不斷自我提升的文化意識。〔註 42〕確實，從知識階層產生的開始，一種屬於精神性的理想，就跟著萌發，雖然隨著不同時間、不同朝代，知識階層的組成與理想也有所變化，但每個時期都還或多或少有著共同的理想性。在北宋，知識階層主要由文人組成，而這些文人又多半成為了「士」，因為時局初平，國家又給予文人極大的認同感，因而形成了文化的鼎盛，共同的理念如儒家「以天下國家為己任」也得到蓬勃發展，在此影響下，「詩文化母體意識」也就日漸根植文人心中，發用在同樣是韻文的詞裡，初為創作時的發用，後來又成為創作理論的根據之一。這也是除了詞以外，許多文體走向文人化時，都會發生的現象，只是蘇門詞人，還尚在被不同面向的「詩文化母體意識」影響。

二、詞體成為文人正式肯定的文學

蘇門詞人在詩詞辨體的部分，明顯分歧的第一個層次即在於詞這個文體與詩的關係，北宋初期將詞視為小道，士大夫們雖還是有創作，某些詞人也因本身具有才華，故能作出佳作，可是這些作者也往往不甚重視自己的詞作，北宋初時詞人之詞多有互見，除了因為風格相近之外，也是由於他們對於自己的「著作權」不甚在意，更不將詞作收錄自己的集子中，創作態度也是「遊戲筆墨」的，像晁補之所說：「晏元獻、歐陽文忠、宋景文，則以其餘力遊戲」、李清照所說：「晏元獻、歐陽永叔、蘇子瞻，學際天人，作為小歌詞，直如酌蠡水於大海」，便指出了士大夫們對詞體的創作態度，是比較隨意的。

自從曹丕《典論．論文》、劉勰《文心雕龍》等將「文」進行分類，並進一步規範每一文體需具備的體式後，若一文體不受文人重視，與之相關的創作規範、審美理論，自然也就難以成型，那麼要定義成為一個文體，恐怕比較困難。而所謂文體論或文體學在宋代也有相當多討論，王水照說：

> 在宋代，文體問題不論在創作中或在理論上都被提到一個顯著的突出地位。一方面極力強調「尊體」，提倡嚴守各文體的體製、特性來

〔註 42〕見顏崑陽教授：〈宋代「以詩為詞」現象及其在中國文學史論上的意義〉，收錄《詮釋的多向視域：中國古典美學與文學批評系論》，頁 324。

> 寫作；一方面又主張「破體」，大幅度地進行破體爲文的種種嘗試，乃至影響了宋代文學的整體面貌。兩種傾向，互不相讓，而又錯綜糾葛，顯示出激烈又複雜的勢態。〔註 43〕

王水照這一論點有些混淆「尊體」與「破體」兩種不同的論述脈絡。「尊體」當指推尊一文體的地位，「破體」指不遵或打破文體規範的創作，但如前所述，「破體」不一定就是「不尊體」，因此兩種論述不見得對立。不過他還是指出了宋代文人在創作時，對於文體規範的不同思考。

再看張高評也說：

> 中國文體學之發展，自先秦兩漢，歷經六朝、隋唐五代之流變，至宋代，文體論又別具一副面目。論者指出：宋朝文體論趨於細密嚴格，創作上各種文體互相融合，各種學科彼此交流，破體、出位蔚爲風尚。就文體新變而言，破體爲文是宋代以後才形成的風氣，破體爲文的通例，自然產生於宋代以後。筆者以爲，宋型文化，以會通化成爲核心。〔註 44〕

王水照與張高評都指出，「破體」現象在宋代創作形成一種特色，而由於「破體」成爲常見的創作現象，故也引領起另外一翻「辨體」的討論。但「辨體」首先仍要有「文體」可辨，而詞體開始從民間發展，初到文人手中時，也多半以模仿民間，或作爲應歌娛賓爲主，題材也是泛題、類型化的，不被視爲是一種文學或文體。但是隨著文人在創作時，逐漸的「創作主體復位」，先是逐漸可從詞作中看出作者的「常民意識」，例如韋莊寫個人的情感經驗，柳永寫羈旅、悲秋等屬於他個人的身世之感，而後蘇軾「以詩爲詞」後，我們可從他的作品中，看見更多屬於他的情性，而這種情性不只包含了「常民意識」的層面，更有部分作品顯露出他的文人或士人「階層意識」。然他所呈現的「文人階層意識」，是屬於文人、男性的一面，故有些作品也產生了豪放，或者不同於婉約的風格。同時，他作詞也是以意爲先，協律次之，故較常出現不協律的狀況。這種創作方式，自然顛覆了傳統的詞作。而後他的門生由不同程度、面向的認同或承繼他作詞的方式，並對此提出不同的詞論，可以說在詞的文人化上，完成了「創作主體復位」與提出文人審美觀等進程。到了這個

〔註 43〕見王水照：《宋代文學通論》（開封：河南大學出版社，1997 年 6 月）頁 64。

〔註 44〕見張高評：〈破體與創造性思維〉（廣東：《中山大學學報》，社會科學版，2009 年第 3 期），頁 20。

程度，詞自然也就成爲被文人所肯認的文體了，也正如前述，蘇軾與蘇門詞人還開始推尊詞體的地位。

然而，由於蘇軾「以詩爲詞」後，詞可以抒寫情志，因此功用與一開始的「娛賓遣興」產生了不同，而與詩的功用趨同，功用趨同的狀況下，就連帶影響了體製也與詩趨同。到了這裡，顯然的，詞到底可不可以與詩沒有分別，就成了一個問題。這個問題牽涉的層面比較複雜，因爲是關於每個文人心中對「文體」的觀念。就蘇軾而言，他在各種文學創作上，常有不按常規、「破體」的情形，這在宋代已有評論，曾季貍《艇齋詩話》說：「東坡之文妙天下，然皆非本色，與其他文人之文，詩人之詩不同。文非歐曾之文，詩非山谷之詩，四六非荊公之四六，皆自極其妙。」〔註 45〕如同陳師道一樣，這裡也用「非本色」來形容東坡之詩文，可見東坡相當擅長這類「破體」的創作。這當然與東坡本人的才性有關，他本就以天才著稱，故能打破許多傳統的藩籬，突破「體製」上的侷限，而從根源的功用去創作，好比將各種文體視爲不同的工具，但是這些工具都能達到一樣功用。而「以詩爲詞」，從他的「詩之裔」、「自然說」，以及後世對他的評論如：「根性情而作者，初不異詩」，〔註 46〕這些大抵可以說明，他對詩詞這兩個文體的界線並不硬性劃分，主要是由於這兩個文體都可以抒發他的情性，故辨體意識比較低，傾向於無論何種文體，其本質或根源性都有共同之處，而詞與詩都是韻文，加上「詩文化母體意識」的影響，便自然的不特意區分詩詞。

至於黃庭堅，他有「正體」與「變體」說：

> 《詩眼》云：「山谷言，文章必謹布置，每見後學，多告以〈原道〉命意曲折，後予以概考古人法度，如〈贈韋見素詩〉云：『紈褲不餓死，儒冠多誤身。』此一篇立意也，故使人靜聽而具陳之耳。……此詩前賢錄爲壓卷，蓋布置最得正體，如官府甲第，廳堂房室，各有定處，不可亂也。韓文公〈原道〉與《書》之〈堯典〉蓋如此，其它皆謂之變體可也。蓋變體如行雲流水，初無定質，出於精微，奪乎天造，不可以形器求矣。然要之以正體爲本，自然法度行乎其間。譬如用兵，奇正相生，初若不知正而徑出於奇，則紛然無復綱

〔註45〕見（宋）曾季貍：《艇齋詩話》（北京：中華書局，1985 年）頁 38。

〔註46〕見（宋）林景熙：〈胡汲古樂府序〉，收入（宋）林景熙撰：《霽山集》（北京：中華書局，1960 年 2 月），卷 5，頁 132。

> 紀，終於敗亂而已矣。〔註47〕

這裡可見黃庭堅的文體觀有所謂「正變」，也就是每一文體本該有其法度與所本，但是「行雲流水，出無定質」的「變體」可說是一種無意間的創意，這種創意無法強求，然仍須以「正體」爲本，否則終將敗亂。這個說法看似認爲「正體」的法度是最重要的，但是在黃庭堅的文學理論中，雖講求「正體」、「法度」，最終所求的還是在「法度」之外能變出「新意」，所以他說「領略古法生新奇」，又說「以故爲新」，在講求法度，學盡古人之最後目的，其實也在於創新、新變。因而，在不違背一個文體的綱紀的情況下，「變體」是可以接受的。然而，在黃庭堅心目中，詞體的「綱紀」是什麼？他並未說明，但觀他早年之詞，可知他一開始作詞時，仍不免言及風花雪月，而且言之甚俗，大抵也是將詞視爲豔科，按照傳統方式作詞。但在東坡「以詩爲詞」，以及他自己遭逢貶謫後，便也改變了作詞的內容，且大有如東坡「以詩爲詞」的味道。這大抵也如他自己的文體觀念，是能接受一文體有所變化和創新的，而這個變化，也可說是受到「詩文化母體意識」的影響，使詞向詩趨同。

晁補之對詩詞採「辨體」態度，這種態度，從其對賦體的文體觀，也可看到，他的《離騷新序．上》說：

> 傳曰：「賦者，古詩之流也。」故〈懷沙〉言賦，〈橘頌〉言頌，〈九歌〉言歌，〈天問〉言問，皆詩也。〈離騷〉備之矣。蓋詩之流至楚而爲〈離騷〉，至漢而爲賦，其後賦復變而爲詩，又變而爲雜言、長謠、問、對、銘、贊、操、引，苟類出於楚人之辭而小變者，雖百世可知。〔註48〕

在他的觀念中，認爲《楚辭》上承《詩經》，下開賦體。又說：

> 若荀卿，非蹈原者，以其後原皆楚臣遭讒，爲賦以風，故取其七篇，列之卷首，類〈離騷〉而少變也；又嘗試自原而上，捨三百篇求諸《書》、《禮》、《春秋》，他經如〈五子之歌〉、「貍首之斑然」、「蠶則績而蟹有筐」、「佩玉蕊兮吾無所繫之」、「祈招之愔愔」、「鳳兮鳳兮」，他如此者甚多，咸古詩風刺所起，戰國時皆散矣。至原而復興，則列國之風雅始盡合而爲〈離騷〉，是以由漢而下賦皆祖屈原。〔註49〕

〔註47〕見《苕溪漁隱叢話》，前集，卷10，頁63～64。

〔註48〕見（宋）晁補之：《雞肋集》浙江大學圖書館藏《摛藻堂四庫全書薈要》，卷36，頁2～3。

〔註49〕見（宋）晁補之：《雞肋集》，卷36，頁11～12。

關於這兩段論述，劉培認爲：

> （晁補之）明確提出楚辭上承《詩》而下開賦，是文體發展中的一個重要環節。由此出發，他進一步認爲楚辭更是道統傳承的重要環節。〔註50〕
>
> 晁補之沒有把屈原的作品看做一般意義上的「文學」，而是道統傳承的一個重要環節，這樣的話，後人創作楚辭也不單單是文學創作，而是在發揚屈原忠君的精神。在北宋時期，文學創作破體爲文成爲風尚，辭賦創作領域也是如此。有些賦家則主張尊體，盡量恪守辭賦的體式，如秦觀就是這樣。晁補之在騷體的創作上也是主張尊體的，其立論的基礎就是騷體是傳遞道統的工具之一。〔註51〕

劉培也是認爲「尊體」爲「不打破文體限制」之意，但實際上，晁補之恪守辭賦體式，應該要說他是特別注重「辨體」。而《楚辭》是屈原忠君愛國心情的抒發，故往往也被視爲與政教相關，假如晁補之是從「傳承道統」這「衍外效用」來看待《楚辭》與賦體，並且重視「辨體」的話，那麼對詞採取一樣「辨體」的立場，或許也有可能，只是他在維護詞的「當家」時，主要是從體製去談，而非從功用談，這一點，也可能是因爲他並未將詞當作和詩一樣，是可以有政教這樣的「衍外效用」。

至於李之儀的文體觀，也是辨體意識比較高的，除了在他的詞論中，可以看出這點之外，他在論詩歌這一體的分類時說：

> 國風雅頌，分爲四詩，言一國之事，言天下之事。形容盛德，以告於神明，又以政之大小，而分二雅，此皎然已見者。凡所謂古與近體，格與半格，及曰嘆，曰行，曰歌，曰曲，曰謠之類，皆出於作者一時之所寓，比方四詩而強名之耳。方其意有所可，浩然發於句之長短，聲之高下，則爲歌。欲有所達，而意未能見，必遵而引之，以致其所欲達，則爲行。事有所感，行於嗟嘆之不足，則爲嘆。……〔註52〕

此段引文下，還有各種細分詩的類型之論，但與本文焦點較無關，故先省略。

〔註50〕見劉培：《兩宋辭賦史》（濟南：山東人民出版社，2012年12月），頁325。

〔註51〕見劉培：《兩宋辭賦史》，頁327。

〔註52〕見李之儀：〈謝人寄詩並問詩中格目小紙〉，收入《姑溪居士全集》，前集，卷16，頁128～129。

這段引文，有許多地方都提到了詩歌的體製，並從體製來作爲詩這一文體底下「次類體」的重要區分依據。除了對各種詩的種類有比較嚴格的區分之外，他自己在作詩的時候，也相當注重詩之格律，韓華指出：

> 在自己詩歌創作中，對於格律，李之儀要求一向是嚴謹的，他的律詩在毋須拗救的地方，也進行了拗救；他寫了許多次韻詩，這些詩較量的就是在規定了韻、意的情況下，依然律嚴而語工。〔註53〕

可知在李之儀的文體觀中，他特別注重體製之於文體間的關係，而體製中又特別注意格律。這一觀念可能也影響了他對詞體的看法，所以他也從體製上的「協律」去規範詞體，也認爲這是區分詩詞的重要依據。

總結以上蘇軾與蘇門詞人對文體觀的基本立場，可知他們對於詞體是「辨」還是「破」，也大致符合其基本立場。而且從這場「辨」、「破」之爭，詞體在蘇門文人心目中，也正式成爲一種文學或文體，是無疑的。但是接下來要問的是，何以認爲詩詞有別的晁補之、李之儀特別注重協律、婉約等體製或體貌上的問題。

從蘇門這場「辨體」之爭的第二個層次來看，也就是分別詩詞時，主要是從協律、婉約作爲詩詞有別的區分。這大約也與詞的功用有關，蘇軾、黃庭堅等人以詩爲詞，所重者爲詞也可以具有抒情、言志的「自體功能」；李之儀和晁補之雖也贊成此一「自體功能」，但仍認爲詞應該應歌，不應脫離「衍外效用」，故顯現在體製或體貌上，認爲詞還是應該協律、婉約。再者，這個時期，即便是「破體」、「以詩爲詞」的蘇軾、黃庭堅，還多停留在以詞抒發情性的階段，這種情性是常民意識、文人意識之混雜，處於一種詞的「自體功能」漸開展到抒情的過渡時期，但此點又不爲晁補之、李之儀所排斥，在無法特別從功用去區分文體的情況下，也就只能從體製或體貌方面進行區分了。

最後，我們可知蘇門詞人的詞論，分歧點的核心正環繞著詞到底該跟詩分家，還是可以等同？然後分別從協律與否和婉約與否去談詩詞之辨，而這個論題也一直延續下來。南宋以後的「詩詞之辨」除了從體製上的協律、婉約去談以外，還從功用的層面去談詩詞是否可以同一，例如鮦陽居士等人提倡的復雅運動，即視詞與詩一樣可以具有政教諷喻的「衍外效用」。但這個部

〔註53〕見韓華：《李之儀及其詩詞研究創作》（北京：中國社會科學出版社，2013年10月），第五章，頁134。

分受到時代背景的影響較大，未必與蘇軾或蘇門詞人「以詩爲詞」有關係。因此回歸到蘇門詞人的詞論上，我們可知最早進行詩詞之辨的他們，主要的分歧點還在於詞之體製或體貌的部分，這個部分在南宋「尊體」一派的詞論中，也被延續下去，而使詞文人化後，文人建立的詞體審美觀比較多元，而且還持續的發展下去。蘇門詞人的詞論，在這個文人化的過程中，可說開啓了第二個進程的序幕，也讓詞在文人的心目中，正式成爲一種文學。

第六章　結　論

從蘇軾開始「以詩爲詞」後，詞體的創作有了很大的轉變。這些改變並非只是表象式的從題材之「無事不可入，無意不可言」，或風格從婉約變爲豪放這樣簡單，而且在蘇軾以後，他的門生或其他詞人，多少都受到影響。這種轉變，其背後還有更深層的原因，特別是與蘇軾身爲「文人」有很大的關係。

故本論文所研究的主要議題，就從詞之「文人化」現象切入，並由開創「文人化」的「創作主體」——蘇軾與蘇門詞人作爲主要切入的研究對象。以顏崑陽教授對「以詩爲詞」現象之理論「創作主體復位」，及「文學家的三重情境」中「常民意識」、「階層意識」等理論爲依據，探討詞人一開始創作時，多爲「代言」的擬代方式，題材、主題也是以類型化的男女豔情爲主，故多屬「泛題」、「泛意」的作品，但經過「創作主體復位」後，「代言」變爲「自敘」，題材、主題也更爲豐富，有了「殊題」、「殊意」的轉變。而在這些「殊題」、「殊意」當中，又有一些題材或主題，是受到其「文人階層意識」之影響所產生的。

準此，本文所謂詞之「文人化」定義爲：創作主體爲文人，在「創作主體復位」之後，創作主體以詞作自敘或自我抒情，而後逐漸也在作品中顯現出文人階層的意識或精神，並發展出屬於詞體的審美標準、創作準則。而蘇軾與蘇門詞人，剛好在「顯現文人意識」與「審美標準」、「創作準則」等部分，有顯著的開展，還開展了詞體對於文人的功用，因此在「文人化」中，具有關鍵地位。

順著這一脈絡，本文發現詞在文人化後，受「文人階層意識」影響，初步而顯著的轉變，主要反映在題材、主題的擴充，並且爲作者的切身經驗；還有詞體之功用也增加了，以及出現了關於詞的審美理論。接下來就按照這三個部分，歸納本文的研究總結。

一、題材與主題的擴充：詞之「殊題」、「殊意」、「自敘化」

在蘇軾「以詩爲詞」以後，第一個詞作上顯著的改變，就是題材或主題的擴充，而在這個時期，其擴充的部分由常人意識的男女豔情，擴充到友情、親情、自身遭遇等題材上，故更能見到創作主體豐富的情性；然此中亦有許多題材或主題，是創作主體需身爲文人階層，才有可能寫出來，這則是受到其「文人意識」的影響。從第三章中，可見受到「文人意識」影響而擴充出的題材或主題，主要表現在三個部分，一是遭受貶謫的心情；二是仕隱之抉擇；三是文人的生活美學。

第一個部分，文人遭受貶謫，或者有所謂的不遇之感，從屈原開始，就經常見於文學作品當中。但由於每個時代的政治環境不同，每個文人之情性也不同，因此他們在面對貶謫、不遇的情況和感受，也會有所不同。宋代朝廷禮遇文人，其科考制度又能讓讀書人都有進仕的希望，因而宋代文人對朝廷有認同感，對自身的才學也有一定程度的要求。但是在君主專制下，遇與不遇、貶謫等問題還是會存在，宋代亦然。蘇軾、蘇門詞人又正好處於黨爭開始劇烈的時期，並屢次成爲失敗的那一方，也就面臨到了貶謫、不遇的境況。這種境況，以及面對的心態，也成了他們詞作中的題材或主題。從他們面對貶謫共同的感受來看，可知那是一種「悲己之怨」，與屈原和漢代文人的「悲世之怨」不同，故多爲遭受貶謫後淪落天涯、孤苦無依的感受，與群眾性的政教關懷無關，多是個人遭遇的抒發。而面對貶謫，他們又各自有不同的態度，這些心態來看，能更進一步看見創作主體的情性，例如蘇軾曠達超脫，黃庭堅強傲面對，晁補之悲憤不甘，秦觀悽婉傷心等，各有不同，呈現出由於創作主體情性之不同，故作品也呈現出「殊題」、「殊意」的特色。且蘇、黃所表露出的心態，已非「悲」、「怨」等情感，而是「超然之曠」、「堅強之傲」，呈現出個人精神上的提升；晁補之則是「悲己之憤」，對於被貶感到憤恨不平，但未窄化到只是爲了個人功名的失去，而是對於欲報效國家，卻壯志難酬的不甘心；秦觀則是寫出了淒怨的感受。晁、秦二人多著重在個人貶謫心情的抒發，顯現的是一種較爲無法自拔、沉溺自陷的情緒。

第二個部分，是蘇軾與蘇門詞人的詞作中，開始出現了「隱逸」的題材。這一部份又有關於文人「仕／隱」的抉擇。「隱」的觀念，從《易經》就開始，到孔孟儒家、老莊道家，形成兩個不同的概念體系。而後隨著朝代之不同，又發展出更多不同的隱逸觀或隱逸方式。但是對文人來說，仕隱抉擇經常是一個被迫要面臨的問題，這種抉擇又與政治環境是否有利於文人出仕有關。在宋代，對於有高度「以天下爲己任」精神的文人來說，「仕」往往是最優先的選擇，可是隨著黨爭所帶來的不遇、貶謫，也使得文人被迫得在「仕」以外，嚮往另一個選擇「隱」，但這種嚮往或抉擇，是被動的，而且多數文人還是留在「仕」這條道路上。由於隱逸不一定要眞正是辭官歸隱，可以是一種「心隱」，蘇軾與蘇門詞人，除了晁補之曾眞正引退，其他人都未正式辭官，但他們仍在詞作中呈現出同一種追求「心隱」的隱逸觀，這種追求，又具體表現在兩個主題的呈現，一是對陶淵明的嚮往，二是對張志和的應和。陶淵明自主地選擇棄官歸隱，並作〈歸去來辭〉，這種毅然決然的歸隱心態，爲蘇軾與蘇門詞人心之所嚮。但是在現實中，他們並未如此辭官歸隱，因爲「仕」對宋代文人來說，始終還是能夠盡一己之力的方式，即便如晁補之眞正的退隱了，但對「仕」仍有不甘放下的心情。所以他們特別嚮往陶淵明歸隱的境界，將之作爲「心隱」的內涵、境界，也像陶淵明所說的「心遠地自偏」一樣。以陶淵明之隱逸做爲題材，表現出對心靈安適的追求。

另一方面，他們也對張志和的〈漁歌子〉有所應和。唐代的張志和，因爲貶謫，便選擇了歸隱，作〈漁歌子〉表現出對塵世與機心的忘卻、隔離，相較於躬耕田園，漁隱生活又更爲超脫。蘇軾、黃庭堅、秦觀都對此有所呼應，這一樣是藉由〈漁歌子〉之漁隱題材，做爲「心隱」境界，追求心境上的閒適、超脫。

第三個部分，是有關於文人的生活美學，主要反映在茶、禪等題材的詞作中。雖然茶、禪不一定與文人有關，因爲一般大眾也能夠飲茶、參禪，但是蘇軾與蘇門詞人的詞作中，還是能看出這兩類題材有文人化的傾向。首先是茶，蘇軾以前，若有詞作中出現茶，仍多與應酬娛樂場和有關，因爲茶可作爲醒酒或「分茶」這類的佐歡之用，故常常成爲一種題材，出現在描寫文人與歌妓歡宴之餘，飲茶作樂的作品中。但其實從唐代以來的茶文化，就顯示出喝茶不單純是飲食而已，還是一種文化，一種精神層次。蘇軾與黃庭堅所寫之茶詞，就有部分跳脫了歡宴場合，而以品茶爲主，細寫對於茶的玩味，以及飲茶後精神層次的提升，顯示出飲茶在文人生活中，也是一種高雅生活的象徵。至於禪，從唐代開始，禪就滲入了文人的生活中，僧侶、文人也來往密切，禪理也藉由詩歌形式來流傳。這一情形，到宋代依舊如此，後來也出現了以詞寫佛理的作品。不過，以文學宣揚禪理，僅是將文學作爲一種載體，後來多有作者將對禪理的個人領悟寫入，才使得這類作品有文人化的傾向。北宋初時，王安石率先用詞寫禪，但多爲道理教義的闡述，類似偈語，而蘇軾、黃庭堅、李之儀等人的禪詞，則開始融入了個人領悟和機鋒，讓禪詞也有了文人化。從茶詞、禪詞之轉變看來，顯示了文人在生活層面的趨向。宋代文人喜好清淡的生活美學，茶與禪恰巧是一種清淡的代表。這類作品，有別於傳統詞作富貴穠豔的男女情詞，呈現的是清淡悠遠的風格，顯示出文人階層生活的情趣。

題材、主題方面的拓展，是文人詞最明顯的改變，也是所謂的「創作主體復位」，如果歸結其轉變的內在動因，一方面是由於北宋政治環境對文人的影響，特別是貶謫、不遇的衝擊，適合抒情的詞體，也成爲了蘇軾與蘇門詞人創作的選擇。另一方面則是顏崑陽教授所提出的「詩文化母體意識」，由於文人往往將「詩」作爲一切韻文的最高依歸，包括作爲韻文形式體製的「正典基型」、一切韻文語言的「正典體式」、一切韻文內容情志的「正典價值」，這一意識影響了他們對於韻文形式的文體創作，也影響了詞體的創作，蘇軾「以詩爲詞」正是這一意識發用開始明顯的例子。不過，這時候的「詩文化母體意識」還是較爲隱性的，是詞人自然的流露，也是他們身爲文人階層，受到文人意識的影響。〔註1〕因此，詩歌能夠吟詠情性，能寫各種題材，也因爲「創作主體復位」後「詩文化母體意識」的影響，詞也成爲能夠吟詠情性，寫各種題材，這其中也包含了與文人階層、意識相關的題材。

除此之外，文人詞還有一個特色，就是修辭方式由「白描」變爲「用典」，除了受到「詩文化母體意識」影響，故詩歌中能用典，詞也可以用典；同時「典故」也是文人學問的展現，更是文人階層的專屬語言，因而詞之修辭多了「用典」這一手法，也是蘇軾與蘇門詞人對詞文人化的推展。再者，由於題材、主題多元化了，因而詞的「風格」也隨之更爲多元化。傳統詞作多寫男女豔情，加上多爲「代言」性質，所以作品的「語言風格」較爲明顯，也

〔註1〕見顏崑陽教授：〈宋代「以詩爲詞」現象及其在中國文學史論上的意義〉，收錄《詮釋的多向視域：中國古典美學與文學批評系論》，頁319。

多半呈現出所謂的「婉約」。但詞在「創作主體復位」以後，由於加進了創作主體的情性，所以「人格風格」凸顯出來了，加上題、主題的擴充，配合題材或主題的不同，能呈現的風格變更多元化。因而蘇軾之詞有「豪放」、「曠放」、「平淡」等，這不只是作品「語言風格」方面的呈現，也包含了創作主體情性的「人格風格」呈現。黃庭堅「堅傲」、晁補之「悲憤」、秦觀「悽婉」等風格，也是如此。

二、詞體功用的拓展：「自體功能」與「衍外效用」的增加

詞之文人化，除了表現在作品的題材、主題、風格、修辭等改變，功用也有所擴充。根據顏崑陽教授指出，一文體有「自體功能」和「衍外效用」，「自體功能」是此一文體本身具備的功能，如詩、詞都可以作爲言志、抒情之用；「衍外效用」則是指涉此一文體以外具有對某人、某事諷刺、期應、勸戒等功用，如詩、詞可以酬贈、唱和等。詞在一開始發展時，「自體功能」與「衍外效用」較少，待蘇軾與蘇門詞人將詞文人化後，可以發現，兩種功能都有了擴充。

首先，陳世修在《陽春集・序》中所說：「公（馮延巳）以金陵盛時，內外無事，朋僚親舊，或當燕集，多運藻思，爲樂府新詞，俾歌者倚絲竹而歌之，所以娛賓而遣興也。」〔註2〕道出詞體最早的兩種功能，一是「衍外效用」之「娛賓」，二是「自體功能」之「遣興」。以「娛賓」來說，詞可用來娛樂賓客，加上作品又是給歌妓唱的，故往往具有擬代的性質。像這類隱去創作主體情志，以觀眾、客體爲導向的作品，其實和漢代以來的遊戲筆墨傳統有關。所謂遊戲，即具有「假擬」、「模仿」、「娛樂」、「競賽」等性質。漢賦中華麗誇張的鋪陳，即是文人遊戲筆墨之作，在這種作品中，往往看不見創作主體的情性。而後遊戲筆墨的情形越來越多，各種酬贈唱和、同題共作、公讌賦詩等，都帶有遊戲、娛樂的性質。詞體一開始的創作亦然，文人在娛樂場合中，以代言的方式，和娛賓、逞才的心態寫作，藉由寫詞來使賓客獲得興味，或者藉由寫詞呈現文采，其實正與「遊戲」中假擬、玩耍、競賽的概念雷同。

至於「遣興」，在陳世修「娛賓而遣興」的語境中，可以指創作主體的「消遣趣味」、「排遣情致」、「排憂解悶」，也可以指賓客藉由創作主體所寫之詞，

〔註2〕（宋）陳世脩：《陽春集・序》，見馮延巳《陽春集》（《四印齋所刻詞》）。

獲得上述一樣的效果。畢竟雖是遊戲筆墨，但文人之情性不可能完全隱去，有時仍會偶然的流露。由於陳世修又在序文中提到「吟詠情性」，而這一詞早在〈詩大序〉中就出現，並且在其語境下，是與「政教關懷」有關的群眾性「情性」，故讓人產生了陳世修所謂「吟詠情性」與〈詩大序〉同義的錯覺，甚至也將「遣興」之「興」與詩六義之「興」比附。但其實六朝以降，「情性」一詞逐漸轉變爲個人的情感、才性，與政教無關，也沒有群眾性，這一脈絡發展到五代，仍是如此。加上詞體發展初期，創作主體往往是遊戲心態，場合又是娛樂的社交場合，自然也不可能抱持著嚴肅的態度來「吟詠情性」，因而可以說，陳世修所謂的「遣興」、「吟詠情性」，是創作主體自娛或排遣、抒發個人懷抱。也正因詞體有這樣的功能，所以除了馮延巳，韋莊、李後主到晏殊、歐陽修、柳永等，也都有以詞「遣興」的狀況，「創作主體」的情性也越來越明顯，可是多是「常人意識」的流露，少有「文人意識」。

詞體一開始就具有以上的「自體功能」和「衍外效用」，而蘇軾與蘇門詞人則將這兩種功用更加擴充。首先是「自體功能」的部分，蘇軾與蘇門詞人讓詞可以「抒情」、「言志」，在「抒情」方面，他們所寫的主體情性更加豐富、多元，也用較爲嚴肅認眞的態度來寫作。從蘇軾之詞，可以感受到他因爲「文人意識」薰陶而產生的雅正、理性之情；同時，蘇軾與蘇門詞人所抒之情，不只有男女、朋友、親情等「常人」之情，也有與「文人意識」相關的情感，如遭遇貶謫、不遇之感。抒情的方式也不再只有傳統的委婉含蓄，如同樣抒被貶之感，黃庭堅所抒爲堅強、豪放的情感；晁補之所抒爲悲憤情感，這讓抒情方式變得較爲直露。秦觀所抒之「悽婉」情感，又在委婉含蓄之外，別開更加深刻的一面。而「言志」方面，本來是詩歌之用，在儒家體系下的「詩言志」，其「志」爲淑世的精神，是「集體意識」的發用，並非個人對功名或前途有所求的志向。而《楚辭》中所顯示出的「志」，則包含了淑世的精神，與屈原個人「個體意識」、「忠君」的情志。在這之後的「志」也漸漸向個人之志發展。蘇軾、黃庭堅、晁補之等人的「言志」詞，雖爲偶然之作，數量不多，但也是他們首度以詞作爲言志之用。他們用詞來表明報效國家的決心與志向，基本上就是宋代文人對國家的認同心態導致，但此種「言志」，雖關乎政教，卻是「個體意識」之志，故非儒家之志，也不同於屈原之志。也由於他們純粹是言己之志，因此這時的「言志」仍是詞體的「自體功能」，等南宋鮦陽居士等人提倡復雅運動之後，才逐漸使這種「言志」也有「諷喻」等

「衍外效用」的產生。

至於「衍外效用」的拓展，主要在於「贈答」和「唱和」。以詞贈答，從北宋才開始，且一開始多爲贈與歌妓之作。後來張先較先開始以詞贈予朋友，其後蘇軾、蘇門詞人也跟進，且與同時期的詞人相較，他們的贈詞數量也比較多。至於唱和詞，也是從張先開始有較多的創作，蘇軾、蘇門詞人等的唱和詞，也比同時期的詞人多出不少。若與贈答相較，則蘇軾與蘇門詞人更常作唱和詞，由於蘇軾與蘇門間本就多有以詩唱和的情形，故也影響了詞作；再檢視《全宋詞》之詞序，可看出唱和的作品比酬贈還多，可見唱和比酬贈更流行於宋代。贈答與唱和這類作品，當然也多有文人的遊戲筆墨之作，也是一直盛行於文人階層中的活動，屬於文人的特殊交際方式，張先常與文人宴集交際，蘇軾和蘇門詞人間，更是一緊密交往的文人團體，所以這種交際方式或所謂的社會行爲，自然而然的也盛行於他們之間，成爲詞文人化後的新興現象，既能夠以唱和詞競才，也能以唱和詞聯絡感情。

此外，贈答與唱和也能刺激創作量的增加，且由於這些作品都有特定的對象，是「殊題」更明顯的呈現。張先之唱和詞，早先仍不脫用傳統的豔詞形式來寫，所以即便詞序說明這是爲某人某事所寫之詞，「代言」、「泛題」之情況依舊明顯。但蘇軾開始將唱和詞的內容，確實的寫出指涉之對象與事件，以及和創作主體本人的關係，所以便成爲了「自敘」、「殊題」之作。在蘇軾與蘇門間的唱和詞，更經常能見到他們之間的深厚情誼，是如何透過這種文人間的社會行爲傳達出來，這種作品，和一般遊戲之作不同，但仍帶有期應，可以說是詞體「自敘」、「殊題」、「殊意」等具體表現，也具有「衍外效用」上的展開。

三、詞體理論的初構

在蘇軾「以詩爲詞」後，蘇門詞人也對此有了相關的評論，這類評論還是宋代最早有關於詞體之「應然」等審美、創作論的詞話。在蘇門詞人中，黃庭堅常有一些零星的詞評，張耒也有一些相關評論；而晁補之、李之儀等人，則是較有系統性的比較、評論各個詞家，且對詞體應當符合怎樣的規範，也有較詳細的論述，這是前所未見的。然蘇門詞人中，無論詞評或詞論，對於詞體之「應然」卻抱持著不同的態度，他們的詞體觀有相同也有相異。主要的差異，在於蘇軾、黃庭堅「以詩爲詞」，打破詩詞界線，是一種「破體創作」；但晁補之和李之儀認爲，詩詞應當「辨體」，並提出應當由詞體之「體製」的「協律」，和風格應當「婉約」，作爲「詩詞辨體」的主要依據。

至於相同處，表現在：1、對於「創作主體復位」的肯認；2、對於詞體都採「尊體」的態度。在創作或規範時是「破體」之態度，表面上看來是不尊重詞體本身的特色，但實際上因爲將詞體與詩體靠攏了，其實是提升其地位；而持「辨體」之態度，則本來就是尊重詞體「當家」、「本色」的獨立性，自然也屬「尊體」。這一「尊體」的心態，與北宋初文人將詞視爲「小道」不同，是文人認識到詞體不必侷限於豔情之中，是以在文人意識中「詩文化母體意識」的發用下，讓詞體的創作變得合理。

蘇軾與蘇門詞人的詞評或詞論，基本上是詞「文人化」第二進程的躍進，初步建構了詞體屬於文人的審美、創作論，這些論點的根基都與「詩文化母體意識」以及作者本身的文體觀有關，並且到了南宋，也都還有影響，更可以說，往後的詞體創作、審美理論，多少都受了「文人意識」的影響。

最後，本論文也有諸多未竟完善之處，但還是期盼從詞體「文人化」的角度，回歸到創作主體本身去研究。藉由這樣的方式，得出古代中國的創作主體，在創作時往往受到其時代、遭遇、階層意識之影響，特別是文人這一以文學爲擅長，又相當具有自覺的階層，無論在創作或使用文體，還是給予文體規範，往往受文人階層意識的影響甚深，而這一種階層意識，必須在作者的生平之外，從他所處的時代、浸染的思潮，以及文本背後更深的話語去挖掘。希望這一角度的研究，能在過去諸多對詞的研究方式以外，提供另一個視角。

參考書目

一、古代典籍

經部

1. （漢）毛亨傳，（漢）鄭玄箋，（唐）孔穎達疏：《毛詩注疏》，臺北：臺灣商務印書館，1935年3月。
2. （漢）孔安國《尚書注疏》，浙江大學圖書館館藏乾隆預覽本《四庫全書薈要》。
3. （漢）許慎撰，（清）段玉裁注：《說文解字注》，臺北：洪葉文化事業有限公司，1999年11月。
4. （魏）何晏注：《論語注疏》，浙江大學圖書館藏《摛藻堂四庫全書薈要》。
5. （晉）郭象注：《莊子注》，浙江大學圖書館藏《欽定四庫全書》。
6. （清）焦循：《論語補述》，臺北：藝文印書館，1986年。

史部

1. （漢）司馬遷：《史記》，收錄《百衲本二十四史》，臺北：臺灣商務印書館。
2. （漢）班固：《漢書》，收錄《百衲本二十四史》，臺北：臺灣商務印書館。
3. （三國）劉劭：《人物志》，上海：上海古籍出版社，1990年10月。
4. （南朝宋）范曄：《後漢書》收錄《百衲本二十四史》，臺北：臺灣商務印書館。
5. （北齊）魏收：《魏書》，收入《百衲本二十四史》，臺北：臺灣商務印書館。
6. （唐）房玄齡等撰：《晉書》，收入《百衲本二十四史》，臺北：臺灣商務印書館。
7. （後晉）劉昫：《舊唐書》收入《百衲本二十四史》，臺北：臺灣商務印書館。
8. （宋）歐陽修、宋祁等撰：《新唐書》，收入《百衲本二十四史》，臺北：臺灣商務印書館。
9. （宋）朋九萬：《東坡烏臺詩案》，上海：商務印書館，1939 年 12 月。
10. （宋）楊仲良：《皇宋通鑒長編紀事本末》，哈爾濱：黑龍江人民出版社，2006 年 12 月。
11. （元）脱脱等撰：《宋史》，收錄《百衲本二十四史》，臺北：臺灣商務印書館。
12. （清）趙翼：《廿二史箚記》收錄《百部叢書集成》，臺北：臺灣商務印書館，1064 年。

子部

1. （漢）王充撰，陳蒲清點校：《論衡》，長沙：岳麓書社，1991 年 8 月。
2. （唐）崔令欽撰，任半塘箋訂：《教坊記箋訂》，北京：中華書局，2012 年 5 月。
3. （宋）陶穀：《清異錄》，浙江大學圖書館藏《欽定四庫全書》。
4. （宋）李昉：《太平廣記》，浙江大學圖書館藏文瀾閣本《欽定四庫全書》。
5. （宋）沈括：《夢溪筆談》收入《歷代筆記叢刊》，上海：上海書店出版社，2003 年 3 月。
6. （宋）王闢之：《澠水燕談錄》，浙江大學圖書館藏《欽定四庫全書》。
7. （宋）魏泰撰，李裕民點校：《東軒筆錄》，北京：中華書局，1983 年 10 月。
8. （宋）蔡絛撰，馮惠民、沈錫麟點校：《鐵圍山叢談》，北京：中華書局，1983 年 9 月。
9. （宋）趙令畤：《侯鯖錄》，上海：商務印書館，1959 年 10 月。
10. （宋）葉夢得：《避暑錄話》，北京：中華書局，1985 年。
11. （宋）孟元老：《東京夢華錄》，臺北：漢京文化公司，1984 年。
12. （宋）洪邁：《容齋隨筆》，上海：上海古籍出版社，2015 年 3 月。
13. （清）黃宗羲撰，（清）全祖望補修：《宋元學案》，臺北：臺灣中華書局，1965 年。

集部

1. （唐）白居易撰，朱金城箋校：《白居易集箋校》，上海：上海古籍出版社，1988 年 12 月。

2. （後蜀）趙重祚編，沈祥源、傅文生注：《花間集新注》，南昌：江西人民出版社。
3. （宋）柳永：《樂章集》，收入朱祖謀編：《彊村叢書》，臺北：廣文書局。
4. （宋）張先撰，吳熊和、沈松勤校注：《張先集編年校注》，杭州：浙江古籍出版社，1996 年 1 月。
5. （宋）劉攽《中山詩話》，收錄（清）何煥：《歷代詩話》，北京：中華書局，1981 年 4 月。
6. （宋）王安石：《臨川文集》，浙江大學圖書館藏《摛藻堂四庫全書薈要》。
7. （宋）陳世脩：《陽春集・序》，見馮延巳《陽春集》，《四印齋所刻詞》。
8. （宋）蘇軾：《蘇軾全集》，上海：上海古籍出版社，2000 年 5 月。
9. （宋）蘇軾《東坡樂府》，上海：古典文學出版社，據元延七年葉曾雲間南阜草堂刻本影印，1957 年 8 月。
10. （宋）蘇軾撰，鄒同慶、王宗堂校註：《蘇軾詞編年校註》，北京：中華書局，2012 年 6 月。
11. （宋）李之儀：《姑溪居士全集》，浙江大學圖書館藏《欽定四庫全書》。
12. （宋）蘇轍：《欒城後集》，浙江大學圖書館藏《摛藻堂四庫全書薈要》。
13. （宋）黃庭堅撰，馬興榮、祝振玉校注：《山谷詞校注》，上海：上海古籍出版社，2013 年 6 月。
14. （宋）黃庭堅撰，鄭永曉整理：《黃庭堅全集》，南昌：江西人民出版社，2008 年 9 月。
15. （宋）秦觀撰，徐培均箋注：《淮海居士長短句箋注》，上海：上海古籍出版社，2008 年 8 月。
16. （宋）晁補之撰，喬力校注：《晁補之詞編年箋注》，濟南：齊魯書社，1992 年 3 月。
17. （宋）晁補之：《雞肋集》，浙江大學圖書館藏《摛藻堂四庫全書薈要》。
18. （宋）陳師道：《後山詩話》，收錄（清）何文煥編：《歷代詩話》，臺北：漢京文化公司，1983 年。
19. （宋）張耒撰，李逸安等點校：《張耒集》，收入《中國古典文學基本叢書》，北京：中華書局，1990 年。
20. （宋）王灼：《碧雞漫志》，知不足齋叢書本。
21. （宋）李清照撰，徐培均箋注：《李清照集箋注》，上海：上海古籍出版社，2005 年 5 月。
22. （宋）吳曾：《能改齋漫錄》，北京：中華書局，1985 年。
23. （宋）向子諲撰，王沛霖、楊鍾賢校注：《酒邊詞箋注》，南昌：江西人民出版社，1994 年。

24. （宋）胡仔：《苕溪漁隱叢話》，北京：人民文學出版社，1962 年 6 月。
25. （宋）邵浩：《坡門酬唱集》，浙江大學圖書館藏文瀾閣本《欽定四庫全書》。
26. （宋）汪莘：《方壺詩餘》，收入朱祖謀編：《彊村叢書》。
27. （宋）嚴羽撰，郭紹虞校釋：《滄浪詩話校釋》，北京：人民文學出版社，1961 年 5 月。
28. （宋）沈義父：《樂府指迷》，收入唐圭璋編《詞話叢編》，北京：中華書局，1988 年 11 月。
29. （宋）張炎：《詞源》，收入唐圭璋編：《詞話叢編》，北京：中華書局，1988 年 11 月。
30. （金）王若虛：《滹南詩話》，北京：中華書局，1985 年。
31. （元）元好問：《遺山先生文集》，《四庫叢刊初編》，據景烏程蔣氏密韻樓藏明弘治刊本影印。
32. （明）胡應麟：《詩藪》，上海：上海古籍出版社，1958 年 10 月。
33. （清）王夫之等人撰，丁福保編：《清詩話》，臺北：明倫出版社。1971 年。
34. （清）沈雄：《古今詞話》，收入唐圭璋編：《詞話叢編》，北京：中華書局，1988 年 11 月。
35. （清）田同之：《西圃詞說》，收錄唐圭璋編《詞話叢編》，北京：中華書局，1986 年 1 月。
36. （清）趙翼：《甌北詩話》，北京：人民文學出版社，1963 年。
37. （清）劉熙載：《藝概》，上海：上海古籍出版社，1978 年 12 月。
38. （清）謝章鋌撰，劉榮平編：《賭棋山莊詞話校註》，廈門：廈門大學出版社，2013 年 6 月。
39. （清）黃氏：《蓼園詞評》收入唐圭璋編：《詞話叢編》，北京：中華書局，1988 年 11 月。
40. （清）陳廷焯撰，屈興國校注：《白雨齋詞話足本校注》，濟南：齊魯書社，1983 年 11 月。
41. （清）王國維撰，徐調孚、周振甫注，王幼安校訂：《人間詞話》，北京：人民文學出版社。
42. （清）邵祖壽：《張文潛先生年譜》，北京：北京圖書館出版社，1929 年。
43. 王重民編：《敦煌曲子詞集》，上海：商務印書館，1956 年 12 月。
44. 金啓華、張惠民、王恒展、張宇聲、王增學等編：《唐宋詞集序跋匯編》，臺北：臺灣商務印書館，1993 年 2 月。
45. 鄧子勉編：《宋金元詞話全編》，南京：鳳凰出版社，2008 年 12 月。

46. 唐圭璋編：《全宋詞》，北京：中華書局。2011 年 3 月。
47. 吳熊和主編：《唐宋詞匯評》，杭州：浙江教育出版社，2006 年 12 月。
48. 孫克強編：《唐宋人詞話》，天津：南開大學出版社，2012 年 8 月。

二、近人著作

1. 王瑤：《中古文學史論》，臺北：長安出版社，1982 年 8 月。
2. 王水照：《宋代文學通論》，開封：河南大學出版社，1997 年 6 月。
3. 王水照：《蘇軾研究》，石家莊：河北教育出版社，1999 年 5 月。
4. 王文進：《仕隱與中國文學——六朝篇》，臺北：臺灣書店，1999 年 2 月。
5. 王曉驪：《唐宋詞與商業文化關係研究》，北京：中國社會科學出版社。2004 年 8 月。
6. 王兆鵬：《詞學史料學》，北京：中華書局，2009 年 2 月。
7. 孔凡禮：《蘇軾年譜》，臺北：臺灣中華書局，1998 年 2 月。
8. 木齋：《宋詞體演變史》，北京：中華書局，2008 年 12 月。
9. 任半塘：《唐聲詩》，上海：上海古籍出版社，1982 年 10 月。
10. 朱自清：《詩言志辨》，收入《朱自清全集》，杭州：江蘇教育出版社，1990 年 7 月。
11. 朱崇才：《詞話學》，臺北：文津出版社，1995 年 1 月。
12. 余英時：《中國知識階層史論》，臺北：聯經出版公司，1984 年 2 月。
13. 余英時：《士與中國文化》，上海：上海人民出版社，1987 年。
14. 余英時《朱熹的歷史世界——宋代士大夫政治文化的研究》，臺北：允晨文化，2003 年 6 月。
15. 余英時：《中國思想傳統的現代詮釋》，臺北：聯經出版公司，1987 年 3 月。
16. 余英時：《中國近世宗教倫理與商人精神》，臺北：聯經出版公司，2010 年 6 月。
17. （日）村上哲見：《唐五代北宋詞研究》，西安：陝西人民出版社。1987 年 8 月。
18. 呂正惠：《抒情傳統與政治現實》，臺北：大安出版社，1989 年 9 月。
19. 沈松勤：《北宋文人與黨爭——中國士大夫群體研究之一》，北京：人民出版社，1998 年 10 月。
20. 沈松勤：《唐宋詞社會文化學研究》，杭州：浙江大學出版社，2004 年 12 月。
21. 沈家莊：《宋詞的文化定位》，長沙：湖南人民出版社，2005 年 1 月。

22. 李世忠：《北宋詞政治抒情研究》，北京：中國社會科學出版社，2014 年 8 月。
23. 李一冰：《蘇東坡新傳》，臺北：聯經出版公司，2016 年 1 月。
24. 阮忠：《宋代四大詞人群落及其詞風演化》，南京：鳳凰出版社，2015 年 7 月。
25. 吳梅《詞學通論》，北京：新世界出版社，2012 年 10 月。
26. 洪順隆：《抒情與敘事》，臺北：黎明文化事業股份有限公司，1998 年 12 月。
27. 祁立峰：《相似與差異：論南朝文學集團的書寫策略》，臺北：政大出版社，2014 年 4 月。
28. 祈立峰：《遊戲與遊戲以外：南朝文學題材新論》，臺北：政大出版社，2015 年 6 月。
29. 徐復觀：《兩漢思想史》，臺北：臺灣學生書局，1984 年 3 月。
30. 徐培均：《秦少游年譜長編》，北京：中華書局，2002 年 1 月。
31. 馬東瑤：《蘇門六君子研究》，北京：北京大學出版社，2005 年 3 月。
32. 許芳紅：《南宋前期詩詞之文體互滲研究》，北京：中國社會科學出版社，2012 年 10 月。
33. 許總：《宋詩史》，重慶：重慶出版社，1992 年 3 月。
34. 崔海正：《宋詞研究述略》，臺北：洪葉文化事業有限公司，1999 年 3 月。
35. 崔海正主編，高峰著：《唐五代詞研究史稿》，濟南：齊魯書社，2006 年 8 月。
36. 崔海正主編，劉靖淵、崔海正著：《北宋詞研究史稿》，濟南：齊魯書社，2007 年 1 月。
37. 梅家玲：《漢魏六朝文學新論——擬代與贈答篇》，北京：北京大學出版社，2004 年 11 月。
38. 黃瑞祺：《意識形態的探索者：曼海姆》，臺北：允晨文化，1982 年。
39. 黃文吉：《黃文吉詞學論集》，臺北：臺灣學生書局，2003 年 11 月。
40. 黃雅莉：《宋詞雅化的發展與嬗變——以柳、周、姜、吳爲中心》，臺北：文津出版社，2002 年 6 月。
41. 黃雅莉：《宋代詞學批評專題研究》，臺北：文津出版社，2008 年 4 月。
42. 陳中林、徐勝利：《蘇門詞人群體概論》，武漢：湖北人民出版社，2014 年 5 月。
43. 王德民、朱易安、劉尊明、李翰、張明非撰，張明非主編：《唐詩宋詞專題》，北京：高等教育出版社，2009 年 11 月。
44. 張峰屹：《西漢文學思想史》，臺北：臺灣商務印書館，2013 年 4 月。

45. 褚斌杰：《中國古代文體概論》，北京：北京大學出版社，1990 年。
46. 曾棗莊：《李之儀年譜》，成都：四川大學出版社，2003 年。
47. 楊樹達：《積微居小學述林全編》，上海：上海古籍出版社，2007 年 8 月。
48. 楊海明：《唐宋詞史》，收入《楊海明詞學文集》，杭州：江蘇大學出版社，2010 年 10 月。
49. 楊勝寬：《蘇軾與蘇門文人集團研究》，成都：四川人民出版社，2010 年 1 月。
50. 鄧子勉編：《宋金元詞話全編》，南京：鳳凰出版社，2008 年 12 月。
51. 傅璇琮：《唐代科舉與文學》，西安：陝西人民出版社。1986 年 10 月。
52. 葉嘉瑩：《中國詞學的現代觀》，臺北：大安出版社，19991 年 7 月。
53. 葉嘉瑩：《詞學新詮》，臺北：桂冠出版社，2002 年。
54. 葉嘉瑩：《南宋名家詞選講》，北京：北京大學出版社，2007 年。
55. 葉嘉瑩：《照花前後鏡：詞之美感特質的形成與演進》，新竹：國立清華大學出版社。2007 年 5 月。
56. 葉嘉瑩：《唐宋詞名家論稿》，北京：北京大學出版社，2008 年 4 月。
57. 趙曉蘭：《宋人雅詞原論》，成都：巴蜀書社，1999 年 9 月。
58. 鞏本棟：《唱和詩詞研究——以唐宋爲中心》，北京：中華書局，2013 年 9 月。
59. 蔡英俊：《比興物色與情景交融》，臺北：大安出版社，1986 年 5 月。
60. 劉揚忠：《唐宋詞流派史》，福州：福建人民出版社，1999 年 3 月。
61. 劉方：《宋型文化與宋代美學精神》，成都：巴蜀書社，2004 年 8 月。
62. 劉少雄：《東坡以詩爲詞論題新詮》，臺北：里仁書局。2006 年 3 月。
63. 劉培：《兩宋辭賦史》，濟南：山東人民出版社，2012 年 12 月。
64. 劉華民：《宋詞詩化現象探討》，南京：江蘇教育出版社，2014 年 11 月。
65. 劉毓盤：《詞史》，北京：商務印書館，2015 年 4 月。
66. 鄭永曉：《黄庭堅年譜新編》，北京：社會科學文獻出版社，1997 年。
67. 鄧紅梅：《詩詞學論稿》，北京：人民出版社，2014 年 6 月。
68. 錢穆：《國史大綱》，北京：商務印書館，1991 年 5 月。
69. 韓華：《李之儀及其詩詞研究創作》，北京：中國社會科學出版社，2013 年 10 月。
70. 顏崑陽：《六朝文學觀念叢論》，臺北：正中書局，1993 年。
71. 顏崑陽：《詮釋的多向視域：中國古典美學與文學批評系論》，臺北：臺灣學生書局，2016 年 3 月。

72. 顏崑陽：《反思批判與轉向——中國古典文學研究之路》，臺北：允晨文化，2016 年 4 月。
73. 龔鵬程：《生活的學問》，臺北：立緒文化，1981 年 9 月。
74. 龔鵬程：《文學批評的視野》，臺北：大安出版社，1990 年 1 月。
75. 龔鵬程：《文化符號學》，臺北：臺灣學生書局。2001 年 2 月。
76. 龔鵬程：《中國文人階層史論》，臺灣：佛光人文社會學院，2002 年 5 月。
77. （英）戴維・賈里（David Jary）、朱莉婭・賈里（Julia Jary）著，周業謙、周光淦譯：《社會學辭典》（*Sociology*），臺北：貓頭鷹出版社，2005 年。
78. （荷）胡伊青加（Johan Huizinga）：《人：遊戲者——對文化中遊戲因素的研究》（*Homo Ludens: A Study of the Play-Element in Culture*），貴陽：貴州人民出版社，1998 年 1 月。

三、專書或會議論文

1. 吳璧雍：〈人與社會——文人生命的二重奏：仕與隱〉，收錄《中國文化新論・抒情的境界》，臺北：聯經出版公司，1987 年 2 月。
2. 張惠民：〈蘇門論詞與詞學的自覺〉，收錄《宋代詞學資料匯編》，廣東：汕頭大學出版社，1993 年。
3. 傅樂成〈唐型文化與宋型文化〉，收錄《漢唐史論集》，臺北：聯經出版公司，1987 年。
4. 李翰：〈魏晉六朝用典論及沈約「三易」說的批評史意義〉，收錄黃霖、周興錄主編：《視角與方法——復旦大學第三屆中國文論國際學術研討會論文集》，南京：鳳凰出版社，2013 年 8 月。
5. 鄧子勉：〈論山谷詞〉，收錄黃君主編：《黃庭堅研究論文集》，南昌：教育出版社，2005 年 10 月。
6. 顏崑陽：〈論詩歌文化中的「託喻」觀念〉，收錄《魏晉南北朝文學與思想研討會論文集》，第三輯，臺北：文津出版社，1997 年。
7. 顏崑陽：〈從〈詩大序〉論儒系詩學的「體用觀」〉，收錄《第四屆漢代文學與思想學術研討會論文集》，臺北：新文豐出版社，2002 年 5 月。
8. 顧頡剛：〈武士與文士之蛻化〉，收錄《史林雜識初編》，臺北：臺灣中華書局，1963 年 2 月。

四、期刊論文

1. 卓清芬：〈「以詩爲詞」的實踐：談晏幾道《小山詞》的「詩人句法」〉，《中國文化研究所學報》，香港：香港中文大學，2008 年第 4 期。
2. 梅家玲〈論謝靈運〈擬魏太子鄴中集詩八首并序〉的美學特質〉，臺大中文學報第七期，1995 年 4 月。

3. 陳慶容：〈蘇軾與蘇堅之情誼研究〉，《新亞論叢》第 12 期，2001 年。
4. 黃雅莉〈李之儀詞學觀在宋代詞論中的位置〉，《東華人文學報》第 9 期，2006 年 7 月。
5. 黃偉倫：〈六朝隱逸文化的新轉向：一個「隱逸自覺論」的提出〉，成大中文學報第 19 期，2007 年 12 月。
6. 程國賦：〈論三言二拍嬗變過程中所體現的文人化創作傾向〉，《社會科學研究》，2004 年 02 期。
7. 張玉璞：〈宋詞中的佛因禪緣〉，《齊魯學刊》，2007 年 1 月。
8. 張高評：〈破體與創造性思維〉，廣東：《中山大學學報》，社會科學版，2009 年第 3 期。
9. 劉少雄：〈黃庭堅年譜〉，《中國文哲研究通訊》，1996 年第 6 卷第 2 期，頁 53～83。
10. 劉慶雲：〈江西派之詞學觀論略〉，《中國韻文學刊》，1999 年第 2 期。
11. 簡宗梧：〈賦體之典律作品及其因子〉，《逢甲人文社會學報》第 6 期，2003 年 5 月。
12. 顏崑陽：〈談詩歌用典的價值與方式〉，《南廬詩刊》第 9 期，1986 年 7 月。
13. 顏崑陽：〈論唐代「集體意識詩用」的社會文化行爲現象——建構「中國詩用學」初論〉，《東華人文學報》第 1 期，1999 年 7 月。
14. 顏崑陽：〈論「文體」與「文類」的涵義及其關係〉，《清華中文學報》第 1 期，2007 年 9 月。
15. 蕭麗華：〈唐代僧人飲茶詩研究〉，臺北：臺大文史哲學報，第 71 期，2009 年 11 月。
16. 蕭麗華：〈中日茶禪的美學淵源〉，《法鼓人文學報》第 3 期，2006 年 12 月。

五、學位論文

1. 王秀珊：《東坡「以詩爲詞」之論述研究》，花蓮：東華大學中國語文學系博士論文，2009 年 7 月。
2. 徐宇春：《蘇軾唱和詩研究》，西安：陝西師範大學博士論文，2006 年。
3. 陳慷玲：《宋詞「雅化」研究》，臺北：東吳大學中國文學研究所博士論文，2003 年 6 月）。
4. 黃智群：《南朝贈答詩與士人文化研究》，桃園：中央大學中國文學研究所碩士論文，2009 年 6 月。
5. 蓋琦紓：《蘇門與元祐文化》，臺北：國立臺灣大學中國文學系博士論文，

2002 年。

6. 葉淑音：《晏殊、歐陽脩的選體心理與詞情特質探論》，臺北：國立臺灣師範大學國文學系碩士論文，2010 年 6 月。
7. 蒲政：《蘇軾唱和詞研究》，成都：四川師範大學博士論文，2010 年。
8. 鄭慧敏：《北宋雅詞之美學面向研究——以清、淡、閒爲核心的探索》，臺北：國立臺灣師範大學國文學系博士論文，2011 年 6 月。
9. 蕭綺慧：《蘇門四學士與蘇軾交遊研究》，屏東：屏東教育大學中國文學研究所碩士論文，2011 年 7 月。

附錄：蘇軾與蘇門詞人「文人化」詞作一覽表

一、蘇軾

出處參考：（宋）蘇軾撰，鄒同慶、王宗堂校註：《蘇軾詞編年校註》（北京：中華書局，2012 年 6 月）。

詞牌	首句	題序	編年	頁碼
鵲橋仙	緱山仙子	七夕送陳令舉	熙寧七年（1074）	上冊，頁 65
訴衷情	錢塘風景古來奇	送述古迓元素	熙寧七年（1074）	上冊，頁 69
江城子	翠蛾羞黛怯人看	孤山竹閣送述古	熙寧七年（1074）	上冊，頁 78～79
勸金船	無情流水多情客	和元素韻自撰腔命名	熙寧七年（1074）	上冊，頁 87
浣溪沙	縹緲危樓紫翠間	菊節別元素	熙寧七年（1074）	上冊，頁 92
浣溪沙	白雪清詞出坐間	重九舊韻	熙寧七年（1074）	上冊，頁 93
醉落魄	分攜如昨	席上呈元素	熙寧七年（1074）	上冊，頁 123
更漏子	水涵空	送孫巨源	熙寧七年（1074）	上冊，頁 128

永遇樂	長憶別時	寄孫巨源	熙寧七年（1074）	上冊，頁 131
沁園春	孤館燈青	赴密州早行馬上寄子由	熙寧七年（1074）	上冊，頁 134～135
江城子	老夫聊發少年狂	獵詞	熙寧八年（1075）	上冊，頁 146
減字木蘭花	賢哉令尹	送東武令趙晦之	熙寧八年（1075）	上冊，頁 149
減字木蘭花	春光亭下	送趙令	熙寧八年（1075）	上冊，頁 151
滿江紅	天豈無情	正月十三日送文安國還朝	熙寧九年（1076）	上冊，頁 159
水調歌頭	安石在東海	餘去歲在東武，作《水調歌頭》以寄子由。今年子由相從彭門居百餘日，過中秋而去，作此曲以別。餘以其語過悲，乃爲和之，其意以不早退爲戒，以退而相從之樂爲慰云耳	熙寧十年（1077）	上冊，頁 210～211
浣溪沙	一別姑蘇已四年	贈閭丘朝議，時還徐州	熙寧十年（1077）	上冊，頁 215
臨江仙	忘卻成都來十載	送王緘	熙寧十年（1077）	上冊，頁 221
浣溪沙	惟見眉間一點黃	有贈	熙寧十年（1077）	上冊，頁 255
臨江仙	誰道東陽都瘦損	贈王友道	熙寧十年（1077）	下冊，頁 824
蝶戀花	別酒勸君君一醉	送鄭彥能還都下	元豐元年（1077）	下冊，頁 238
蝶戀花	簌簌無風花自墮	暮春別李公擇	元豐元年（1077）	下冊，頁 226
南鄉子	未倦長卿遊	用韻和道輔	元豐三年（1079）	上冊，頁 260
卜算子	缺月掛疏桐	黃州定慧院寓居作	元豐三年（1080）	上冊，頁 275
水龍吟	似花還似非花	次韻章質夫楊花詞	元豐四年（1081）	上冊，頁 314

少年遊	銀塘朱檻麴塵波	端午贈黃守徐君猷	元豐四年（1081）	上冊，頁 329
浣溪沙	覆塊青青麥未蘇	十二月二日雨後微雪，太守徐君猷攜酒見過，坐上作浣溪沙三首。明日酒醒，雪大作，又作二首	元豐四年（1081）	上冊，頁 339
浣溪沙	醉夢醺醺曉未蘇	前韻	元豐四年（1081）	上冊，頁 341
浣溪沙	雪裡餐氈例姓蘇	前韻	元豐四年（1081）	上冊，頁 343
浣溪沙	半夜銀山上積蘇	再和前韻	元豐四年（1081）	上冊，頁 345
浣溪沙	萬頃風濤不記蘇	前韻	元豐四年（1081）	上冊，頁 346
江城子	黃昏猶是雨纖纖	大雪有懷朱康叔使君，亦知使君之念我也，作江神子寄之	元豐四年（1081）	上冊，頁347～348
水龍吟	小舟橫截春江	閭丘大夫孝終公顯嘗守黃州，作棲霞樓，爲郡中勝絕。元豐五年，餘謫居黃。正月十七日，夢扁舟渡江，中流回望，樓中歌樂雜作。舟中人言：公顯方會客也。覺而異之，乃作此詞。公顯時已致仕在蘇州。	元豐五年（1082）	上冊，頁349～350
江城子	夢中了了醉中醒	江城子・陶淵明以正月五日遊斜川，臨流班坐，顧瞻南阜，愛曾城之獨秀，乃作斜川詩，至今使人想見其處。元豐壬戌之春、余躬耕於東坡，築雪堂居之。南挹四望亭之後丘，西控北山之微泉，慨然而歎，此亦斜川之遊也。乃作長短句，以江城子歌之	元豐五年（1082）	上冊，頁 352
定風波	莫聽穿林打葉聲	定風波三月七日沙湖道中遇雨。雨具先去，同行皆狼狽，余獨不覺。已而遂晴，故作此詞	元豐五年（1082）	上冊，頁 356

浣溪沙	山下蘭芽短浸溪	遊蘄水清泉寺，寺臨蘭溪，溪水西流	元豐五年（1082）	上冊，頁358
南歌子	帶酒衝山雨	再和前韻	元豐五年（1082）	上冊，頁368
浣溪沙	西塞山邊白鷺飛	玄眞子漁父詞極清麗，恨其曲度不傳，故加數語，令以浣溪沙歌之	元豐五年（1082）	上冊，頁370
漁父	漁父飲		元豐五年（1082）	上冊，頁376
漁父	漁父醉		元豐五年（1082）	上冊，頁377
漁父	漁父醒		元豐五年（1082）	上冊，頁378
漁父	漁父笑		元豐五年（1082）	上冊，頁379
哨徧	爲米折腰	陶淵明賦歸去來，有其詞而無其聲。余既治東坡，築雪堂於上，人俱笑其陋。讀鄱陽董毅夫過而悅之，有卜鄰之意。乃取歸去來詞，稍加檃括，使就聲律，以遺毅夫。使家僮歌之。時相從於東坡，釋耒而和之，扣牛角而爲之節，不亦樂乎	元豐五年（1082）	中冊，頁388
漁家傲	些小白鬚何用染	贈曹光州	元豐五年（1082）	中冊，頁394
念奴嬌	大江東去	赤壁懷古	元豐五年（1082）	中冊，頁398
臨江仙	夜飲東坡醒復醉	夜歸臨皋	元豐六年（1083）	中冊，頁467
好事近	紅粉莫悲啼	送君猷	元豐六年（1083）	中冊，頁469
水調歌頭	落日繡簾捲	黃州快哉亭贈張偓佺	元豐六年（1083）	中冊，頁483
臨江仙	詩句端來磨我鈍	贈送	元豐六年（1083）	中冊，頁490
西江月	龍焙今年絕品	送建溪雙井茶谷簾泉與勝之，徐君猷家後房，甚慧麗，自陳敘本貴種也	元豐七年（1084）	中冊，頁445

滿庭芳	歸去來兮	元豐七年四月一日，余將去黃移汝，留別雪堂鄰里二三君子。會李仲覽自江東來別，遂書以遺之	元豐七年（1084）	中冊，頁 506
漁家傲	千古龍蟠並虎踞	金陵賞心亭送王勝之龍圖，王守金陵，視事一日，移南郡	元豐七年（1084）	中冊，頁 515
水龍吟	露寒煙冷蒹葭老	雁	元豐七年（1084）	中冊，頁 518
減字木蘭花	鄭莊好客	贈潤守許仲塗，且以「鄭容落籍、高瑩從良」爲句首	元豐七年（1084）	中冊，頁 521～522
南歌子	欲執河梁手	別潤守許仲塗	元豐七年（1084）	中冊，頁 526
如夢令	水垢何曾相受	元豐七年十二月十八日浴泗州雍熙塔下，戲作如夢令兩闋。此曲本唐莊宗製，名憶仙姿，嫌其名不雅，故改爲如夢令。莊宗作此詞，卒章云：「如夢。如夢。和淚出門相送。」因取以爲名云	元豐七年（1084）	中冊，頁 546～547
如夢令	自淨方能淨彼	同前	元豐七年（1084）	中冊，頁 549
蝶戀花	雲水縈回溪上路	述懷	元豐八年（1075）	中冊，頁 572
蝶戀花	自古漣漪佳絕地	過漣水軍贈趙晦之	元豐八年（1075）	中冊，頁 576～577
如夢令	爲向東坡傳語	二首之一：寄黃州楊使君	元豐八年（1075）	中冊，頁 583～584
如夢令	手種堂前桃李	二首之二：寄黃州楊使君	元祐元年（1086）	中冊，頁 586
西江月	莫嘆平齊落落	送錢待制穆父	元祐三年（1086）	中冊，頁 597
行香子	綺席纔終	茶詞	元祐四年（1089）	中冊，頁 599
漁家傲	送客歸來燈火盡	送吉守江郎中	元祐四年（1089）	中冊，頁 602
浣溪沙	珠檜絲杉冷欲霜	二首之一：九月九日	元祐四年（1089）	中冊，頁 605

浣溪沙	霜鬢眞堪插拒霜	二首之二：九月九日	元祐四年（1089）	中冊，頁 607
點絳脣	我輩情鍾	己巳重九和蘇堅	元祐五年（1090）	中冊，頁 609
臨江仙	多病休文都瘦損	疾愈登望湖樓贈項長官	元祐五年（1090）	中冊，頁 611
南歌子	海上乘槎侶	八月十八日觀潮，和蘇伯固二首	元祐五年（1090）	中冊，頁 620～621
南歌子	冉冉中秋過		元祐五年（1090）	中冊，頁 624
點絳脣	不用悲秋	庚午重九	元祐五年（1090）	中冊，頁 625
點絳脣	莫唱陽關	再和送錢公永	元祐五年（1090）	中冊，頁 628
浣溪沙	門外東風雪灑裾	送梅庭老赴潞州學官	元祐五年（1090）	中冊，頁 635
浣溪沙	雪頷霜髯不自驚		元祐六年（1091）	中冊，頁 641～642
浣溪沙	料峭東風翠幕驚		元祐六年（1091）	中冊，頁 643
西江月	小院朱闌幾曲	坐客見和復次韻	元祐六年（1091）	中冊，頁 657
西江月	怪此花枝怨泣	再用前韻戲曹子方，坐客云瑞香爲紫丁香，遂以此曲辨證之	元祐六年（1091）	中冊，頁 658
木蘭花令	知君仙骨無寒暑	次馬中玉韻	元祐六年（1091）	中冊，頁 660
八聲甘州	有情風、萬里卷潮來	寄參寥子	元祐六年（1091）	中冊，頁 668
西江月	昨夜扁舟京口	杭州交代林子中席上作	元祐六年（1091）	中冊，頁 675
臨江仙	我勸髯張歸去好	辛未離杭至潤，別張弼秉道	元祐六年（1091）	中冊，頁 683
木蘭花令	霜餘已失長淮闊	次歐公西湖韻	元祐六年（1091）	中冊，頁 699
青玉案	三年枕上吳中路	和賀方回韻送伯固歸吳中	元祐六年（1092）	中冊，頁 716

西江月	世事一場大夢	黃州中秋	紹聖四年（1097）	中冊，頁 789
千秋歲	島邊天外	次韻少遊	元符三年（1099年）	中冊，頁 803
漁家傲	一曲陽關情幾許	送張元康省親秦川	不詳	中冊，頁 827

二、黃庭堅

出處參考：（宋）黃庭堅撰，馬興榮、祝振玉校注：《山谷詞校注》（上海：上海古籍出版社，2013 年 6 月）。

詞牌	首句	題序	編年	頁碼
蝶戀花	海角芳菲留不住		早年及第時	98
南歌子	郭大曾名我	東坡過楚州，見淨慈法師，作南歌子。用其韻贈郭詩翁二首	元祐元年（1086）	157
南歌子	萬里滄江月		元祐元年（1086）	160
雨中花慢	政樂中和	送彭文思使君	元祐元年（1086）～元祐四年（1089）	14
水調歌頭	落日塞垣路		元祐年間（1086～1094）	29
醉蓬萊	對朝雲靉靆		紹聖二年（1095）	16
醉蓬萊	對朝雲靉靆	竄易前詞	紹聖二年（1095）	18
減字木蘭花	襄王夢裡	登巫山縣樓作	紹聖二年（1095）	196
減字木蘭花	使君那裡	距施州二十里，張仲謀遣騎相迎，因送所和樂府來，且約近郊相見，復用前韻先往	紹聖二年（1095）	197
品令	敗葉霜天曉	送黔守曹伯達供備	紹聖二年（1095）	71～72
定風波	萬里黔中一漏天	次高左藏使君韻	紹聖四年（1095）	87

定風波	自斷此生休問天	次高左藏韻	紹聖四年（1095）	90～91
點絳唇	濁酒黃花	重九日寄懷嗣直弟，時再遊涪陵。用東坡餘杭九日點絳唇舊韻	紹聖四年（1095）	231
念奴嬌	斷虹霽雨	八月十七日，同諸甥步自永安城樓，過張寬夫園待月。偶有名酒，因以金荷酌眾客。客有孫彥立，善吹笛。援筆作樂府長短句，文不加點	元符元年（1098）	7
醉落魄	陶陶兀兀。尊前是我華胥國	舊有醉醒醒醉一曲云：「醉醒醒醉。憑君會取皆滋味。濃斟琥珀香浮蟻。一入愁腸，便有陽春意。須將席幕爲天地。歌前起舞花前睡。從他兀兀陶陶裡。猶勝醒醒、惹得閒憔悴。」此曲亦有佳句，而多斧鑿痕，又語高下不甚入律。或傳是東坡語，非也。與「蝸角虛名」、「解下癡絛」之曲相似，疑是王仲父作。因戲作四篇呈吳元祥、黃中行，似能厭道二公意中事	元符二年（1099）	103～104
醉落魄	陶陶兀兀。人生無累何由得		元符二年（1099）	106
醉落魄	陶陶兀兀。人生夢裡槐安國	老夫止酒十五年矣。道戎州，恐爲瘴癘所侵，故晨舉一杯。不相察者乃強見酌，遂能作病。因復止酒，用前韻作二篇，呈吳元祥	元符二年（1099）	107
醉落魄	陶陶兀兀。醉香路遠歸不得		元符二年（1099）	108～109
鷓鴣天	黃菊枝頭生曉寒	坐中有眉山隱客史應之和前韻，即席答之	元符二年（1099）	142
鷓鴣天	萬事令人心骨寒	明日獨酌自嘲呈史應之	元符二年（1099）	143
南鄉子	招喚欲千回	今年重九，知命已向成都，感之，次韻	元符二年（1099）	128
南鄉子	臥稻雨餘收		元符二年（1099）	131
採桑子	荔枝灘上留千騎	送彭道微使君移知永康軍	元符二年（1099）	214

離亭燕	十載樽前談笑	次韻答廖明略見寄	建中靖國元年（1101）	54
鵲橋仙	八年不見	次東坡七夕韻	建中靖國元年（1101）	134
減字木蘭花	使君那裡	距施州二十里，張仲謀遣騎相迎，因送所和樂府來，且約近郊相見，復用前韻先往	建中靖國元年（1101）	197
減字木蘭花	詩翁才刃	和趙文儀	建中靖國元年（1101）	199～200
玉樓春	凌歊臺上青青麥	當塗解印後一日，郡中置酒，呈郭功甫	崇寧元年（1102）	110
玉樓春	翰林本是神仙謫	竄易前詞	崇寧元年（1102）	111
玉樓春	青壺乃似壺中謫	次前韻再呈功甫	崇寧元年（1102）	112
玉樓春	少年得意從軍樂	用前韻贈郭功甫	崇寧元年（1102）	116
虞美人	平王本愛江湖住	至當塗呈郭功甫	崇寧元年（1102）	124
千秋歲	苑邊花外	少游得謫，嘗夢中作詞云：「醉臥古藤蔭下，了不知南北。」竟以元符庚辰，死於藤州光華亭上。崇寧甲申，庭堅竄宜州，道過衡陽。覽其遺墨，始追和其千秋歲詞	崇寧三年（1104）	56
西江月	月側金盆墮水	崇寧甲申，遇惠洪上人於湘中。洪作長短句見贈云：「大廈吞風吐月，小舟坐水眠空。霧窗春色翠如葱。睡起雲濤正擁。往事回頭笑處，此生彈指聲中。玉牋佳句敏驚鴻。聞道衡陽價重。」次韻酬之。時余方謫宜陽，而洪歸分寧龍安	崇寧三年（1104）	166
青玉案	煙中一線來時路	至宜州次韻上酬七兄	崇寧四年（1105）	68
驀山溪	山明水秀		不詳	40～41
品令	鳳舞團團餅	茶詞	不詳	73
漁家傲	三十年來無孔竅		不詳	80

撥棹子	歸去來	退居	不詳	97
鷓鴣天	西塞山邊白鷺飛	表弟李如篪云：「玄眞子漁父語，以鷓鴣天歌之，極入律，但少數句耳。」因以玄眞子遺事足之。憲宗時，畫玄眞子像，訪之江湖，不可得，因令集其歌詩上之。玄眞之兄松齡，懼玄眞放浪而不返也，和答其漁父云：「樂在風波釣是閒。草堂松桂已勝攀。太湖水，洞庭山。狂風浪起且須還。」此余續成之意也	不詳	137
阮郎歸	摘山初製小龍團	茶詞	不詳	177
阮郎歸	黔中桃李可尋芳		不詳	178

三、晁補之

出處參考：（宋）晁補之撰，喬力校注：《晁補之詞編年箋注》（濟南：齊魯書社，1992 年 3 月）。

詞牌	首句	題序	編年	頁碼
江神子	舊山船槧倦棲遲	廣陵送王左丞赴闕	元祐五年（1090）	19
西平樂	鳳詔傳來絳闕	廣陵送王資政正仲赴闕	元祐五年（1090）	20～21
八聲甘州	謂東坡、未老賦歸來	揚州次韻和東坡錢塘作	元祐七年（1092）	24
下水船	百紫千紅翠	和季良瓊花	元祐七年（1092）	30
驀山溪	揚州全盛	和王定國朝散憶廣陵	元祐七年（1092）	32
定風波	跨鶴揚州一夢回		元祐七年（1092）	37
憶少年	無窮官柳	別歷下	紹聖元年（1094）	40
水龍吟	去年暑雨鉤盤	始去齊，路逢次膺叔感別。敘舊	紹聖二年（1095）	41
八聲甘州	謂東風、定是海東來	歷下立春	紹聖二年（1095）	38

水龍吟	去年暑雨鉤盤	始去齊，路逢次膺叔感別。敘舊	紹聖二年（1095）	41～42
臨江仙	曾唱牡丹留客飲	用韻和韓求仁南都留別	紹聖二年（1095）	47
臨江仙	常記河陽花縣裡	同前	紹聖二年（1095）	48
減字木蘭花	萍蓬行路	和求仁南郡都別	紹聖二年（1095）	49
憶秦娥	牽人意	和留守趙無媿送別	紹聖二年（1095）	50
驀山溪	蘭臺仙史	亳社寄文潛舍人	紹聖三年（1096）	67～68
滿庭芳	鷗起蘋中	赴信日舟中別次膺十二叔	元符二年（1099）	70
滿江紅	莫話南征	赴玉山之謫，與諸父泛舟大澤，分題爲別	元符二年（1099）	72
千秋歲	江頭苑外	次韻弔高郵秦少游	元符三年（1100）	92
摸魚兒	買陂塘	東皋寓居	崇寧二年（1102）後，金鄉東皋寓居期間	112
過澗歇	歸去	東皋寓居	金鄉東皋寓居期間	117
黃鶯兒	南園佳致偏宜暑	東皋寓居	金鄉東皋寓居期間	118
行香子	前歲栽桃	東皋寓居	金鄉東皋寓居期間	128
離亭宴	丹府黃香堪笑	次韻弔豫章黃魯直	金鄉東皋寓居期間	132
鳳凰臺上憶吹簫	千里相思	自金鄉之濟至羊山迎次膺	金鄉東皋寓居期間	135
鳳凰臺上憶吹簫	才短官慵		金鄉東皋寓居期間	136
碧牡丹	漸老閑情減	焦成馬上口占	金鄉東皋寓居期間	138

滿江紅	華鬢春風	次韻弔汶陽李誠之待制	金鄉東皋寓居期間	141
滿江紅	華鬢春風	次韻弔汶陽李誠之待制	金鄉東皋寓居期間	139
夜合花	百紫千紅	和李浩季良牡丹	金鄉東皋寓居期間	142
少年遊	廬山瑤草四時春	次季良韻	金鄉東皋寓居期間	145
滿庭芳	閒說秋來	次韻答季良	金鄉東皋寓居期間	149
滿庭芳	歸去來兮	用東坡韻題自畫蓮社圖	金鄉東皋寓居期間	151
一叢花	碧山無意解銀魚	十二叔節推以無咎生日於此聲中爲辭，依韻和答	金鄉東皋寓居期間	156
金盞倒垂蓮	諸阮英游	依韻和次膺寄楊仲謀觀察	金鄉東皋寓居期間	159～160
金盞倒垂蓮	休說將軍	次韻同寄霸師楊仲謀安撫	金鄉東皋寓居期間	161
萬年歡	憶昔論心	次韻和季良	金鄉東皋寓居期間	162～163
安公子	少日狂游好	和次膺叔	金鄉東皋寓居期間	164
安公子	柳老荷花盡	送進道四弟赴官無爲	金鄉東皋寓居期間	164～165
萬年歡	十里環溪	寄韻次膺叔	大觀四年（1110）	177
好事近	風雨過中秋		不詳	187
水龍吟	問春何苦匆匆	次韻林聖予惜春	不詳	189
醉落魄	高鴻遠鶩	用韻和李季良泊山口	不詳	192

四、秦觀

出處參考：（宋）秦觀撰，徐培均箋注：《淮海居士長短句箋注》（上海：上海古籍出版社，2008 年 8 月）。

詞牌	首句	題序	編年	頁碼
滿庭芳	紅蓼花繁		元豐二年	58

滿庭芳	北苑研膏		元祐間	132
滿庭芳	雅燕飛觴	茶詞	元祐間	141
風流子	東風吹碧草		紹聖元年（1094）	30
望海潮	梅英疎淡		紹聖元年（1094）	9
千秋歲	水邊沙外		紹聖三年（1096）	84
阮郎歸	湘天風雨破初寒		紹聖四年（1097）	130
踏莎行	霧失樓臺		紹聖四年（1097）	92
江城子	西城楊柳弄春柔		元符三年（1110）	63
江城子	南來飛燕北歸鴻		元符三年（1110）	66
江城子	棗花金釧約柔荑		元符三年（1110）	67

五、李之儀

出處參考：唐圭璋編：《全宋詞》（北京：中華書局。2011 年 3 月），冊 1，頁 338～352。

詞牌	首句	題序	編年	頁碼
驀山溪	神仙院宇	次韻徐明叔		338
驀山溪	北觀避暑次明叔韻	北觀避暑次明叔韻		338
滿庭芳	一到江南	八月十六夜，景修詠東坡舊詞，因韻成此		339
玉蝴蝶	坐久燈花開盡	九月十日，將登黃山，遽爲雨阻，遂飲弊止。陳君俞獨不至，以三闋見寄，輒次其韻		339
怨三三	清溪一派瀉揉藍	登姑熟堂寄舊跡，用賀方回韻		340
千秋歲	深簾靜晝	詠疇昔勝會和人韻，後篇喜其歸		340
千秋歲	萬紅暄晝	再和前意		340～341
踏莎行	還是歸來		不詳	345
朝中措	臘窮天際傍危欄		不詳	346
朝中措	翰林豪放絕勾欄		不詳	346

採桑子	相逢未幾還相別	席上送少游之金陵	可能爲紹聖元年（1094）	346
朝中措	敗荷枯葦夕陽天	樊良道中	可能爲紹聖元年（1094）	352
朝中措	新開湖水浸遙天	新開湖有懷少游，用樊良道中韻	可能爲紹聖元年（1094）	352
鷓鴣天	收盡微風不見江		不詳	346
驀山溪	青樓薄幸	少孫詠魯直長沙舊詞，因次韻	不詳	348
減字木蘭花	觸塗是礙	次韻陳瑩中題韋深道獨樂堂	不詳	349
減字木蘭花	莫非魔境	次韻陳瑩中題韋深道寄傲軒	不詳	349
雨中花令	休把身心撋就		不詳	350～351
千秋歲	深秋庭院	用秦少游韻	或作於秦觀過世（1110）後	341
好事近	相見兩無言	與魯直於當塗花園石洞聽楊姝彈〈履霜操〉，魯直有詞，因次韻	或作於崇寧二年（1103）後	349